DIE VOLMAAKTE

FIKSIE DEUR DIESELFDE SKRYWER

KATELKNAAP
BLOEDSUIER
MOORD OP LAKE PANIC
DROOMJAGTER

DIE VOLMAAKTE MOORD

LEON VAN NIEROP

Uitgegee in 2025 deur Penguin Random House Suid-Afrika (Edms.)
Bpk.
Maatskappyregistrasienr. 1953/000441/07
The Estuaries Nr. 4, Oxbow-singel, Century-rylaan,
Century City, Kaapstad, 7441
Posbus 1144, Kaapstad, 8000
www.penguinrandomhouse.co.za

© Leon van Nierop 2025

Alle regte voorbehou.
Geen deel van hierdie boek mag sonder skriftelike verlof van die uitgewer gereproduseer of langs enige meganiese of elektroniese weg weergegee word nie, hetsy deur fotokopiëring, plaat-, band- of CD-opname, of enige ander stelsel van inligtingbewaring of -verkryging.

Making illegal copies of this publication, distributing them unlawfully or sharing them on social media without the written permission of the publisher may lead to civil claims or criminal complaints.

Protect the communities who are sustained by creativity.

Eerste uitgawe, eerste druk 2025
9 8 7 6 5 4 3 2 1

ISBN 978-1-77638-083-1 (Druk)
ISBN 978-1-77638-084-8 (ePub)

Omslagontwerp deur Mike Cruywagen
Foto verskaf deur: Adobe Stock Photos
Teksontwerp deur Jaco Adriaanse

Geset in Minion Pro

Gedruk en gebind deur Novus Print, Suid-Afrika

MENGSEL
Papier | Ondersteun verantwoordelike bosbou
FSC® C022948

HOOFSTUK 1

Madelein Blignaut het doelgerig oor die los sand op die Houtbaai-strand gestap. Die seemeeue het laag oor haar geduik asof hulle haar wou keer. Maar daar was werk om te doen, bitter onaangename werk. 'n Moord is gepleeg.

As forensiese patoloog het Madelein maar min vrye tyd. Die twee sake wat sy verlede maand suksesvol afgehandel het, was nog vars in haar geheue. En toe hierdie grusame situasie.

Die liggaam, so is hulle geleer, is eintlik die misdaadtoneel. Maar ná tien jaar begin dit haar nou werklik vir die eerste keer vang. Die oopsny, dissekteer, bewyse naspeur en getuienis wat sy in die hof moes lewer. Meedoënloos, onsimpatiek, reguit, feitelik, sonder emosie. Daardie strikvrae wat op haar neerreën sodat sy dikwels moet bontstaan, maar ten alle koste nugter en klinies moet bly. Iewers krap dit aan 'n roof. Dit dop af en die wond gaap opnuut oop. En onlangs die migraines ... Sy sal haarself moet oppas en 'n blaaskans gee.

Die daaglikse spanning het haar regtig begin vang. En dit het op Houtbaaistrand begin.

'n Vet rob het op daardie dag op pad na die lyk uit haar pad gewaggel. Snaaks. Die klein dingetjies wat in haar kop inskop en soos knapsekêrels daar vashaak. Sy onthou die logge dier was 'n toeristeaantreklikheid, want dié word altyd daar op die kaai uitgestal. Dan stop die grootmense hom altyd iets in die bek voordat hulle 'n restaurant se legendariese vis en skyfies besoek.

Houtbaai se vis-en-tjips-winkel is landwyd bekend. Selfs sy en haar eksman, Pieter-Jan, het soms daar gaan eet. Madelein ry ook dikwels spesiaal hiernatoe, al is dit net om oor die see uit te kyk en die een skyfie ná die ander in haar mond te plaas en die soutigheid af te lek.

Maar destyds was sy daar om 'n lyk te ondersoek. Haar span het 'n ent agter haar gestap, want sy wou eerste daar wees voordat iemand die misdaadtoneel kon besmet.

Dood is dood. Dit maak almal gelyk, het sy weer op pad na die boot besef terwyl die meeue haar geteister het.

Bloedspatsels, bytmerke, die hoek waaruit 'n koeël 'n liggaam binnegedring het, vel onder die naels, die bestudering van X-strale om die onopsigtelike leidrade raak te sien, wonde en skraapmerke wat noukeurig ontleed moes word – dit was alles dinge wat nog steeds nie behoorlik hul lê in haar seer kop wou kry nie. En dan was daar die herinneringe aan verrinneweerde lyke wat kort-kort snags in haar gedagtes deurgeslaan het. Selfs nou nog, hier in Sjanghai waar sy wag om die bus na die *Leonardo*-plesierboot te haal. Sy onthou dat sy voor haar vertrek die telefoonnommer van 'n hipnoterapeut gekry het. Moontlik moet sy haar maar gaan besoek. Sy moet haarself net ontvanklik vir hipnose maak, en dit gaan nogal moeilik wees. Maar sy sal iets drasties moet doen, veral aan hierdie gedurige hoofpyne wat haar eensklaps soos 'n dief in die nag op die mees onverwagte oomblikke betrap.

Enigiets om weer mens te word. Want een kop kan net soveel slyk en gemors en bloed en derms hanteer. Dit was asof sy haar vel daagliks met steenkool in die hand besmeer totdat die vel rou en bloederig gekrap was.

Op pad na die vertreksaal onthou sy haar bevelvoerder se aanmaning: "Absoluut niks mag misgekyk word nie. Selfs die kleinste leidrade is belangrik. Níks mag as te gering beskou word nie. En wanneer jy 'n liggaam ondersoek, mag niks jou aandag aflei nie."

Maar nou ry die bus langs kilometers se vragmotors verby wat wag om vrag by die Sjanghaise hawe af te laai. Erger as in Suid-Afrika. Die land sonder treine waar selfs die infrastruktuur al leeg geplunder is. Waar sy eintlik nie meer wil woon nie.

Die vrees pak haar weer in die bus beet. 'n Week gelede moes sy 'n brein uit 'n liggaam sny en ondersoek nadat die persoon 'n dodelike hou met 'n spaan teen die kop gekry het. Die ander keer moes sy 'n kakebeen dissekteer waarby 'n koeël ingedring het, sodat sy kon bepaal uit watter wapen dit gekom het. Dan weer skraapsels vel onder naels uitsoek.

Toe sy langs die Houtbaaise strand vir haar laaste saak gestap het, wou die gedagtes steeds nie wyk nie. Sy het geweet wat wag. Maar ná tien jaar, selfs met enkele katspoeg-langnaweke en blitsvakansies tussenin, besef sy vir oulaas sy het hierdie vakansie ver weg van haar land wat ineenstort, dringend nodig. 'n Land wat soos sy, besig is om onder te gaan. Sy weet ook dat sy hulp nodig het. En waar haar land verwoes is deur korrupsie, is haar siel – toe in Houtbaai en nou op die bus – verrinneweer deur te veel lyke, te veel bloed, te veel politieke harwar en te min rus.

Daardie bootrit wat sy teen halfprys deur haar bevelvoerder se suster bespreek het – eintlik gedwing is om te bespreek – is nou 'n werklikheid. Dit is haar eerste stap na genesing. Sy het hulp nodig, maar wie sal haar op die boot kan help?

'n Lang vakansie weg van die dood. Dit het sy finaal besluit terwyl sy 'n lyk moes oopsny vir leidrade, en twee oë uit 'n skedel peul.

'n Vriendin wat kaarte lees (waaraan sy haar in elk geval nie gesteur het nie, maar 'n vertroueling het haar saamgesleep) het tog gesê: "Ek sien dat jy jou sielsgenoot binnekort gaan ontmoet. 'n Aantreklike man, maar op 'n baie onwaarskynlike en eksotiese plek. Net daar sal julle mekaar vind, weg van hierdie korrupte sirkus, want hy gaan jou kop reinig en jy moet hom vertrou. Hy gaan jou bevry van meer dinge as net jouself. O ja, en hy het 'n baard. Hy is jou verlossingsengel wat jou siel gaan begryp, by jou gaan inskakel, en jou gemoed drasties gaan suiwer. En nie soos jy verwag nie. Want jou siel het 'n skokstok nodig, Madelein. Maar hy is jou hoop en redding. Jou beskermengel wat weet waarna jy smag en wat dit vir jou gaan gee."

Die kaartleser neem 'n kaart uit die pak wat Madelein gekies het. Dit steek tussen die ander kaarte uit. Dit word omgedraai. Die koning van harte.

Daarna darem 'n snapsie humor ook. "Madelein Blignaut. Jy het eintlik 'n brein cloud nodig om al jou slegte herinneringe in te stoor sodat jy jou brein kan suiwer." Hulle kon darem saam daaroor lag.

Sy soek nou na daardie stil ruimtes op die see vol wonderlike niks, en die waters wat haar van lyke en moord skei. Sy wil haar kop deur 'n tuimeldroër sit. So baie bloed, soveel verminkte lyke en noukeurige, emosielose ondersoeke waarin minuskule leidrade 'n deurslaggewende faktor tot die moordenaar se identiteit kon gee, het sy tol geëis.

Madelein het nog nooit mooi begryp wat 'n senuwee-ineenstorting is nie, maar sy vermoed dat sy baie naby een is, hoofpyne en al, tensy iemand haar betyds vang voor sy inmekaarval. Die ergste is: Haar eie land en die feit dat sy nou soos 'n vreemdeling daar voel, dra by tot haar toestand.

Dan weer die beelde van die moorde wat sy ondersoek het wat haar nie wil los nie. 'n Pubiese haar, semensmeersels op kledingstukke, 'n bytmerk op 'n vel. Selfs slym wat 'n moordenaar op 'n vrou se lyk gehoes en probeer afvee het. Madelein moes elke smeersel, haartjie, wond en spatsel sorgvuldig bekyk en gevolgtrekkings maak.

Emosies eenkant, vergeet hoe 'n outopsiekamer ruik (daar is darem maskers wat haar teen die ergste doodsreuke kan beskerm, selfs Vaseline of ander middels onder haar neus). Maar die oopgespalkte gesigte bly by haar op die bus, nou naby die vertreksaal in Sjanghai en die boot. Dit raak net te veel. Dreig om haar te oorweldig. Sy was op die oog af onaangeraak terwyl sy metodies en presies met haar ondersoeke voortgegaan het. Maar onder het die twyfel en die angs steeds rondgemaal.

Madelein dink aan inligting wat sy in die hof moes herhaal, waarna 'n wrede kruisverhoor sou volg waarin haar bekwaamheid of waarnemings in twyfel getrek sou word. Haar selfbeeld is gedurig afgetakel, haar professionaliteit deur die slinkse verdediging in twyfel getrek. Die afbreek van alles in haar as mens om 'n skuldige te laat vrykom, lê steeds swaar in haar gemoed.

"Daar is nie iets soos 'n volmaakte moord nie," het sy eendag in die hof gesê, want sy was nooit betrokke by die slagoffers nie, laat staan nog die moordenaar. Sodra 'n patoloog of ondersoekbeampte emosioneel glip of simpatie begin kry, sluip 'n moordenaar tussen die krake deur. Daarop is sy baie bedag.

Maar ná haar egskeiding van die geharde joernalis Pieter-Jan Taljaard, die emosionele mishandeling wat sy hom soms toegelaat het, was liefde op die verste punt van haar skaal. Het sy 'n muur met 'n doringdraad om haar opgebou. Sy het dit as haar innerlike konsentrasiekamp beskryf. Een waardeur geen sjarme, geen leuen en geen misleiding kon breek nie.

Miskien verander sy op die boot. Sy het nodig om te verander en haarself weer oop te stel vir mense, vir mans en vir die lewe. Juis die man van wie die kaartleser gepraat het.

Moord is moord is moord. En sy het al te veel misdadigers sien vrykom omdat hul prokureurs te slim was. Kindermolesteerders, vroueslaners, reeksmoordenaars, gruwelmense wat tussen die skares verdwyn het om verder moord te pleeg. Hulle was so deel van die daaglikse lewe in Suid-Afrika soos rugby, slaggate, stukkende verkeersligte en braaivleis.

"Dink jy as jy 'n sluipmoordenaar sou teëkom, een wat die skuim van die aarde sou verwyder, dat jy hom sou laat wegkom, Madelein? Soos die man wat 'n vierjarige dogtertjie aangerand en vermoor het, en toe daarmee weggekom het? Sou jy daardie sluipmoordenaar, wat die wêreld van hierdie misbaksels suiwer, laat vrykom?" So het Pieter-Jan gevra toe hulle nog twee jaar gelede daaroor gepraat het.

"Nee. Skuldiges moet gestraf word. Niemand durf 'n ander se lewe neem nie."

Madelein se getuienis was die deurslaggewende faktor in die Houtbaaise bootmoord. Die oortreder is aangekeer. Maar weereens, danksy 'n slinkse prokureur het hy vrygekom.

Daardie woede het haar baasgeraak. Sy het goeters in haar woonstel begin rondgooi. Met haar vuiste teen mure gehamer. Haar bed omgekeer. Nooit sal 'n moordenaar weer wegkom nie. Daarvoor sal sy sorg.

Maar hier waar sy nou is, is daar hopelik geen moordenaar nie.

Die bus hou stil en hulle sit lank in die vertreksaal. Daar is iewers 'n vertraging. Maar uiteindelik kan hulle aan boord gaan.

Sy kyk na die pragtige wit boot, seker vyftien verdiepings hoog. Dit pryk voor haar, die rooi reddingsbootjies almal netjies in 'n ry vasgemaak. Die groot wit boeg wat sy nek soos 'n dik swaan vorentoe steek. Die patryspoorte en vensters, die kajuite waarvan die meeste 'n onbelemmerde uitsig op die see moet hê. Die swembad, het sy van hoog in die vertreksaal gesien, is heel bo, met moontlik 'n nagklub bokant dit, 'n skoonheidsalon daar naby en die agterdek.

En dan die vermaaklikheidsentrum waarvan sy so baie in die brosjure gelees het. Twee verdiepings hoog en net onder die nagklub-area. Klaarblyklik die beste vermaak-ouditorium op die Asië-see!

Sy wonder hoe haar kajuit gaan lyk.

Maar eers moes sy deur 'n horde passasiers beur om met haar bagasie op die loopgang te beland. Ook om dan vroualleen verby die fotograaf te kom wat foto's neem van al die paartjies. En dan moes sy deur sekuriteit worstel en uiteindelik haar kajuitsleutel-kaart kry. Dit is hierdie onnodige klein jakkalsies wat nou so aan haar enkels knibbel omdat sy toelaat dat dit haar pla.

Sommige mense om haar wat ook Afrikaans praat. 'n Groot man met 'n klomp bagasie wat hy agternasleep. Daar is net te veel individue wat elkeen 'n geur of reuk saamdra – iets waarvoor sy, veral in die werk wat sy doen, baie sensitief is.

Madelein voel effens duiselig van die son en die verdrukking van oorgretige toergroepe, maar as sy eers deurgekom het, het sy haar eie spasie waar sy alleen kan wees.

En terwyl sy hier staan, vir oulaas die herinneringe aan die saak wat sy so pas afgehandel het. Die gesig op die Houtbaaise boot het haar soos 'n skuins klap getref. Dit was papgeslaan. Die neus is al deur krappe afgevreet en weggedra. Een van die oë het mankoliekig oor 'n pap wang gehang waardeur stukkende tande gesteek het. Die regteroog het reguit na haar gekyk.

Vir die eerste keer vandat sy hierdie werk begin doen het, het die kos in haar ingewande opgestoot. Maar sy kon dit betyds keer. Die ander oog het eenkant op 'n bankie gelê, 'n nuttelose stuk jellie wat nooit weer sou sien nie. Die spaan waarmee die man geslaan is, het bebloed in rooi water op die boot se bodem gestaan.

Maar dis verby.

"Snaaks jy't nie weer jou saksofoon saamgepiekel en sommer op die kaai staan en speel nie. Dis mos 'n ekstra geldjie," voeg die mooi man 'n groter een toe.

"Anders as jy wat sommer enige plek 'n klavier raaksien waarop jy kan speel om girls te charm," antwoord die saksofoonspeler. "Myne is veilig in my kajuit. Ons trip gaan voort."

"Maar dié slag klim Angelique en haar boelduster-man op," voeg die jonger man hom toe. "Ons ken haar albei. Maar ek nie so goed soos jy nie, Tibor."

Tibor. Mooi naam. Eksoties.

Sy bekyk hulle hier by die *Leonardo* in die Sjanghaise hawe. Vreemd dat die twee juis nou haar aandag sou trek.

Die mense gaan aan boord. Die saksofoonspeler en die pianis stap heel voor. Hulle plaas hul handbagasie op die vervoerband en word deurgelaat.

Iemand sug agter haar. "Dis tifoonseisoen. Ek twyfel of ons al die lande wat op die brosjure geadverteer is, gaan sien."

"Miskien Japan, Okinawa-eiland!" sê 'n ander.

'n Man lag. "Dalk Hongkong, moontlik een of twee stede in Viëtnam soos Ho Chi Minh City."

"Ek was al daar," babbel 'n vrou. "Die stad is glo so deurmekaar, 'n mens kan sommer daar verdwyn."

"Dis eintlik op my emmerlysie," blaker 'n vrou met 'n rooi Moleskinboekie uit wat pas by hulle aangesluit het. Sy maak aantekeninge en praat Afrikaans met 'n maer mannetjie wat haar soos 'n brakkie volg. Hy noem haar Merle en sy hom Siegfried.

Dan, onverwags, die aantreklike goedgeboude man met die netjies gesnoeide baard en die vriendelike oë by die bagasieband. Hy het heelwat pakkies by hom.

Sy baadjie het prentjies van bootjies op. Wit bootjies teen 'n blou agtergrond. Sy herken sy gesig uit die brosjure. Dis 'n kulkunstenaar. Deel van die vermaaklikheidsgroep. Hy sien haar eensklaps raak. Sy stap nader. Hy speel met 'n ronde glasballetjie wat hy pas uit 'n pakkie gehaal het. Hy gooi dit in die lug op en glimlag vir haar. Sy glimlag terug.

Die balletjie verdwyn voor haar oë. En nou, in sy hand, skielik 'n boks met kaarte. Hy haal een uit. Vroetel-vroetel asof hy met die kaarte kommunikeer. Hou dit in die lug.

Dis die koning van harte, nes by die kaartleser destyds. Madelein kan eintlik nie haar oë glo nie.

Hy druk dit terug in sy baadjiesak, kyk stip na haar en loop na die bagasieband. Neem sy pakkies en stap weg. Ná die vertoning met die balletjie en koning van harte is sy nou seker hy is die kulkunstenaar. Maar sy het ook gelees dat hy 'n mentalis en hipnotiseur is wat mense in die gehoor onder sy invloed gaan plaas.

Wanneer die man met sy pakkies deur sekuriteit is wat hom groet, kyk hy weer om na haar wat wag om haar bagasie op die band te sit, maar haar foon lui. Dis 'n vriendin wat haar 'n lekker skeepvaart toewens en groot gesels het.

Die bebaarde man glimlag vir haar. Daar is iets anders aan hom, asof hy besit neem van die ruimte om hom. Asof hy gemaklik met homself en sy aantreklikheid is. Uit sy sak trek hy 'n sakdoek wat al langer en langer word. Beslis die kulkunstenaar van die brosjure. Wys dit vir haar en druk dit dan weer terug in sy broeksak. Sy hou van hom, so op 'n afstand. Hy is skynbaar ook op sy eie. Hoe verklaar sy dit dat iemand haar onverwags so geweldig aantrek? Sulke dinge gebeur nooit met haar nie. Maar nou ...

Sy sien vir oulaas sy mooi baadjie wat oor 'n paar stewige skouers span met die bootjies teen die blou agtergrond. Gelukkig het nie een bootjie 'n lyk in nie ...

HOOFSTUK 2

Die pianis wat langs die saksofoonspeler gestap het, loop in haar vas.

"Kyk waar jy loop, man!"

"Tibor. Tjil, dude," sê die saksofoonspeler.

"Ek haat mense wat nie weet wat hulle wil hê nie."

"Ek ook. Kom ons laat mekaar in vrede," stel Madelein voor.

Tibor beweeg verby haar en stamp haar hardhandig met sy skouer uit die pad. Sy struikel en moet na 'n reling gryp om staande te bly.

"Fokken teef," hoor sy. Diep asemhaal en dan reageer. Maar die oefening help niks. Sy verloor dit, want sy is reeds gespanne ná die vermoeiende dag. Sy laat val haar bagasie. Hy gee haar nou 'n middelvinger.

Sy stap met ferme tred vorentoe en kry hom in 'n stewige greep beet.

Hy skrik. "Jy wurg my."

"En jy moet leer hoe om met 'n vrou te praat. Leer maniere."

As daar een ding is wat haar omkrap, is dit jong mans wat onbeskof teenoor haar optree. Hy laat haar eensklaps aan Pieter-Jan dink. Dit het haar haar humeur so pas laat verloor.

Hy ruk los en draai om. Kyk woedend na haar. Maar daar is iets vreemds in sy oë. Vrees? 'n Waarskuwing? Boosaardigheid? Sy kan nie behoorlik uitmaak wat dit is nie. Dis asof drie emosies tegelyk deur sy oë spoel.

Hy mompel iets en kies die hasepad. "Nie bang vir jou nie," maak sy uit. "Ek het baie dinge in die polisie geleer. Onder andere om myself te verdedig. Kom ons bly liewers uit mekaar se pad uit."

Hy gaan staan. Draai om. Nou sien sy vrees. Hy skud sy kop asof hy haar soos 'n stuk seewier uit sy gedagtes probeer skud. Tibor wil nog iets kwytraak, merk sy. Sy onderlip wil begin bewe, maar hy bedink homself skynbaar. Is nou so bleek soos 'n tafeldoek.

Sy het iets gesê wat hom ontstel het, asof hy 'n skuldige gewete het. Sonder 'n verdere woord verdwyn hy tussen mense wat Duits en Frans praat. Kyk net een keer om na haar asof hy haar wil doodkyk. Dit voel of iets teen haar ruggraat afkriewel soos 'n oorkruiper wat teen haar vel beweeg. Sy identifiseer gevaar wanneer sy dit sien.

Hy verdwyn.

En die hoofpyn begin weer.

Sy tel haar handbagasie op en haal diep asem. Bekyk dan die advertensie vir die koepons. Orden haar denke. Terug na die pamflet. Die spesiale aanbieding bied jou glo toegang tot verskeie eksotiese glinster-skemerkelkies met sensuele stroopsoetname. Name soos Sex on the Beach, Nightly Orgasm, Long Island Ice Tea, Cucumber Kisses, en die dubbelsinnige Pink Smoochies, wat glo 'n ontwerper-hoenderkop gee.

Sy het eenkeer in haar lewe 'n Long Island Ice Tea gedrink. Dit was die eerste keer dat sy op die rand van dronkenskap gestaan het, want sy het nooit besef die drankie is so sterk nie, en Pieter-Jan het haar oortuig om dit te drink, teen haar beterwete.

Sy onthou ook die groot besluit om 'n patoloog te word. Sy wou eers 'n doodgewone mediese rigting volg, soos haar pa. Maar een van haar ooms was 'n patoloog, en haar oom Elmar het vir haar presies verduidelik hoe dit werk. Dat 'n patoloog dikwels die sleutel tot die moordenaar se identiteit hou. Dat dit een van die edelste, die dapperste en die beste loopbane is wat sy kon volg.

Eendag het sy sommer terloops in sy studeerkamer rondgekrap en afgekom op 'n foto van 'n kop wat oopgesny was. Eers het sy teruggedeins. Toe het dit haar vreemd begin fassineer.

Hy was 'n man van min woorde, maar wanneer oom Elmar gepraat het, het dit 'n indruk gemaak. Dit het haar lewe verander. Dit en die foto's.

Hy het haar as't ware, alvorens sy dit gaan studeer het, gewys en verduidelik presies wat haar loopbaan gaan behels. Hierna oor organe gepraat. Wat elkeen se funksie is en wat dit kan verklap. Madelein was meegesleur. Sy was altyd oop vir uitdagings. "'n Bok vir sports," het haar pa dit trots genoem. Hy was uit sy nate uit bly dat sy ook haar pad na die mediese veld gevind het. Maar haar oom het haar tot met sy ontydige dood ondersteun.

Dis die leidrade soek wat haar (en hom) eintlik gefassineer het. Moeilik om te verklaar, maar sy het aanvanklik daarvan gehou. Die outopsies. Die lyk as raaisel.

Net nie daai lyk nie. Net nie die een op die boot nie. Dis waar die breekpunt onverwags ingetree het. Daar was iets aan daai lyk … dit het haar laat twyfel in iets. Selfs hier op die drumpel van 'n tog kan sy die verlamming voel.

Voor haar staan twee Suid-Afrikaners met 'n reuse- pers koffer soos 'n doodskis vol onnodige fieterjasies en klere, en 'n spoggerige smuktassie. Die meisie het ook 'n swierige mandjie met 'n rooi serp om die handvatsel. Hulle het twee botteltjies whiskey in hul bagasie versteek, hoor sy nou.

'n Bekgeveg breek uit toe die maer mannetjie, Siegfried, losbars en begin tekere gaan. 'n Paar monde word uitgespoel.

Interessant hoe baie Afrikaans sy hoor, asof die volk hier saamklont soos aanbrandsel aan 'n pappot. Maar sy onthou dan dat die vaart wyd en syd geadverteer is. Spotgoedkoop. Suid-Afrikaners is mal oor winskopies. Die boot is vol beloftes en glans, maar sy weet hier wag ook 'n paar vangplekke.

"Die drankprobleem is totaal onnodig!" kom die vrou, Merle, nou tussenin. Hulle praat Engels met die sekuriteitspersoneel. "Ek gaan dit op sosiale media uitblaker. Ek is 'n joernalis; hierdie sal die pers haal." Sy gryp haar selfoon en begin foto's neem van die sekuriteitmanne wat haar strak aanstaar. "Hierdie boot, plesierboot, whatever jy dit wil noem, se naam gaan in groot letters in die koerante verskyn!"

"My liewe Merle, niemand lees meer koerant nie," sê Siegfried.

"Ja, jong. Daar is so min oor. Maar dié wat nog daar is, dra darem gewig, al is feitlik almal ook nou in Engels. Ek het daar ook kontakte."

Hy lig sy skouers. "Hulle het nie ons drank op die ander twee bote afgevat nie."

Die twee botteltjies whiskey word op 'n tafeltjie daar naby geplaas. 'n Jong vrou wat duidelik weet sy is mooi, hou alles geamuseerd dop. Outydse rooi lippies soos Doris Day, rondborstig in haar stywe T-hemp. Dan herken Madelein haar. Angelique Meyer. Aktrise. Inderdaad mooi, maar op 'n kunsmatige manier. Die man langs haar, seker haar man, het 'n pet op waarop staan Conclave Pictures.

"Ag, gee die ouens 'n kans!" roep hy uit. "Hulle gee die drank aan die einde van die trip weer vir julle terug, man!"

"Malan, los dit," waarsku Angelique, "ek haat 'n scene. Ek wil net wegkom. Ek kan nie meer vir selfies staan nie."

"Ek dink nie enigiemand gaan jou hier herken nie, skat," grinnik hy in sy potskuurderstem. "Jy gaan dus inderdaad wegkom." Hy lig sy hand en beduie na haar. Praat Engels. "Sy is 'n aktrise!"

Angelique trek haar sonhoed laag oor haar oë. "Moet jy my voor al hierdie mense verneder?"

"My magtag, popsie, ons is in Asië! Bedaar net! Niemand ken jou hier nie. Net 'n paar sepieverslaafde boere en hul vrouens."

Weer let Madelein die verontwaardiging in haar oë op. "Partykeer is ek sommer lus en ... en gooi jou dood met iets! Jy is 'n massiewe pyn, Malan Meyer!" Sy fluister beslis nie meer nie, en mense begin kyk. "Partykeer voel ek sommer lus en stamp jou van die verdomde boot af!"

"Ag, gooi jou poppe terug in die pram, popsedoeks," sug Malan en pluk-pluk aan die hemp wat oor sy bierboepie span. "Hier's nie 'n kamera van 'n dag oud nie."

Madelein moet haar glimlag insluk wanneer sy Angelique se oog vang.

Die meisie neem haar mandjie met 'n dramatiese gebaar en gooi dit vies op die vervoerband. "Kyk maar of julle dwelms hierin kry!" Terwyl Malan hul tas agternaboender.

Tussendeur is die joernalis met die rooi Moleskin-boekie steeds op dreef omdat hulle whiskey afgeneem is. Madelein dink. Sy het hierheen gekom om te rus, nie om met sulke ligsinnighede gekonfronteer te word nie.

Eensklaps ver voor haar, weer Tibor wat om 'n hoek loer. Na haar kyk. Sy hande deur sy hare stoot en sy rug op haar draai.

Voor haar 'n meisie met blonde hare met 'n strikkie in, wat vervaard rondkyk, dan iemand raaksien wat na haar wink. Sy hardloop soontoe. Lyk of sy emosioneel heeltemal van balans af gegooi is. Druk tussen die mense deur na wie ook al daar voor staan.

Intrige op intrige, dink Madelein. Hier is baie meer onderstrominge op die boot waarvan sy seker later meer te wete sal kom.

"Siegfried! Doen iets!" por Merle hom aan. "Hoekom moet ek altyd die vark in die verhaal wees?"

"Skattebol! Wat is dit? Dis 'n reël! Ek het jou gesê ons moenie weer drank probeer insmokkel nie! Een of ander tyd gaan hulle ons vang!"

"Julle hou almal op!" verwyt Angelique hulle met fladderende wenkbroue. Sy het weer haar mandjie geneem.

"Ja, ja, oukei. Merle, ons koop maar koepons vir die dop. Klippies en Coke. Dis al wat tel. Kom!" grom Siegfried in sy diep brandewynstem en hulle stap deur.

Madelein plaas haar bagasie op die vervoerband. Sy merk weer die aantreklike bebaarde man in die blou baadjie van tevore op. Hy bekyk die gekkespul van 'n afstand af. Sy neem hom in. Seker om en by veertig. Hy vryf deur sy peperkleurige bokbaard en Madelein vind dit baie sexy. Daar broei iets by hom, sien sy.

Hallo! Sy mond vorm die woord. Sy glimlag effens terug. Lig haar hand onseker. Hy skud sy kop. Hou syne in die lug asof hy hensop.

Almal se aandag is nou op 'n vrou wie se hoed in die tonnel van die skandeerder vashaak. "Nou wil julle hê ek moet self inklim om dit los te maak?! Sort dit uit! Daai hoed kom nie van flippen Temu af nie!" roep sy in Afrikaans uit.

"Juffrou! Temu is Sjinees. Ek dink nie jy moet hulle in hulle eie land beswadder nie," sê Malan terwyl hy agter Angelique aanstap wat op hoë hakkies probeer balanseer.

Madelein sleep haar handbagasie en tas verby die bondelvoos mense ontvangs toe.

Die ontstelde Siegfried en Merle stap wipstertjie vooruit wanneer die man met die mooi baard en blou baadjie hulle voorkeer.

Hy hou 'n dek kaarte na Merle en Siegfried toe oop. "Helmut Coleman. Kulkunstenaar," stel hy homself in 'n diep stem bekend. Die twee gaap hom aan.

Helmut. Mooi naam. Beslis 'n charismatiese man. Sy hande beweeg so vinnig dat sy skaars kan sien wat hy doen. Hy skommel die kaarte weer. Hou dan opnuut die pak uit. Vang weer Madelein se oog asof hy dit vir haar doen.

"Kies een," sê hy vir Merle.

"Is dit deel van die vermaak?" vra sy geïrriteerd.

"Kies," sê die man. "Dit sal jou aandag van die drama aftrek."

Merle maak 'n haastige aantekening in haar boekie. "Iets wat ek vir my artikel kan gebruik! 'n Nuwe invalshoek. Enigiets om my senuwees te kalmeer!" Sy gryp 'n kaart. Dit is die A van skoppens. Helmut hou dit in die lug asof hy wil hê Madelein moet dit raaksien. Plaas dit dan stadig terug in die pak.

Die kaart van die dood. Heeltemal anders as die koning van harte.

"O my liewe hemel tog, Siegie. Ons gaan sterf!" roep Merle uit.

Siegfried lag. "Dis net 'n kulkunsie."

"Voel of ons op *The Ship of Fools* is. Onthou jy daai ou fliek?"

"Of die boot vol beslommernis," grinnik Siegfried. "Meer gemors as op ons ander bootritte."

Helmut laat die kaarte nou in sy sak verdwyn, gryp dan skielik vooruit. Die twee botteltjies whiskey verskyn eensklaps reg onder Merle en Siegfried se neuse.

"Hoe de hel …?" stotter Merle.

Helmut lyk dood op sy gemak. Gesofistikeerd. Selfversekerd. Manlik. Ongesteurd, met 'n sweempie van 'n glimlag wat in die baard wegkruip. Madelein kan nie wegkyk nie.

"Ek dink julle het dit vergeet?" sê-vra hy.

Siegfried frons. "Maar ek het met my eie oë gesien hoe hulle dit daar anderkant opsysit!"

"En tog, hier is dit nou. Geniet."

Oorbluf neem hulle die botteltjies. "Maar hoe …?"

"Towery," glimlag Helmut. "Skone towery. Daar is altyd meer in 'n situasie as wat jy raaksien."

Siegfried lyk verstom.

"Hierdie is net die begin. Kom kyk na my show."

Merle en Siegfried kyk oorbluf na mekaar en loop dan na Passasiersdienste toe.

Madelein wil volg, maar dan steek Helmut sy hand uit. Vestig sy aandag volkome op haar.

"Kaarte. Sakdoeke. Wat meer moet ek doen om myself aan jou voor te stel?"

Weer daardie gevoel in haar. Prulstories, sê haar lam kuite. Dis darem nie so erg nie. Maar tog.

"Ek het nie kaarte of lang sakdoeke nie. Net 'n hoofpyn," sê Madelein.

"'n Hoofpyn? Dalk kan ek jou help."

"Ek glo nie. Hallo. Ek is Madelein Blignaut."

"Klink na 'n filmster of 'n skrywer."

"Forensiese patoloog."

"Nou ja toe." Hy lag. "In lewende lywe. 'n Mens lees net altyd van julle in speurstories."

Sy kyk lank na hom. Voel vreemd aangetrokke. Is nie bedreig nie. En hy is regtig baie aantreklik.

"Helmut Coleman. Ek weet ek is in die brosjure. Maar ek wil myself nietemin behoorlik aan jou voorstel. Hallo."

Madelein besluit om tog versigtig vriende met hierdie man te maak. Hulle gaan vir 'n week saam op dieselfde boot wees. En hy lyk na lekker geselskap. Skadeloos.

Hy steek sy hand uit en sy hare. Sy hand is ferm, maar hy druk hare nie pap soos haar kollegas by die werk wat met hul manlikheid wil spog nie. Hy hou hare ook nie te lank vas nie. Trek syne terug.

Laat sy dit maar prontuit erken: Sy hou van hom. Om die een of ander onverklaarbare rede is daar 'n aantrekkingskrag tussen hulle. 'n Kulkunstenaar as 'n tydelike gesel. 'n Vriend. Sy lag. Wag tot haar vriendinne hiervan hoor!

"Welkom op die *Leonardo*, Madelein. As hulle dit as die boot van drome adverteer, moenie mislei word nie. Hier gebeur nogal interessante dinge."

Ja. Hy pas onverwags in haar planne, veral ná daardie uitlating. 'n Mens kan die man nie voorspel nie. Want sy wil hier anders wees as die Madelein vir wie sy so moeg geraak het. En 'n vriendskap met hom, 'n kulkunstenaar, kan haar dalk help. As die hoofpyn net nie nou aangemeld het nie.

"Goeiemiddag," antwoord sy met 'n warmer stem as die patoloog in die laboratorium.

"Lekker om jou ordentlik te ontmoet."

Sy moet lag. "Ek hou van die whiskey-triek."

"Alles deel van 'n dag se werk in my lewe. Ek het net gewag tot sekuriteit se aandag afgetrek is."

"Dit kan nie so maklik wees nie."

Hy kyk 'n oomblik na haar. "Miskien moet ek later vir jou wys hoe maklik dit is om iets te laat verdwyn en dan weer te laat verskyn …"

"Net nie heeltyd kulkunsies nie."

Hy vee sy hare terug uit sy gesig. "Onthou, ek is 'n mentalis. Ek kan soms gedagtes lees. En toe ek jou sien …" hy dink, "was dit die koning van harte wat met my gekommunikeer het as jou kaart. Dit het my letterlik in daardie pak gebrand, asof jy hom uitgewíl het. Jy het 'n sterker energie as wat jy dink."

Sy lag. "Wel. Daar ís seker 'n storie agter daardie kaart. Maar ek moet jou teleurstel. Ek glo nie in daardie soort ding nie."

Hy kyk nou na haar sonder 'n sweem van 'n glimlag. Sy hou van die manier waarop hy aan sy baard raak. Eintlik daaroor streel.

Die bullebak wat tevore langs die saksofoonspeler gestap het, kom nou weer penregop verbygestap, skynbaar ontsteld oor iets anders as sy. Hy kyk stip om Madelein dood te kyk. Sê niks. Swets lelik met die verbystap.

"Het jy 'n probleem, Tibor?" vra Helmut. "Jy het baie probleme op die vorige rit veroorsaak voordat ons in Sjanghai aangekom het," keer hy die pianis voor. Toe bars die temperament in hoofstukke los.

"Hulle het my enkelkajuit skielik vir iemand anders gegee. Dis stront, man. Ek gaan die kaptein sien. Ek is 'n bekende komponis, nie 'n donderse amateur wat sit en Chopsticks tokkel nie. Ek kort spasie om te skep."

Helmut beduie met sy regterhand soos vir 'n koningin. "Dan moet jy dit maar doen."

"Ek gaan my kajuit terugkry!" Tibor raak kortasem.

"Presies wat het gebeur?" vra Madelein.

"Hulle het my skielik saam met van die ander kunstenaars in dieselfde kajuit geplaas. Sommer net so. Ek is nie 'n hierjy wat snare tokkel nie. Ek het 'n donderse Oscar gewen."

"'n Oscar?" vra Madelein verbaas.

Hy reageer met woeste handbewegings, seker omdat sy hom nie herken nie.

"Jy kyk duidelik nie na rolprente nie. Maar wat anders verwag 'n mens ook van jou?" Hy verdwyn tussen die mense.

"Mis ek iets?" vra Madelein.

"Tibor het 'n Oscar gewen vir sy komposisie van die tema vir die fliek *Guilty as Charged*. Nie dat ek veel omgee nie, want ek is seker hy kafoefel sommer ook privaat in sy kajuit met daardie Oscar."

Madelein lag. "Dit moet iets wees om te aanskou."

"Ek sien julle het al 'n bietjie vasgesit," lag Helmut.

Sy knik. "Baie duiwels wat daar onder ronddryf. Ek hoop nie ek sien te veel van hulle, of van hom nie."

"Woon ten minste sy show by," is Helmut se raad. "Hy speel rêrig mooi." Hy dink. "Uit die mees geteisterde persoonlikheid kom die mooiste klanke."

Sy hou daarvan. Lag.

"Nou ja, toe. Reg en geregtigheid. Jy is 'n forensiese patoloog. Maar ek is ook een op my eie manier."

"Hoe so?" vra Madelein geamuseerd.

"Ek tas ook in die donker rond tot ek 'n leidraad kry."

"En in jou geval, watse leidrade, Helmut?"

"Leidrade oor myself."

"Ek's nie heeltemal by nie."

Hy bly geduldig. "Ek probeer al maande lank 'n nuwe toertjie uitwerk. Hoe om heeltemal van die verhoog af te verdwyn. En ek het dit eergister amper reggekry. Nog net een spoedhobbel in myself, dan's ek oor die bultjie."

"Verdwyn. Moet moeilik wees."

Hy beduie. "Iemand het dit in Las Vegas reggekry. Ek dink dit was in Celine Dion se show. Ek wil ook."

"Hoekom wil jy verdwyn?" vra Madelein.

"Wou jy nie ook al nie?"

Ja. Sy wou. Maar sy gaan dit nie nou hier teenoor hom erken nie.

"Hoekom dink jy dit, Helmut?"

"Want ek kan ..."

"... gedagtes lees." Sy raak aan haar voorkop.

Oorkant hulle roep Angelique, die aktrise, uit: "Ná die veiligheidsdril gaan ons klompie boere vanaand moordspeletjies speel!" Sy hou 'n boks in die lug met 'n speletjie: *Murder Games!* "Wie speel saam?"

Sy wink na die Afrikaanse paartjie wat Madelein as Merle en Siegfried met die whiskey leer ken het. "Wie vermoor vir wie? Dit is die vraag!" En Angelique stap weg.

Helmut bepaal hom weer by Madelein. "Jy het tevore van 'n hoofpyn gepraat?"

"Van daardie skril stem, ja," beduie sy na Angelique. "Onder andere!"

Sy vingers kam deur sy baard. "Dalk kan ek help."

"Miskien later. Ek dink nie enigiemand kan my sommer help nie," waarsku sy. "Die migraine teister my al maande."

"Kry jy dit slegs as jy gespanne is?"

Sy raak aan haar voorkop. "Nee. Deesdae kry ek hoofpyn van mense. Soos hierdie lastige pianis en die aktrieze."

"Gebruik jy pille?"

Sy knik. "Dit help nie meer nie. Boonop is ek bang ek raak afhanklik van die goed."

Hy plaas sy hand eensklaps aan weerskante van haar slape. Los haar dan weer. "Soos ek gesê het. Ek kan help. Maar jy moet vertroue hê en toelaat dat ek jou help."

"Veral met my agtergrond en in my soort werk kom dit nie maklik nie, Helmut."

"Is dit hoekom jy hier is, Madelein? Om van spanning weg te kom?"

Sy knik. "Wat vinnig in 'n migraine ontaard."

Hy dink. "Ons kyk wat ons kan doen."

"Uhm," sê Madelein, "ek dink so iets moet professioneel gedoen word. Jammer om so reguit te wees, maar nie deur ..."

"Dis nie on-board entertainment nie." Hy klink onverwags formeel.

"Ek het dit nie heeltemal só bedoel nie."

"Jy skat my vlak, Madelein. Ek is professioneel. Ek het 'n graad in sielkunde. Daarna het ek besluit om in 'n ander rigting te gaan."

"En dit is?"

"Syfers. Dit was toe vir 'n ruk my uitkoms. My brein besig gehou."

"'n Man van vele talente," is al waaraan sy kan dink om te sê.

Die hoofpyn raak nou minder, maar bedaar nog nie. Die man het 'n onverwags kalmerende invloed op haar. Sy is verbaas daaroor. Of verbeel sy haar?

"Helmut."

Hy staan uit die pad dat passasiers verby kan loop. Hulle bondel om 'n toergids saam. "Ek daag jou uit om deur enige van my kunsies te sien. Kom verduidelik my hoe ek een doen. Is dit 'n deal?"

Daardie glimlag. Sy kan inderdaad verstaan dat hy mense kan hipnotiseer. Dalk ... sy oorweeg dit. Dalk, as hy haar met die hoofpyn kan help, moet sy dit op die proef stel.

Die boot vertrek. Die passasiers waai. Roep uit. 'n Skerp fluit. Die reis begin.

Angelique met die moordspeletjiebord sit dit teen 'n reling neer en neem selfoonfoto's van haar man, Malan, teen die Sjanghaise stadslyn. Dan tel sy die bordspeletjie weer op. "Dit gaan 'n lekker game wees. Ons moet net die regte deelnemers kry."

"Jy bedoel soos mense wat tot moord in staat is?" vra Malan met die verbystap.

"Wel. Ek is tot moord in staat nadat ons so lank moes wag om op die boot te kom!"

"En jy wou my in die see stamp."

"Ag man, really?"

"Jy wil seker die moordenaar wees?" spot Malan, maar Angelique antwoord hom nie bitsig nie.

Madelein merk hoe sy terloops na Tibor kyk wat saam met die personeel van die boot klaarblyklik na sy kajuit toe stap. Hy sien Angelique skrams raak. Sy lig haar wenkbroue.

"Jy al jou sleutelkaart?" vra Helmut.

"Nee."

"Kom ek help jou."

Hulle stap met die trappe af.

'n Rukkie later bevind Helmut en Madelein hulle voor die ontvangstoonbank.

Die meisie agter die toonbank bekyk Helmut en glimlag.

"Hallo al weer," sê hy.

"Welkom terug op die *Leonardo*, Mister Magic." Sy neem sy paspoort uit 'n rakkie met 'n vinger wat net 'n bietjie te lank op Helmut se hand vertoef. "Jy lyk baie beter in die werklike lewe as op jou paspoortfoto."

"Jy ook!" spot hy. Die ontvangsmeisie bloos.

Sy plaas sy sleutelkaart op die toonbank.

"Dankie."

"Paspoort, asseblief," sug die meisie nou verveeld vir Madelein. Sy haal dit uit haar handsak en gee dit vir die ontvangsdame wat dit krities bekyk. Madelein het al moordenaars met vriendeliker glimlagte as dié meisie gesien. Nie 'n sweempie van emosie nie.

"Sy is van die polisie," sit Helmut die vrou op haar plek. Dadelik is daar respek.

"O." 'n Glimlaggie so dun soos 'n lemmetjie. "Ons hoop nie ons sal die polisie op hierdie vaart nodig hê nie!"

Die meisie gee Madelein se paspoort terug, draai weg, neem 'n sleutelkaart en plaas dit op die toonbank.

Madelein neem eerste haar paspoort en kyk vinnig na die foto. Stroef. Nie lus gewees om voor 'n kamera te staan nie. Dan plaas sy dit in 'n spesiale afskortinkie in haar handsak. Die hoofpyn klop-klop al weer.

"Ons sal jou bagasie by jou kajuit laat aflewer," sê die meisie onvriendelik.

'n Passasier loop agter hulle verby en haar tas bars oop. Klere lê gesaai oor die vloer. "O shit, dêmmit!" skree die vrou wie se man haar help.

Madelein kyk terug na die meisie agter die toonbank en neem haar sleutelkaart.

"Dan sien ek jou by môreaand se show?" sê-vra Helmut.

"Jy gaan nie vies wees as ek opstaan en vir die mense verduidelik hoe jy dit reggekry het nie?" vra Madelein.

Daardie glimlag kan 'n duisend skepe loods. Is dit die korrekte uitdrukking? wonder sy.

"Nee, wat. As jy so vinnig deur my sien, Madelein, verdien ek om verneder te word."

"Uitdaging aanvaar."

Hy dink 'n oomblik. "Feite en kulkunsies. Lekker kombinasie, of hoe?"

"Dalk moet ons ook aan Angelique se moordspeletjie deelneem," stel sy voor.

"En jou die moordenaar maak. Die een van wie 'n mens dit die minste verwag!"

"Dan is dit die volmaakte moord," spot sy.

"Enigiets is moontlik op hierdie boot, Madelein." Helmut lag en stap weg. En hy stap mooi weg ...

Madelein kyk na haar kajuitnommer op die sleutelkaartjie en soek dan na bordjies teen die mure. Loop met die trappe af. Vreemd. Sy het spesifiek gevra vir 'n kajuit met 'n uitsig hoër op.

Agter haar loop 'n kordaat mannetjie op 'n selfoon en praat. Tussen al die Duits en Spaans wat gepraat word, staan sy Afrikaans stewig uit. Sy draai om. Hy sit baie duidelik 'n omroeperstem aan en neem homself op die selfoon af terwyl hy praat.

"Hallo, julle oulike mense! 'Ganit? Felix Visagie hier. Julle ken my van my waremisdaadpodsending. Maar vandag praat ek oor my ervarings op die *Leonardo*-plesierboot op pad na ons eindbestemming, Singapoer!" Hy draai die selfoon nou na die gang en dan weer terug na homself sodat sy gesig baie duidelik registreer. Maak 'n paar oordrewe bewegings. "Nou maar welkom weereens!" Hy fluister skielik. "Ek is pas gevra om aan 'n moordspeletjie deel te neem. Oe-hoe! 'n Bordspeletjie, seker na aanleiding van my waremisdaadpodsending." Hy knipoog. "Dalk is die uwe nog die moordenaar! Sal dit nie 'n sensasie veroorsaak nie?"

'n Muisvaal meisietjie met 'n strikkie in haar hare trippel vinnig agter hom verby en verdwyn om die hoek terwyl Felix homself steeds verfilm en niks anders raaksien nie. Hy is te behep met homself.

Dit is duidelik dat die strikkiemeisietjie nie raakgesien wil word nie. Madelein hoor hoe sy by die trappe daar naby opdraf.

Daar is iets aan Felix wat haar pla: die masker wat hy probeer opsit vir die kamera. Iets in sy selfbewuste maniërismes. Iemand wat van beheer hou en nie gewoond is om enigiets te verloor nie. Veral nie sy humeur nie.

Dit lyk of hy skielik onraad vermoed. Hy kyk rond. Skakel die selfoon af. Al sy aangeplakte selfvertroue is daarmee heen. Soek. Draf dan om die hoek waar die meisie verdwyn het.

Madelein stap verder die gang af. Sy merk hoe Angelique ongesiens by 'n kajuit naby haar probeer inglip nadat sy dit met 'n sleutelkaart oopgesluit het. Sy maak die deur haastig toe.

'n Geluid agter Madelein. Sy draai om.

Die pianis kom aangestap. Hy praat saggies op sy selfoon en sy hoor: "Waar's jy?" Hy skuif teen Madelein verby en skrik.

"Skies," kom dit onverwags asof hy van balans af is.

"Goeiemiddag. Of is dit al aand?" vra Madelein moedswillig.

Hy wil verder loop maar steek vas. "Jy sê jy is van die polisie?"

Sy knik. Hy kyk net 'n bietjie te lank na haar. Dit is asof hy skielik vriendeliker geraak het. "Hulle wou my na 'n ander kajuit skuif, maar ek het my oorspronklike kajuit teruggekry." Dan skud hy sy kop asof hy wonder hoekom hy hierdie inligting vir haar gee. Hierna loop hy tot by dieselfde kajuit waarby Angelique netnou ingesluip het en sluit dit oop.

Angelique en Tibor. Nou ja, toe. Hoekom is sy nie verbaas nie? Weet manlief Malan van Angelique en die musikant? Wag, keer sy haarself. Dit het niks met haar te doen nie. Not my circus, not my monkeys. Sy is nie besig met 'n ondersoek nie.

Sy het beslis nie nou lus om na 'n gehyg en gestamp teen die kajuitmure te luister nie. Sy besluit om hulle kans te gee om hulleself in haar afwesigheid uit te woed. Dan maar nog 'n draai gaan loop.

Weer op met die trappe tot in die oorvol reusevoorportaal. Kyk verveeld rond. Sy besluit om die boot te verken tot alles rustiger raak. Dalk help dit teen die hoofpyn. Sy neem dié slag 'n glashysbak.

Die hysbak stop uiteindelik op die boonste vloer by die eetsaal. Sy kies 'n stiller deel waar 'n bordjie aandui: Ouditorium.

Met die verbystap, merk sy Malan Meyer sit reeds breedbeen tussen die manne by die kroeg en drink. Gesels luidkeels. Sy moet liefs verbyhou.

Sy hoor vaagweg 'n saksofoon. Iets anders as die skeepsfluit wat geblaas het toe hulle vertrek het.

Sy merk 'n deur op waarop staan: *No unauthorised entry. Entertainment area. Get tickets at Passenger Services.*

Natuurlik sal sy hier instap. Sodra iets of iemand haar probeer terughou, aanvaar sy die uitdaging. Tot by die deur. Daar hoor sy die saksofoon nou duideliker.

Madelein stoot die deur oop. Maak haar handbagasie teen die muur staan. Klem haar handsak vas.

Die man wat sy as Merwe leer ken het, merk haar.

"Ek is jammer. Die publiek word nog nie toegelaat nie. Ek oefen eers," sê hy in Engels, lyk gefrustreerd en laat 'n stemboodskap op sy selfoon. "Fok dude, waar is jy? Ons moet rehearse, jou poephol."

Hy kyk na Madelein.

"Ek is Afrikaans," sê sy. "Ons het vlugtig vroeër naby die sekuriteit ontmoet."

"O, ja."

"Jammer ek het gepla."

Hy verduidelik in 'n sagter stemtoon asof hy sy vloermoer netnou teenoor haar wil versag. "Ek en Tibor Lindeque is veronderstel om saam te oefen. Hy's die pianis, maar hy's nog nie hier nie."

Tibor en Angelique is beslis nou te besig vir 'n klavieroefening. "Daardie stuk musiek wat jy nou net op die saksofoon gespeel het. Ek het dit al vantevore gehoor," sê Madelein.

Hy laat die saksofoon sak.

"Tema uit die fliek *Guilty as Charged*. Die wiegeliedgedeelte. Tibor het die hele klankbaan gekomponeer. Toe wen die bliksem 'n Oscar vir beste sound track. Ek bedoel, wat is die kans?!"

Ja. Die hele Oscar-drama.

Merwe speel nog 'n bietjie. Wag. Nou wil-wil dit bekend klink. Die tema is tot vervelens toe oor die radio gespeel, maar iemand het dit ook gesing.

Merwe speel tot die einde. Madelein waai vir hom en verskoon haarself.

Sy stap by 'n privaat kuierhoekie verby. Op die deur is 'n haastig geskrewe papier geplak. MOORDSPELETJIES. VANAAND NA 9. INLIGTING BY ANGELIQUE. Met haar selfoonnommer.

Miskien, as haar hoofpyn bedaar het, moet sy tog hieraan deelneem.

HOOFSTUK 3

In die gang hoor sy 'n aankondiging oor die luidsprekers dat daar oor 'n kwartier 'n veiligheidsdemonstrasie sal wees en dat alle passasiers op die dek moet aanmeld. Dit is verpligtend.

Die res van haar bagasie is seker lankal in haar kajuit. Sy sal dus maar eers aan die demonstrasie moet deelneem. Sy stap uit.

Terwyl sy wag dat die demonstrasie begin, gaan sy vinnig die daaglikse program deur om te sien hoe laat Helmut môreaand optree.

Die mense versamel om haar vir die demonstrasie. Die son het gesak.

Sy doen presies wat die instrukteur vir haar sê. Waar sy gewoonlik nie meer na die veiligheidsaankondigings op vliegtuie luister nie, is al haar aandag by hierdie demonstrasie. Sy kyk na die reddingsbootjies. Kom ons hoop hulle word nooit 'n noodsaaklikheid nie, dink sy.

Madelein merk die mense wat sy reeds ontmoet het. Die bonkige Malan Meyer, die filmmaker, en sy robuuste vroutjie Angelique. Sy lyk blosend opgewonde ná haar Tibor-interlude. Tibor het haar seker goed behandel. Dan sien sy vir Felix die podsender, maar sonder die vaal meisietjie wat sy tevore gesien het. Ook die joernalis en haar man wat whiskey probeer insmokkel het, Siegfried en Merle.

Sy neem tot die einde aan die demonstrasie deel. Haal dan haar veiligheidsmondering af en neem weer haar handbagasie. Sy is nou moeg hiervoor. Wil dit van haar afkry.

'n Lang, formele man stap verby. Groet. Wanneer sy teruggroet, vra hy: "Nog een van ons mense?"

"Ja. Ek is Madelein Blignaut."

"O ja, ek het van jou gehoor. Ek is dokter Dannhauser."

"Passasier of aan diens?"

"Al twee," glimlag hy. "Ongelukke gebeur maklik op die oop-see." Hy stap weg.

Interessante ding om te sê. Sy ry met die hysbak af en stop op die volgende vloer. Siegfried en Merle staan voor haar toe die deur oopgaan.

"Hallo!"

"Ek kan nou nog nie glo dat daardie kulkunstenaar ons whiskey vir ons deurgekry het nie. Waar is hy?" vra Siegfried.

"Ek weet nie," antwoord Madelein en wend haar na sy vrou. Stel haarself bekend as Madelein Blignaut.

"Ons het nog nie formeel ontmoet nie."

"Ek is Merle Smal. Ek skryf reisrubrieke vir koerante en tydskrifte."

"Wens ek het so 'n lekker werk gehad," glimlag Madelein.

"Moenie jou misgis nie. Hierdie een is die derde bootvaart wat sy verniet kry," merk Siegfried op. "As ek aan nog een veiligheidsdril moet deelneem, gaan ek kots!"

"En nou gaan ek nog die moordspeletjie ook speel. Sodra mense jou Afrikaans hoor praat, annekseer hulle jou soos okkerneute in 'n pastei! Eintlik wil ek ná die ete net gaan slaap!" kla Merle.

"Ons sal maar moet deelneem. Ons het nou ingestem," waarsku Siegfried.

"Koop maar 'n koepon vir jou boeredop, Siegie! Klippies en Coke," knor Merle.

"Hoe kry jy dit reg om al die ritte verniet te kry?" vra Madelein vir Merle.

Merle trek haar skouers op. "Ag, ek weet watter tydskrifte watter artikels gebruik. Dan gee ek die hoof- reisartikel vir die top glamour-tydskrif. Skryf dan nog 'n storie vir 'n leefstyltydskrif en doen 'n radio-onderhoud in 'n reisprogram. Drie vlieë met een klap."

"En wat doen jý, Siegfried?"

Hy antwoord dadelik asof hy wil spog. "Ek is eintlik in IT. Dikwels het Merle probleme. Of …," hy lag, "is ek arm candy." En as Merle kwaai na hom kyk: "Wel, iemand moet dit doen!"

Sy vrou frons. "Dis nie so lekker soos dit klink nie, Doedelsak. Ek moet gedurig op my tone wees."

"Soos 'n ballerina, ja. Dis mos wat jy eintlik wou gewees het."

"Ag sharrap, man. Ek hou nooit op met waarneem nie. Moet vanaand 'n glipkansie kry om met die kaptein te chat om te hoor waarheen die boot volgende vaar. Hoop om 'n Alaska-trip te kry!"

"Oppas om te veel tydens die moordspeletjie te sê. Iemand sal jou dalk vermoor om daardie joppie te kry, Merle, my pikkewyntjie!" knipoog Siegfried.

Merle lig haar wenkbroue en wil net wegstap wanneer sy terugkyk na Madelein. "Terloops. Wat doen jý, Madelein?"

"Madelein Blignaut. Ek is 'n forensiese patoloog."

Dadelik stel Merle belang. "Dalk kan ek 'n artikel oor jou doen?"

"Waarvoor tog?" wil Madelein liggies geïrriteerd weet.

"Daar sal altyd iewers 'n publikasie wees wat in so iets belangstel."

Madelein sal dit nooit toelaat nie. "Ek moet na my kajuit toe gaan."

"Sien jou vanaand vir 'n potjie moord?" spot Siegfried.

"Ek sal sien."

Madelein haal die hysbak. Kyk na haar sleutelkaart. Besluit om nou maar af te stap na haar kajuit toe.

Wanneer sy uitklim, glip die vaal meisie met die strik wat sy tevore gesien het, weer onverwags by haar verby. Dit lyk asof sy van iemand af vlug. Sy laat Madelein aan 'n spook dink. Dan hier, dan daar, dan is sy weg. Sy moet tog uitvind wie die maer meisietjie is.

"Kan ek jou help?" vra Madelein.

Die meisie kyk haar verskrik aan, skud haar kop en draf weg.

Voor haar deur kyk Madelein weer na die nommer op die kaart en die deur: 666.

Slegte teken. Sy plaas die kaart teen die sleutelhouer en die slot spring oop. Sy stoot die deur oop.

Haar bagasie is nog nie hier nie. Inteendeel. Die kajuit is vol vreemde instrumente, asof vir 'n verhoogvertoning. Sy bekyk haar sleutelkaart met 'n frons.

Dan gaan die badkamerdeur oop. Dis die kulkunstenaar Helmut Coleman. Hy dra nou 'n doodgewone T-hemp en 'n chino.

"Madelein!"

Sy kyk verstom rond. "Jammer, ek is dalk in die verkeerde kajuit, want my kaart ... die nommer op die deur ..." Dan verstil sy. Hou haar hand uit en kyk weer na die kaart. Besef.

"My sleutelkaart, asseblief," vra sy, meteens omgekrap.

Hy lag. "Span jou forensiese kragte in en kyk of jy dit kan kry."

Sy sug. "Ag kom nou, meneer Coleman. Ek het jou gevra om my nie die hele tyd met kulkunsies te oorweldig nie."

"Helmut, asseblief."

"Regtig, Helmut? Is ons kinders op 'n skattejag? Gee my kaart."

"Is hier iets wat uit plek uit lyk?" toets hy haar.

Sy laat sak haar kop. Geïrriteerd. Kyk weer rond. Sien poppe en tossels en notaboeke. Selfs 'n saag. En dan die glas groen bruismelk op 'n tafel, half gedrink.

Vinnige waarneming. Dan lig sy die glas en vind haar sleutelkaart dien as 'n drupmatjie daaronder.

"Ek hoop jou verhoogoptrede is meer professioneel as hierdie poging." Haar irritasie ontaard in frustrasie.

"Pla die hoofpyn nog steeds?" vra hy.

Sy wil dit eers wegpraat, maar gaan sit dan op die bed. Die soekery en die baie mense en nou die onverwagte wending het dit weer vererger.

Sy knik.

"Mag ek?"

"Mag jy wat?" vra sy.

"Jou probeer help?"

"Ek het tablette in my bagasie wat seker in my regte kajuit is."

"Kyk net na my."

Sy is skielik op haar hoede.

"Moenie bang wees nie." Hy beduie met twee vingers na sy oë. Noodgedwonge kyk sy in sy oë.

Blou oë wat diep kyk. Raaksien. Sagte oë.

"Mag ek?" vra Helmut.

"Mag jy wat?"

"Aan jou slape raak?"

Weer die intense kyk. Maar haar instink skop nie weer in nie. Dis soos wanneer sy mense ondervra. Sy lees hulle vinnig. En hier is nie iets wat haar pla nie.

"Aan my slape raak? Ek ken jou nie goed genoeg om ..."

Eensklaps plaas hy sy hande aan weerskante teen haar slape. Druk liggies. Maak ronde sirkelbewegings. "Die pyn gaan verdwyn. Dit smelt onder my vingers weg." Hy maak steeds sagte sirkelbewegings, hou 'n rukkie daarmee aan. "Ek trek die seer uit. Voel jy dit?"

Die hoofpyn is inderdaad besig om te verdwyn. Sy kan letterlik voel hoe dit wegsyfer. Madelein sit 'n oomblik oorbluf, want sy was op pad om op te staan.

Hy verwyder sy vingers.

"Beter?"

Die hoofpyn het verdwyn.

"Ek ..." Hy kyk steeds in haar oë. Sy besef hy sal haar maklik kan hipnotiseer. Dalk hét hy so pas. Sy was net nie daarvan bewus nie.

"Ek voel dit nie meer nie." 'n Glimlag. Net effens, asof hy dit verwag het.

"Nou toe. Jou kajuit wag. En onthou die moord-aand hierbo ná ete. Die boeremoord. Ek is nuuskierig om te sien wat daar gebeur."

Sy loop tot by die kajuitdeur en maak dit oop. "Hoekom het jy die sleutelkaarte omgeruil, Helmut?"

"Om jou te toets." Hy glimlag. "Jou aandag was afgetrek deur die mense agter jou. Die onbeskofte meisie agter die toonbank. Toe werk dit."

"Maar hoekom moes ek juis na jou kajuit toe kom?"

"Want jy is deurgaans op jou hoede. Vertrou niemand nie. En ek kon sien jy kry swaar. Soms kan iemand soos ek 'n hoofpyn letterlik sien en dan wil ek dit verlig. Wat help dit jy probeer van alles wegkom, maar al daai herinneringe steek nog in die hoofpyn vas? Jy sou my nie op 'n ander manier toegelaat het om jou te help nie."

Sy wil uitstap, maar daardie oë. Hy hou haar daar sonder dat sy beheer het daaroor ...

"As jy nie geïnteresseerd was in my kulkunsies nie, het jy lankal geloop. En ek vermoed die koning-van-harte-speelkaart het jou aan die dink gesit. Jy is beslis geïnteresseerd in wat ek doen."

In 'n mate is hy reg. Maar of sy dit wil toegee of nie, Helmut Coleman trek haar op 'n vreemde manier aan. Dis asof hy tot diep binne-in haar kyk en haar verstaan.

"Pannekoek met kaneelsuiker. En warm sjokolade. Ook gemmerbier. Sterk gemmerbier ..." Haar stem klink soos iemand anders s'n, nie haar eie nie. Want sy praat sagter. Rustiger. En besef dan eers wat sy gesê het.

"Dit is lekker, ja."

Madelein plaas haar hand voor haar mond. "Ek verstaan nie hoekom ek dit skielik gesê het nie."

"Bly daar," sê hy rustig. "Bly net daar." Hy lyk nou ernstig. "Is dit jou ma se kombuis?"

"My ouma s'n."

Hy knik. Vryf sy vingers saggies teen mekaar. "Dink weer daaraan voor jy gaan slaap. Dit gaan ook help teen die hoofpyn as dit weer opvlam. Maar ek twyfel of jy dit weer gaan kry. Sweef daar rond. Sien elke vrug, elke groentesoort, elke pan vol deeg. Voel jou ma se hande. Ruik haar. Hoor haar stem."

Hy kyk stip na haar en knip sy oë asof hy iets tussen hulle breek.

Nou kry sy eensklaps die krag om op te staan. Sy stap uit. Maak die deur toe en staan vir 'n paar oomblikke met haar rug daarteen.

Wat het so pas hier gebeur? Madelein kyk na haar sleutelkaart. Loop dan soos 'n slaapwandelaar na haar regte kajuit toe. Kajuit 441. Een stel trappe op, sien sy aan die einde van die gang.

Haar bagasie wag in haar kajuit vir haar.

Sy trek haar tas se ritssluiter oop. Haar boksie met hoofpyn-pille lê bo-op. Sy pak dit in haar badkamersakkie. Loop stort toe. Staan lank daarin sodat die water oor haar spoel. Dink aan Helmut. Onthou die manier waarop hy in haar oë gekyk het.

Trek daarna vars klere aan en besluit om kos kamer toe te bestel.

'n Kwartier later is daar 'n klop aan die deur. Dit is haar aand-ete. Sy gee vir die kelner 'n fooitjie.

Madelein gaan lê met die kos half-geëet langs haar op die bed. Onthou Helmut se woorde. Dink aan haar ma. Haar ouma. Die gelukkige tye in die warm kombuis. Die vrolike atmosfeer.

Sy kom orent en gaan staan voor haar kajuitvenster. 'n Boot met helder liggies vaar verby. Maar sy kan Helmut en sy sagte oë en daardie alwetende glimlag nie uit haar gemoed kry nie.

Sy eet tydsaam aan die laaste oorblyfsels van haar ete. Gaan lê weer en besluit dan om na die boonste dek te stap om die sterre te bewonder. Sy sal in elk geval nie nou kan slaap nie.

Sy stap verby 'n kleinerige saaltjie wat ook vir klein konferen-sies gebruik word. Op hierdie deur was die papier oor die moord-aand geplak. Op daardie oomblik gaan die deur oop. Dit is die lastige Felix met sy selfoontjie wat uitloer.

"O. Ons het gedink jy kom nie meer nie."

"Wel, hier is ek." Sy is nie nou lus om te verduidelik nie.

"Maar kyk wie's hier!" kondig Felix in sy radiostem vir die gaste aan. "Kom sluit by ons aan!" En hy kekkel haastig in sy sel-foontjie. "Almal is hier. Die moord-aand gaan begin."

Die Afrikaanse gaste wat sy vandag ontmoet het, sit almal om die tafel. Merle, Siegfried, Malan, Angelique en die dokter. Selfs Merwe, die saksofoonspeler, en Helmut. Interessant om die twee daar te sien.

Daar is geen uitkoms nie. Madelein sal op die enigste oop stoel moet plaasneem.

"Jy is eintlik 'n bietjie laat." Felix lag. Ons het elkeen verduidelik wie ons in hierdie moordspeletjie is. Nou wag ons net vir die lyk."

"Ek sal die lyk wees," bied Madelein aan, want sy is nie nou lus vir hierdie prulspeletjie nie.

"Maar ons weet niks van jou af nie. Ek bedoel nou vir die doel van die speletjie."

Madelein wonder wat die saksofoonspeler daar maak. Sy vra dan ook.

"O, ons ken hom van die Kaap af. Hy speel gereeld saksofoon in teaters. Ook op ons plaas by premières en musiekaande. Hy's eintlik 'n huisvriend. Ou bekende. Toe vra Tibor hom om saam op die boot te kom, want hy het oorspronklik die wiegeliedjie-gedeelte in *Guilty as Charged* op die saksofoon gespeel," verduidelik Angelique.

Op daardie oomblik verskyn Tibor by die deur. Hy dra 'n noupassende hempie wat elke spier, elke keep, elke riffel van sy sespak wys.

"Jy is laat, swaer," betig Helmut hom.

"Ek is nie lus vir hierdie stupid speletjie nie." Hy wend hom na Merwe, die saksofoonspeler. "As jy klaar gehanna-hanna het, moet ons hier bo oefen. Die ouditorium is oop. En lig my volgende keer in voor jy uitnodigings aanvaar wat met rehearsals clash!" Hy klap die deur toe.

"Wel. Hallo-o!" roep Merle uit. "Wat 'n onbeskofte man! Is hy altyd so arrogant?"

Angelique bloos en kyk weg.

"Hierdie was een van sy goeie buie," antwoord Merwe.

"Oukei. Die ligte moet afgaan. Wie's nou weer by die skakelaar?" vra Angelique.

Madelein staan op. "Soos ek voorgestel het, is dit ek. Aangesien ek die lyk is, sal dit die maklikste wees as ék die lig afskakel. Is julle gereed?"

Helmut raak nou duidelik verveeld en kyk op sy horlosie. "Ek het 'n afspraak. Ons sal moet wikkel."

"Then give it to us!" roep Malan nou opgewonde uit. "Miskien kry ek 'n movieplot hieruit!"

Helmut kyk hulpeloos na Madelein. "Dalk moet ek my hieruit wikkel dat julle oorbly. Ek is in elk geval net hier omdat Merle my hierin betrek het. Ek ken julle almal eintlik nie eens nie."

"Bly, swaer, en wag op beter dae!" roep Malan uit.

Madelein gee Helmut wat sy rugsakkie neem om uit te loop 'n simpatieke kyk, en beduie hy moet wag. Sy skakel die ligte af. Dit is eensklaps pikdonker.

Sy hoor 'n geskuifel. Die maklikste plek om te gaan lê, is hier by die deur. 'n Gefluister. Bewegings. Kortaf aanmerkings. 'n Geluid. 'n Stoel wat omval. 'n Tafel wat skuif. Weer 'n geskuifel. Madelein gaan lê op die vloer. Sy wag.

Dan 'n gil.

Madelein vermoed dat sý eintlik moes gegil het. Maar iemand anders het geskree.

"Ligte! Ligte!" roep 'n vrouestem uit. Nog opgewonde stemme. Madelein staan op en skakel die lig aan.

"Nou goed. Wie het my vermoor?" sug sy met 'n gelate glimlag.

Merle staan doodsbleek vooroorgebuig by die tafel waarom die ander gaste sit. Malan kyk verstom na haar.

Helmut kyk ook verbaas na haar. "Merle?"

Sy hyg. Raak aan haar nek.

"Iemand ..." Sy sluk. Kyk rond. "Iemand het 'n lap of iets soos 'n serp om my nek gedraai en my probeer verwurg!" Die histerie slaan in haar stem deur.

"Ag, moenie belaglik wees nie, Merle!" raas Siegfried.

"Wat? Wat het gebeur?" Helmut kyk vinnig na Madelein wat net haar skouers optrek.

Merle raak weer aan haar nek. "Ek het dit gevoel. Die serp is vir 'n oomblik styfgetrek. Toe weer losgemaak." Sy skree nou: "Iemand het my probeer vermoor!"

'n Stilte sak toe. Helmut verbreek dit ná 'n paar oomblikke. "Merle, jy verbeel jou. Madelein is die slagoffer. En ek weet wie haar vermoor het nadat ek na al die leidrade geluister het."

Almal se oë beweeg rond. Van Merwe na Angelique na Felix na Merle na Siegfried na die dokter, na Helmut: die verdagtes in hierdie moordspeletjie.

Helmut beduie na die dokter. "Dit was jy, Dokter. Want Madelein was eintlik jou vervreemde vrou wat jy uit die weg wou ruim! Dit het alles in jou liggaamstaal gelê, jou senuweeagtigheid. Die leidrade wat jy probeer wegpraat het." Helmut beduie nou ongeduldig. "Draai 'n bietjie jou kaart om, toe?"

Die dokter lag. "Guilty as charged!" Hy hou die woord "murderer" op. "Dit was ek."

Applous. "Luister, ek gaan slaap," sê Madelein.

"Gaan jy nie die moordenaar in hegtenis neem nie, Madelein?" vra Malan.

Sy lag. "Ek is te moeg vir sulke kleinighede. Tot môre. Lekker slaap."

Dis toe sy terugdraai dat sy weer na Merle kyk. Sy raak steeds aan haar keel. Haar hals. En daar is 'n ligte rooi uitslag asof iemand 'n serp of 'n tou om haar nek gedraai het.

HOOFSTUK 4

Dis die volgende oggend.

Die tweede dag op die *Leonardo*-plesierboot bestaan uit ken-mekaar-kuiertjies, speletjies op die boonste dek, gaste wat swem, in die son bak of orals op die skip rondloop. Dit is hul laaste dag op die oopsee voordat hulle môre by Okinawa vasmeer.

Helmut is besig om voor te brei vir die aand se kulkunsievertoning, en die musikante oefen aan nuwe liedjies wat hulle saam met die ikoniese tema uit *Guilty as Charged* gaan opdis.

Felix neem sy podsending oor ware misdaad op, terwyl Malan saam met sy nuutgevonde drinkebroers op die dek kuier en die vrouens sit en kaartspeel. Dis net Merle wat steeds ontsteld is ná die vorige aand se moordspeletjie.

Ná aandete, wat Madelein saam met Merle en Siegfried geniet, maak sy gereed vir Helmut se jongste kulkunsievertoning. Sy stap terug na haar kajuit toe, verby Felix se kajuit en hoor stemme binnekant. Dit klink of daar 'n argument aan die gang is. Madelein hoor af en toe 'n skril vrouestem deurkom, maar niemand kom uit die kajuit nie. Sy is ook nie heeltemal seker wie by Felix is nie.

Madelein stort en trek ander klere aan. Stap dan na die ouditorium waar Helmut sy vertoning gaan hou. Die kaptein, Ulrich Fernando, stap op daardie oomblik verby. Praat Engels met haar met 'n sweempie van 'n Italiaanse aksent.

"Geniet jy dit?"

Haar hoofpyn het heeltemal verdwyn.

"Geweldig."

"So 'n mooi vrou mag nie alleen sit nie." Die kaptein lig sy wit kep, glimlag en stap weg. Sy voel nou nóg beter.

In die ouditorium gaan sy sit en kyk na die program. Lees oor Tibor Lindeque wat 'n uur ná Helmut 'n vertoning lewer. En dan is dit partytjietyd in die nagklub en dobbel tot die son opkom, belowe die brosjure.

Vir die eerste keer klem haar hande nie op haar skoot saam nie. Lees sy net die Engelse beskrywing van Tibor:

> *For someone so young, Tibor Lindeque has been in the South African music industry for many years, and has mostly composed themes for promotional material, adverts, local productions, such as* Anaconda Adventure *and* The Secrets of the Kaapsche Hoop Valley. *He recently rose to prominence when his compositions for the film* Guilty as Charged *were nominated for an Academy Award for best original score. It won the South African a well-deserved Oscar. It was later turned into a hit song by the famous singer, Chloé Durand.*
>
> *Lindeque will play the famous theme especially for* Leonardo *passengers, as well as some of his other original compositions. He has stated that he will find a new composition on the boat, as the sea always inspires him. He is 25 years old.*

Op daardie oomblik kom Tibor in die paadjie verbygestap, maar steek vas. Kyk stip na Madelein. Sy gaan nie verwys na sy sekskapades en onderonsies met Angelique of hul stryerye en haastige ontmoetings nie. Hy neem plaas agter haar waar sy in die middel van die ry sit asof hy haar in die oog wil hou.

Sy is eintlik verbaas dat iemand so verwaand soos hy na Helmut se vertoning kom kyk.

"Besig met 'n saak?" vra hy van agter haar af. Vreemde vraag.

Sy skud haar kop. "Ek is met vakansie. Ek was lanklaas in my lewe so ontspanne soos nou."

"Ek sien." Dit klink nie of hy haar heeltemal glo nie.

"Ek sien uit na jou musiek later vanaand." Sy haal haar slimfoon uit. "Ek het jou tema op my foon afgelaai."

"Die oorspronklike tema, of daai teef se …?" Hy bedink homself. "Ek bedoel daai sangeres wat so baie geld maak met haar verwerking daarvan. Dis daardie tema wat eintlik gedurig oor die radio speel."

"Ek het die oorspronklike musiek afgelaai. Dit sal wonderlik wees om die hele oorspronklike tema vanaand te hoor."

Vir 'n oomblik versag hy. "Ek is bly jy het respek vir mooi musiek."

Dan is hy tog nie heeltemal so onbeskof soos sy aanvanklik gedink het nie. Maar wat het verander? Dat sy nie oor sy sekskapades gaan praat nie? Is dit sy manier om haar mond te snoer? Deur haar stilswye te koop met die musiek en … wat nog? Nie dat hy laasgenoemde gaan regkry nie.

"Ek waardeer dit," antwoord Madelein.

Malan Meyer stap grootmeneer met die paadjie op en gaan sit ook in die ry agter Madelein, maar laat sy vrou eerste instap. Sy en Tibor sit nou baie naby aan mekaar, maar kyk glad nie na mekaar nie.

Dan is daar 'n trompetgeskal en Helmut Coleman, nou in sy volle kulkunstenaarmondering, verskyn op die verhoog. Hy soek tussen die mense na Madelein. Glimlag wanneer hy haar in die middel van die ry opmerk.

Hy is gereed om te begin. 'n Opgewonde applous volg; die gehoor is reg om geflous te word. Madelein is egter vasbeslote om deur sy "towery" te sien.

"As kind," begin hy in Engels, "het ek graag sirkusse bygewoon, en daar het ek met 'n mentalis kennis gemaak. Ek het hom vertel dat ek die vreemde vermoë het om mense se gedagtes te lees. Natuurlik nie elke liewe gedagte wat na vore gekom het nie." Hy kyk terloops na 'n tante in die voorste ry. "Mevrou hier in die voorste ry, jy hoef nie so paniekerig te lyk nie. Jy bloos só dat die hele gehoor agter jou aan die brand raak."

Mense lag. Die vrou sak in haar stoel af en vou haar hande om haar gesig. Helmut glimlag en kyk weer op.

"Maar soms het ek as kind 'n instinktiewe gevoel gekry, sekere leidrade opgelet as ek na mense kyk."

"Watse leidrade?" vra Felix die podsaaier, sy foontjie in die lug om homself op te neem, voor hy dit na Helmut draai vir sy reaksie.

"Die uitdrukking in iemand se oë. Lyftaal. Spiere wat saamtrek, die lig van 'n wenkbrou, die raak aan die punt van 'n neus. Selfs die manier hoe iemand 'n selfie neem, na homself kyk of oor homself praat." Helmut maak keel skoon en die stekie gaan nie by Madelein verby nie, maar skynbaar wel by Felix. "Hul unieke en onverwagse keuse van woorde is ook belangrik, soos jy wat met jou luisteraars of volgelinge praat. Hoe belangrik jy is, en hoe belangrik jou luisteraar is. Klein leidrade wat verklap wat mense begeer en waaraan hulle dink. Dis moeilik om te verklaar, maar ek lees mense."

"Is dit al?" vra Felix, nou 'n baie professionele uitsaaier wat 'n radioprogram uitsaai – die stem formeel en selfbewus.

"Ook die manier waarop iemand 'n vertoning onderbreek, hulle grootheidswaan en maniere oor die algemeen." Almal lag, behalwe Felix drie rye voor haar. "Dit verklap baie dinge."

Felix bekyk die foon en dan vir Helmut. Hy weet klaarblyklik nie hoe om te reageer nie. Uiteindelik het iemand hom op sy plek gesit. Helmut gaan onversteurd voort.

"En ek kan mense ook hipnotiseer. Jy is mos Felix Visagie?"

"Korrek."

"Kyk mooi vanaand en word wys," glimlag Helmut.

"Gaan jy mense ook hipnotiseer vanaand?" vra Felix.

"Natuurlik."

"Moet die persone dan eers in 'n staat van hipnose gaan?" kom die gemoduleerde stem.

"Nie noodwendig nie. Soms sal ek teenoor iemand sit, dan raak ek van sekere leidrade of woorde bewus wat ek na hulle toe gooi, soos 'n visser 'n vislyn met aas aan. En meestal byt hulle. Ek soek my deelnemers noukeurig uit."

Madelein onthou hoe hy haar hoofpyn die vorige aand genees het. Die uitdrukking in sy oë. Sy tevredenheid toe sy erken dat sy beter is. En hoe veilig sy by hom voel.

"En jy was altyd reg?" vra Malan Meyer hier agter haar. Hy slaag nie eintlik daarin om die sarkasme uit sy stem te hou nie. Sy kyk om. Hy probeer Angelique se hand vashou, maar sy trek haar hand uit syne. Sy vroetel nou in haar handsakkie.

"Nie noodwendig nie, en dan sou ek vir die persoon sê ek kan hom of haar nie lees nie omdat hulle hulself van my afsluit. Soos jy, byvoorbeeld. Stel jouself aan die gehoor bekend. Ons het mos gisteraand ontmoet."

"Malan Meyer. Filmmaker," kondig hy vir die gehoor aan.

"Welkom, welkom."

"Ek het jou al in Suid-Afrika in 'n toneel gebruik."

Die glimlag verdwyn van Helmut se gesig af.

"Ek onthou dit. Baie onvriendelike stel," gooi die kulkunstenaar hom met 'n paar raak woorde. "En ek was net 'n ekstra."

Malan kyk verbaas na hom, nie gewoond dat mense so reguit met hom is nie. Angelique, sy vrou, geniet dit en druk haar tong in haar kies. Die atmosfeer raak nou effens meer gespanne.

Felix hou die selfoon gerig op Helmut wat nou sy hand opsteek. "Jammer, meneer Visagie. Jy mag nie die res van die program opneem nie. Daar is kopiereg en streng reëls."

Madelein kan 'n speld hoor val.

"O." Felix sit sy selfoon selfbewus maar met 'n groot gebaar weg. Hy is duidelik nie baie ingenome met Helmut nie. Hy kyk rond asof hy hulp van ander mense verwag. Sommige giggel vir hom. Ander gee liggies applous. Felix is die lastige, selfbewuste vlieg in die vertoning se sop met sy stewige ego.

"En tog kan ek hipnose toepas as die persoon ontvanklik is en graag gelees wil word."

"Jy opgelei?" vra Malan weer, nou weer breedbeen-selfversekerd in sy manlikheid en gesag. Terwyl Madelein na hom hier agter haar kyk, dink sy dat sy lyftaal boekdele spreek.

"Ek het aan die College of Magic studeer en daar geleer om my instink en kunsies te vervolmaak."

"Is daar iets soos 'n volmaakte kunsie?" vra Madelein in haar forensieseondersoekstem.

Helmut kyk na haar en hou duidelik van die vraag.

"Vir die pragtige vrou daar in die sewende ry, Madelein Blignaut. Nee. Daar is altyd iets wat 'n persoon verklap," antwoord Helmut. "Tensy hy of sy baie lank voor die tyd deeglik beplan. Soos ek nou met hierdie kunsies gaan doen." Hy glimlag met die eenkant van sy mond asof hy wil sê: Antwoord 'n bietjie daarop met 'n kwinkslag, Madelein!

"Is daar iets soos 'n volmaakte moord?" kom Merle se stem uit die gehoor.

Hy antwoord sonder om te aarsel. "Wat presies beplan jy, mag ek jou Merle noem?" Weer 'n gelag. "Dis nie my gebied nie. Dalk kan jy later vir ons reisgenoot, Madelein Blignaut, vra. Sy is 'n forensiese deskundige."

Madelein lag. "Nee. Daar is altyd 'n leidraad, veral wanneer jy op die motief afkom."

"En as iemand my onverwags hier op die boot sonder motief vermoor? Sommer net omdat hy of sy kan?" vra Merle.

"Is daar iets wat jy met ons wil deel, Merle?" vra Helmut.

"Gisteraand het ons 'n speletjie gespeel en ek het 'n baie nare ervaring gehad. Maar ..." sy kyk rond, "dit kon 'n grap gewees het."

'Wel, Merle, kom ons hoop daar word nie 'n moord op die boot gepleeg nie, want ons is 'n captive audience. En daar sal motiverings of leidrade moet wees, nie waar nie?" lag Helmut, en knipoog vir Madelein.

Op daardie oomblik stap Merwe, die saksofoonspeler, in. Verduidelik dat hy jammer is hy is laat en dat hy hoop hy onderbreek nie die vertoning nie. Hy kyk vinnig na Merle en gaan sit dan aan die einde van die ry waarin sy en haar man sit.

"Ag, daar sal nooit 'n moord op dié boot gepleeg word nie. Dis 'n plesierige skippie, dié!" roep Malan Meyer luidkeels.

Mense whoop-whoop en gee applous.

"Nou, ja. Waar was ek?" vra Helmut.

"Laat 'n duif 'n bietjie uit 'n boksie vlieg?" roep Merle. Merwe kyk ongemaklik na haar.

"Duiwe hoort nie op die see nie. Maar dalk kan ek later 'n seemeeu vir jou optower."

"Ek weet hoe jy die duiftoertjie doen!" Malan staan grootmeneer op. Plant homself bankvas langs sy verraderlike Angelique met die los lyf. "Die boksie met die duiwe het 'n vals kompartement wat jy net oopmaak om kamtig 'n duif op te tower en op die regte oomblik vry te laat."

Helmut wys direk na hom. "Lyk my jy het 'n paar truuks in die rolprentbedryf geleer! Ek moet oppas of jy neem my werk oor." Hy slaag ook nie daarin om die suur uit sy stem te hou nie.

Mense lag, kyk om en praat onder mekaar wanneer 'n ontevrede Malan gaan sit omdat hý nou die gek is, nie Helmut nie. Hy vou sy arms en kyk oor die gehoor voor hom asof hy nou die middelpunt van die vertoning is.

Op daardie oomblik kyk Angelique en Tibor na mekaar, sien Madelein toe sy haar kop skeefdraai om Malan weer behoorlik te bekyk. Sy sien afkeer in Angelique se oë, asof sy haar man haat.

"Maar kom ons begin by hierdie een." Helmut haal 'n stuk tou uit. "Ek glo onwrikbaar in hierdie tou." Hy trek 'n stuk tou lank uit en pluk aan weerskante daarvan voor sy gesig. Dit span styf. Dan voel-voel hy oor die tou en breek 'n lang stuk behendig af. "Beskou hierdie stuk tou. Kyk wat ek doen. Jy kan maar sit, meneer Malan. Die mense agter jou kan nie behoorlik sien wat op die verhoog gebeur nie."

Malan druk sy hande in sy sakke. Kyk skerp na Helmut en gaan sit dan weer met sy arms gevou.

Uit die hoek van haar oog sien Madelein hoe Angelique iets op haar program skryf en 'n naam voorop skryf. Sy stuur dit ongemerk met die ry af.

Mense skuif weer rond. Probeer beter sien. Twee Britse vrouens bespreek die kunsie wat hulle skynbaar ken, maar Helmut vra hulle om geduldig te wees.

Hy breek kort stukkies tou geoefend af en gesels kortliks in Engels oor elkeen.

Sy hoor hoe Tibor agter haar die program oopvou.

"Hierdie stukkie tou gaan oor my gelukkigste kinderjare. Iets so eenvoudig soos grondboontjiebotterkoekies was nog altyd my gunsteling. Om dit uit 'n koekblik te steel, was die hoogtepunt van my lewe as sewejarige."

Mense lag in herkenning. Praat onder mekaar. Hou duidelik van Helmut. Wanneer Madelein skeef draai, sien sy hoe die program weer teruggestuur word na Angelique.

Helmut breek 'n vierde stukkie tou af, maar hou die eerste stukkies in sy linkerhand. "Hierdie stukkie tou verteenwoordig die oomblik wat ek sonder hulp op my fiets kon ry toe ek agt was."

"Ek kon al op vyf alleen ry!" roep iemand anders uit die gehoor.

Die program arriveer by Angelique. Malan kyk op daardie oomblik na haar. Sy verstyf en laat die program val. Malan bepaal hom weer by Helmut.

"Die vyfde stukkie tou ..." en hy breek nog 'n stuk van die tou af, wat al korter raak, "verteenwoordig 'n slegte oomblik in my lewe. Ek probeer dit nog vergeet, maar ek kan nie. Tog, een of ander tyd sal dit gebeur." Hy laat val die stukkie tot die gehoor se verbasing." Hy breek weer 'n stukkie af. "En hierdie een is toe ek van my fiets afgeval het. Ek het my knie nerfaf geval, maar my ma het dit gedokter en beter gesoen. Dit sal ek nooit vergeet nie."

"Hoe lank is daai tou?" roep Malan kamma geïrriteerd uit. Angelique tel die program ongemerk op. Helmut ignoreer hom. Angelique probeer skuins draai om die antwoord op wat klaarblyklik 'n vraag is te antwoord sonder dat Malan sien. Tibor druk sy knieë hier agter teen Madelein.

Helmut staan 'n oomblik. Dan breek hy nog 'n stukkie tou af. "Die sewende een handel oor toe ek my sertifikaat by die College of Magic gekry het. 'n Groot oomblik in my lewe."

Hy het nou die einde van die tou bereik. Elke stukkie in sy hand wat langs mekaar hang, is belig met 'n nuwe storie. Insidente uit sy lewe wat Madelein prikkelend vind. Sy moet hom vra oor wat hy nie kan verwerk nie.

Hy hou die laaste stukkie tou uit. "En hierdie een verteenwoordig my gevoel vir die toekoms. Dat 'n toertjie nie gaan werk nie. Dat ek nooit weer werk gaan kry nie." Hy wys al die stukkies tou vir die mense. "My ma het egter verduidelik dat die belangrikste ding in die lewe is hoe jy die oomblikke tússen die toutjies hanteer en beleef."

Tibor staan hier agter Madelein op en skuif tussen die mense deur. Hy vertoef 'n kort oomblik by Angelique. Skuur teen haar knieë verby en trap dan oor Malan se groot voete. Angelique sluk. Kruis haar bene.

Helmut hou die toutjies steeds almal eweredig langs mekaar. "Want dit gaan hier oor hoe jy tussenin in die gapings lewe, en hoe jy mense daar hanteer. Maar geluk kom gewoonlik in fragmente."

Tibor loop by een van die sydeure uit. Angelique kyk vinnig en ongemerk na hom. Malan draai nou na haar toe asof hy merk iets is nie pluis nie. Maar bepaal dan weer sy aandag by Helmut.

Die gehoor praat saggies onder mekaar, gereed vir wat ook al volgende op die verhoog gaan gebeur.

"Hierdie stukkies moet egter gekombineer word, want nou is dit net stukkies inligting en brokkies lewe. Dit moet jou volledige lewe word en kontinuïteit hê sodat jy die sout en die suur saam kan ervaar. Jy moet die oomblikke tussen die toutjies kombineer met jou algemene lewe."

Madelein hou Helmut noukeurig dop. Hy rol die stukkies tou in 'n balletjie op en bêre dit in sy linkerhand tussen sy vingers by sy duim. Aan die kante steek twee stukkies tou uit. Hy vou sy hand toe en trek daaraan. Al die los stukkies tou is skielik weer aanmekaargekoppel as een lang stuk tou.

Mense trek hul asems in en gee waarderende applous.

"Onthou die oomblikke tussenin die stukkies tou. Bewaar hulle. Daardie wonderlike niemandsland waarin jy net jouself kon wees." Hy kyk na Madelein. "Maar net jy weet waar hulle in hierdie lang tou van oomblikke en lewenservaring is. En jy moet daardie openinge troetel om die ander oomblikke te kan hanteer."

Helmut kyk weer na Madelein. Gee sy skewebekglimlag voor hy voortgaan met sy vertoning. Angelique kyk in die rigting waarin Tibor verdwyn het, maar bly sit. Sy frommel die program op.

"Maar nou kom ons by die interessantste deel van die program." Helmut wikkel sy skouers en sy sien die spiere onder sy hemp beweeg.

Hy wend hom tot die gehoor. "Ek sien 'n A. En ... 'n Q. Vreemde kombinasie. A ... Q ... Anna. Andalusië? Annemarie ..." Hy kyk dan reguit na Angelique.

Sy bepaal skielik haar aandag weer by Helmut, want dit is duidelik dat sy wou opstaan om agterna te loop agter Tibor aan. Malan se breë bene verhoed haar egter. Sy skuif ongemaklik rond.

Helmut tel 'n notaboek van 'n tafel af op saam met 'n pen. Tibor gaan staan eenkant. Wag seker om te sien of daar genoeg tyd vir 'n quicky gaan wees voor sy vertoning later.

"Meer as 'n tiende van die passasierslys bestaan uit Suid-Afrikaners. En watter inwoner van Mzansi ken nie vir Angelique Meyer van televisiefaam en op die silwerdoek nie? Kom sluit by my aan, Angelique!"

Sy skrik. Kyk skuldig rond. Wil duidelik nie. Maar Malan staan op sodat sy verby kan stap. Sy het geen keuse nie.

Angelique maak ligweg beswaar, maar 'n applous van die Suid-Afrikaners oortuig haar. Sy staan ongemaklik op, waai soos 'n koningin vir haar onderdane en stap noukeurig gebalanseer op spykerhakkies vorentoe. Haar styf, klewende rokkie wikkel suggestief om haar middellyf wat ontbloot is, die middeltjie so dun, iemand soos Malan sal seker sy hande daarom kan plaas. Dis pure seks-op-hoëhakskoentjies wat daar loop.

"Wie is sy?" vra iemand in Engels naby Madelein.

"Ag jong, sy speel in een of ander sepie-serenade," antwoord 'n vrou met 'n Afrikaanse aksent langs hom. Wanneer Angelique op die verhoog verskyn, kyk sy vinnig na agter. En toe Madelein omdraai, sien sy Tibor nou heel agter staan. Malan sit effens vorentoe. Madelein wonder of Helmut hier voor almal met die hele mandjie patats vorendag gaan kom. Want dit kan Angelique se lewe vernietig! Weet Malan dat sy hom met die pianis verneuk? Is Malan bewus van die spel tussen hulle twee vanaand in die gehoor? Maar Helmut moes tog seker ook iets opgemerk het.

Helmut vra Angelique dan om 'n nommer agterop 'n stuk wit papier te skryf wat hy ook van die tafel af neem.

Sy begin nou die aandag geniet, skryf syfers voorop die boonste wit bladsy in Helmut se notaboek neer tot hy dit neem. Maar hy kyk nie daarna nie. Tibor, wat steeds eenkant by 'n deur staan, hou hulle dop. Madelein besef sy kan nie weer omdraai nie. Die mense sal begin wonder waarna sy kyk.

Die gehoor begin weer onderlangs met mekaar praat. Probeer raai wat gaan gebeur. Vind Helmut fassinerend. En Madelein moet erken, die man met die pepergrys baard en hare en die vriendelike gesig het 'n sjarme en 'n verhoogpersoonlikheid wat almal aantrek. Hy lees sy gehoor en ken hulle. Weet presies watter geluide om vir wie te maak.

"Kyk mooi daarna en onthou dit," sê hy vir Angelique wat haar piepklein rokkie suggestief probeer aftrek.

Helmut skeur die bladsy af sonder om daarna te kyk en vou dit toe. Bêre dit agterin die notaboek. Lag vir die gehoor. Streel met sy hand oor die notaboek. Wys die eerste bladsy van die nou blanko boek vir die gehoor.

"Sien? Hier staan niks op nie. Dis net 'n stuk wit papier. Is ek reg?" Hy kyk stip na Angelique.

"Wel. Ja."

Hy blaai om. Die volgende bladsy is ook spierwit sonder enigiets daarop geskryf. Hy kyk terloops daarna. Dink. Kyk dan in haar oë.

"Jy het omtrent drie syfers daar geskryf, Angelique."

Sy lag. "O, ja. Maar dis iets wat jy nooit sal kan raai nie."

Hy raak ernstig. "Ek raai nooit."

Sy tuit haar mondjie. "As jy so sê."

"Ek weet." Helmut raak ernstig. Wys weer die blanko bladsy vir die mense. Kyk stip daarna. Dan plooi 'n glimlag sy mondhoeke.

"Die nommers is ..." Hy dink: "Ses ... ses ..." Hy oorweeg verder. "En sewe."

Hy sien hoe Angelique skrik. Dan neem Helmut die oorspronklike stuk papier en wys dit vir die gehoor. Daar staan die syfers duidelik: *667*.

Tibor se kajuitnommer ...

Wanneer Madelein vir oulaas soek, is Tibor weg. Van hier af kan sy duidelik sien hoe Angelique bloos. Begin stotter.

"Wel ... nee, nee, nee!" Dit is duidelik dat die skone aktrise nie verwag het dat die gesprek só 'n openbarende wending gaan neem nie. Of dat Helmut die nommer wat sy neergeskryf het, sal kan identifiseer nie.

Sy begin nou bekommerd lyk, maar die aktrise in haar neem oor. "Dis die grimeerkamer se nommer op een van die stelle waar ek 'n rolprent geskiet het." Sy lag met haar oop rooi tuitbekkie. "My gunstelinggrimeerkamer met my gunstelinggrimeerder!"

"Goed." Dis duidelik dat Helmut weet sy jok. "Kyk nou in my oë, Angelique," hervat hy.

Haar blik swiep vinnig oor die ouditorium. Sy soek na Tibor, maar hy is nêrens te sien nie.

"In. My. Oë." Drie duidelike, aparte woorde van Helmut. "En dink aan niks. Maak skoon jou kop. Kyk net na my."

Die atmosfeer raak formeler. Geen toutjies en papiertjies meer nie. Net die afwesige Tibor wat seker agter een van die gordyne voor 'n uitgang staan en luister. En Angelique. En haar grimering, spykerhakkies en kort rokkie wat die beloofde land skaars versteek. Sy sluk en kyk in Helmut se oë.

"Nou. Dink aan iemand."

"Dink aan iemand?"

"Ja. Iemand. Enigiemand."

Sy vou haar hande in mekaar.

"Enigiemand."

Angelique slaag daarin om nou weer haar ou self te word. Raak-raak aan haar lae hals met die borste wat wil uitpeul.

"Maak toe jou oë, Angelique."

Sy sluit haar oë. Haar gespanne hande is nou weer ontspanne.

"Het jy iemand?"

Net 'n flikkering in haar oë.

Madelein besef eensklaps hoe die papiertoertjie werk. Die syfers het deurgedruk op die volgende bladsy én die een daaronder. Dit is hoe Helmut die syfer, Tibor se kajuitnommer, kon identifiseer. En miskien was hy reeds bewus van die aktrise en pianis se oor-en-weer kuiertjies. Sy kajuit se mure is dun. Hy moes seker al iets gehoor het. Kennis wat hy vooraf opgedoen het. En dit is ook sy manier om hulle verraad te straf.

Angelique maak haar oë toe en dink kamtig aan iemand. Stilte. Afwagting. Die gehoor raak al meer en meer betrokke.

"Ogies oop!" glimlag hy. Angelique maak haar oë oop. Wikkel haar wimpers vir die gehoor. Weer die tuitbekkie.

"Jy het onlangs 'n gesprek met iemand gehad," deel Helmut haar mee.

"Ek is 'n kwetterbek ... skuus, ek vergeet jou naam," sê sy gespanne.

"Helmut. Helmut Coleman."

"Meneer Coleman. Ek gesels met almal. Veral met die Suid-Afrikaners wat my van televisie herken." Sy maak 'n Megan Markle-buiginkie. Vals en kamtig nederig.

"Dit moet iemand wees met wie jy baie onlangs 'n gesprek gevoer het," herinner Helmut haar. "'n Gesprek wat 'n bietjie meer om die lyf gehad het as 'n vinnige handtekening en 'n selfie."

Weer die aangeplakte glimlaggie. Maar hierdie keer verraai dit die soort spanning wat Madelein dikwels sien voordat 'n moordenaar 'n bekentenis maak. Of 'n deurslaggewende stelling openbaar wat hom of haar verklap. Madelein is seker Malan moet ten minste 'n vermoede hê van wat aangaan.

"H'mmm," is al wat Helmut sê terwyl hy ernstig na haar kyk. Angelique kyk na die gehoor en glimlag stywerig.

"Goed." Helmut vee met sy regterhand in die lug oor Angelique se gesig asof hy denkbeeldig met sy vingers iets kan voel wat sy uitstraal. "Ek sien ..." Hy dink 'n oomblik. Hou sy kop skeef asof hy iewers vandaan 'n naam hoor.

"T." Hy maak sy oë toe en lig sy wenkbroue. Kyk dan na haar. "Die naam van die persoon met wie jy voor die vertoning 'n gesprek gevoer het, begin met 'n T. Wag so 'n bietjie. T.I."

Angelique skud haar kop en oorreageer. "Nee. Ek het aan M gedink. My man. Malan"

"Nie noodwendig nie," hou Helmut moedswillig vol. Madelein hou daarvan. Hy laat haar nie sommer wegkom nie. "Ek kry duidelik 'n T. Nie jou eggenoot nie. Nie 'n M nie."

"Ek ... moes iemand netnou vra waar my man in die eetsaal gesit het, want ek het eers ná die aanvang van die kaptein se ete by hom aangesluit. Ek neem aan sy naam begin seker met 'n T." 'n Verspotte giggel.

"Sien jy die man van die eetsaal hier tussen die mense?" dryf Helmut haar in 'n hoek.

Sy soek kamtig tussen die mense. Vermy Malan se oë. "Hier is so baie mense. Ek sal hom nie weer kan uitken nie."

Angelique, haar selfvertroue duidelik geruk, waai haastig vir die mense en stap terug na Malan wat nou stip na haar kyk.

Maar een ding is seker. Helmut haat valsheid en aansittery. Ook verraad soos Angelique duidelik in sy oë teenoor Malan gepleeg het.

Hierna hipnotiseer Helmut 'n vrou wat soos 'n kat begin miaau. En iemand anders, 'n hip-hopperige tiener, Generation Z wat "Hop, Hop, Spinnekop" van Kurt Darren sing en tot groot vermaak van die gehoor oor die verhoog spring. Veral dié wat nie die liedjie ken nie.

Wanneer die vertoning verby is, klap almal opgewonde hande. Almal behalwe Angelique. Malan staan op en verlaat die ouditorium sonder om weer met haar te praat. Helmut kyk na Madelein terwyl die skare nog klap, knik en glimlag. Hy het beslis 'n invloed op haar. Sy staan op. Gee hom dan 'n staande applous. Hy plaas sy hande bymekaar en buig spesiaal vir Madelein.

Met die uitstap wink iemand na Siegfried. Hy verlaat Merle vir 'n oomblik. Wanneer Merwe dit opmerk, stap hy reguit na Merle toe wat terugdeins toe sy hom sien.

"Jy dink ek het vergeet," hoor sy hom sê.

Merle reageer senuweeagtig. "Wat bedoel jy?"

"Daardie drek wat jy oor my uitvoering in die Baxter geskryf het. Jy skryf mos vir alles en almal."

"O. Moet dit asseblief nie ernstig opvat nie. In die wêreld van die kunste ..."

"Ek vergewe nooit. En ek vergeet ook nie. Ek hoop nie jy woon vanaand my en Tibor se show by nie. Ek wil jou nie daar hê nie. As ek jou daar sien sit, gooi ek jou persoonlik uit. Verstaan jy my?"

Merwe verlaat die ouditorium, seker onbewus daarvan dat Madelein die interessante woordewisseling gehoor het.

Madelein besluit net hier dat sy nie Tibor en Merwe se vertoning later gaan bywoon nie.

Sy gaan sit by 'n tafeltjie op die dek. Daar staan 'n leë glas. Sy tel dit ingedagte op. Trek kringetjies om die glas se rand soos haar gewoonte is wanneer sy verveeld is. Hou haarself op dié manier besig. Kyk na die mense wat hul liggame hier rondparadeer asof hulle op 'n openbare loopplank beweeg voor die modebaas, Anna Wintour. Ander skuifel met drankies rond of dans ritmies op maat van die musiek.

Skielik kom neem Helmut sy plek by die oop stoel langs haar in.

"Ek dog jy woon Tibor se show by."

Sy skud haar kop. "Ek het nie nou die energie nie. Daar is môreaand ook een. Ek wonder in elk geval of ek ooit 'n vertoning van hom gaan bywoon. En ek dink jy weet waarna ek verwys."

"Miskien moet jy tog môreaand gaan. Hy speel werklik baie mooi."

Sy sit die glas neer en klap vir hom hande. "Ek moet jou gelukwens."

"Het jy deur die een gesien waar ek die vrou tussen die twee mans laat opstyg het?"

"Nee."

Hy beduie met sy hande. "Dit gebeur alles op 'n plaat wat jy nie kan raaksien nie. In elk geval, ek sal later verduidelik."

Hy sit agteroor met sy arms agter sy kop. Sy tel die glas op en voltooi die krulletjies met haar vinger om die rand daarvan. Plaas dit terug op die tafeltjie.

"Toe? Jou opinie, mejuffrou die forensiese deskundige?"

"Ek het mos hande geklap. Selfs opgestaan. En ek staan nie sommer op nie."

"Dit was maar halfhartig. Soos die tannies by die kunstefeeste as die teaterstuk te kunssinnig geraak het."

"Sommige van die items was snaaks. Ander, soos daardie spinnekopspoeltolletjie, irriterend, maar jy moes dit natuurlik vir die grootste gemene deler doen."

"Angelique se nommer is maklik. Maar hoe het ek die voor-letter geraai?"

"Omdat daar gisternag seker 'n sirkus in die kajuit langs joune was?"

Hy gee 'n fyn glimlag, neem 'n paar neute uit 'n bakkie voor hulle op die tafeltjie.

"Ek het dit steeds geniet, Helmut. Jou kunsies is besonders. Baie geluk."

Helmut lig skielik sy hand en wink een van die passasiers nader. "Buks, my bru. Kom hier."

Die buksie, duidelik 'n boerseun met sy kakiehemp, kom nadergestap.

"Jis-ja baas!"

"Dankie, hoor. As jy nie vinnig daai mikrofoontjie reggemaak het nie, was ek in die moeilikheid. My oorfoontjie het begin kraak, toe werk dit darem weer op die kritieke oomblik toe jy sê die antie met die pers hare het so met die wynkelner geflankeer. En toe weet jy boonop wat die vent se naam is." Helmut lag. "Haar gesig was kostelik!"

"Buks?" vra Madelein geamuseerd. "Lekker boerenaam in 'n Babelse verwarring soos hierdie."

"Naand, tannie," sê die outjie.

"Ek is nie jou tannie nie, neef," sê Madelein tussen dun lippies deur.

Buks maak 'n hensopbeweging.

"Hy is een van my spioene," beduie Helmut en stuur vir Buks weer tussen die gepeupel in. "Ek het twee van hulle op die toer, en hulle hou dop wat in die voorportaal en op ander openbare plekke gebeur. Wie gesels met wie. Wie kry wie in die oog. Wie fluister terloops iets in 'n ander se oor. Wie lyk ontvanklik om deel te neem. As hulle nie vir my werk nie, werk hulle in ander vertonings."

Madelein sit vorentoe. "Jy het Angelique lelik uitgehaal."

"Sy verneuk haar man. Ek haat cheaters en mense wat ander mense se mans of vrouens steel. Diefstal is verraderlik."

Nes sy vermoed het.

"Moet net nie te veel moeilikheid hier maak nie, Helmut."

"Moeilikheid, my liewe Madelein, is die suurdeeg wat die boepensbroodjie laat rys." Hy kyk rond. "Hier dwaal nog baie geheime rond. Sommige tref my soos 'n klimtol 'n speelgrond." Hy beduie na die potsaaier en gefrustreerde omroeper/televisieaanbieder, Felix. "Daar kruip sommer baie kokkerotjies in daai psige weg. Hy steek iets of iemand weg. Ek hou hom dop."

"Ja, ek vind hom ook vreemd." Maar sy sê niks van die meisie met die lintjies wat sy gesien het nie. Of die stemme wat sy in Felix se kajuit gehoor het nie.

Sy beskou Helmut 'n oomblik in stilte. Hou net meer en meer van die man.

Helmut wink 'n kelner nader. "Die dame sal 'n jenewer en tonikum vat. Enkel. Is ek reg, Madelein?"

Sy knik. Dan fluister Helmut iets in die kelner se oor. Hy knik en stap weg.

"Jou kajuitnommer?" spot Madelein.

"Ek het te veel energie vir hom. En ek verkies helaas vroue. Slim vroue, veral."

Sy kyk nou reguit na hom. Hy lyk ernstig.

"Ek het self 'n ding vir 'n goeie brein, Helmut. En ek bedoel nie die tipe wat ek op misdaadtonele moet bymekaarskraap nie."

Hulle sit 'n oomblik in stilte.

Sy leun nou agteroor. Kyk na die baie mense wat rondloop, die gedans langs die swembad. Iemand wat 'n waterbom maak. "Ek dink jy moet ons potsaaier 'n bietjie verhoog toe roep. Hy sal vir jou lekker reklame op sy program gee."

Helmut knik. "Maar ek gaan agter sy geheim kom. Daar is iets baie snaaks aan die gang. Ek dink die geheime in sy lewe en die dinge wat hy homself wysmaak, sal jou slapelose nagte gee." Hy wend weer sy oë na haar. "Hierdie is een van daardie toutjiesoomblikke."

"Wat bedoel jy?" vra sy verbaas.

"Een van die kortstondige, lekker stukkies tyd in jou lewe tussen al jou trauma. Ek en jy hier op die boot met 'n skemerkelkie in die hand onder die sterre. Geniet dit. Moenie dink aan wat hierna gebeur nie. En vergeet vir die oomblik van bleeksiele soos Felix. Moenie dat hy jou vreugdevolle tyd hier steel nie."

Vanaand is inderdaad een van die aande, die oomblikke, wat sy lank gaan onthou, in haar geheuelaaitjie gaan bêre en later weer gaan uithaal om te onthou. Helmut is reg. Sy moet aan nou dink. Geniet nou. Vergeet van later.

Sy sluit haar oë. Neem die oomblik in. Dink sommer net gedagtes. Lekker los, aangename gedagtes. En kort-kort sluip Helmut se mooi gesig tussen die ander beelde in. Begin die dooie oë en dooie gesigte wat haar so teister heeltemal verdwyn.

Die kelner kom teruggestap. Daar is 'n silindervormige komkommerslinger om die glas se rand gedraai. Die onderste punt hang af.

Sy is heeltemal uit die veld geslaan.

Helmut suig sy wange in. "Dit is wat jy eintlik wou gehad het, nie waar nie?"

Die kelner plaas 'n drupmatjie met die skip se embleem daarop op die tafeltjie en daarna die glas. Die komkommer is in 'n perfekte silindriese patroon gesny, soos 'n groen skroef om haar glas gedraai. Dis die manier waarop sy ingedagte met die leë glas gespeel het voordat hy by haar kom sit het. Sy het onbewustelik hieraan gedink. Hy het dit geïdentifiseer. Toeval? Of geniaal slim? Of is hy regtig 'n gedagteleser? Want sy loop nie met haar hart op haar mou of op haar gesig nie.

Hy lig weer sy glas en bedank die kelner. Wend hom na haar. "Tjeers."

Sy sit haar glas neer en raak onwillekeurig aan sy hand. "Dankie."

Hy druk haar hand saggies. "Ek is bly iemand soos jy is op hierdie boot."

Sy los sy hand. Hy druk hare vir oulaas voordat haar vingers stadig uit sy hand glip. Sy hand is sag en warm. Sy neem haar glas. "Gesondheid, Helmut."

"Op sterre wat nooit ophou nie en stukkies tou vol geluk."

Sy proe aan haar skemerkelkie. Dis heerlik, met net so 'n peuselsmakie komkommer in. Sy speel met haar vinger om die silindervormige vrug.

"'n Mens moet soms verder as jou voete dink, Madelein."

"Op gesonde verstand, Helmut."

Hy klink sy glas weer teen hare.

"Gesondheid," sê sy.

"Jy moet in my oë kyk as jy gesondheid sê. Anders beteken dit niks."

Sy ken die bygeloof. Lag. Klink teen sy glas en kyk in sy oë. Sy vinger raak kortliks aan hare.

"Madelein."

"Ja, Helmut?"

Hy wil skynbaar iets sê, maar bedink homself. Sê eerder: "Jy is 'n baie mooi vrou."

"Ek voel nooit mooi nie."

"Vanaand is jy. Glo my. Ek weet. Wie Madelein ook al jare gelede was, kom nou weer na vore."

"Ek het haar al vergeet."

"Ek gaan jou help onthou."

Sy knik. Neem die komkommer en proe daaraan. Hou die res na hom toe uit. Hy neem dit. Kou stadig daaraan terwyl hy na haar kyk. Daar bly 'n stukkie aan sy lip kleef. Sy vee dit saggies weg. Rus haar hand 'n oomblik teen sy wang.

"Is jou hoofpyn steeds weg?" vra Helmut.

"Dit. En baie ander dinge is ook weg," beaam sy. "Hopelik vir goed."

HOOFSTUK 5

Die volgende oggend verras die kaptein die passasiers deur saam met hulle ontbyt te eet. Madelein het pas vrugte in 'n bakkie geskep en soek in die reuse-eetsaal waar ontbyt bedien word na Helmut, want hulle gooi binnekort anker op Okinawa-eiland, maar hy is nie daar nie.

Sy gaan sit en kyk om haar rond na al die uitspattige gaste wat vir die eerste sitting aangemeld het. Vriende wat heildronke op mekaar instel. Jonges wat flankeer. Ouer toeriste wat in 'n kring sit en gesels oor "die goeie ou dae toe daar nog verkeersligte en water en treine in Suid-Afrika was". Toergidse wat saam by 'n tafel sit soos sy haarself altyd dikmond by die kindertafel op bruilofte moes neerplak.

Daardie kinders was so vervelig, sy het selde 'n woord met hulle gepraat. Nie omdat sy haarself hoog aangeslaan het nie, maar hulle het bloot nie in dieselfde onderwerpe as sy belanggestel nie. Want die bestudering van misdaad, boeke oor reeksmoorde en forensiese ondersoeke het haar nog altyd gefassineer, natuurlik onder aanmoediging van haar oom Elmar en haar pa. Haar ma het maar stilweg toegekyk.

Selfs die sogenaamde whodunit-boeke, die goeies, het haar lank besig en "uit die kwaad gehou", soos haar ma dit altyd genoem het. Sy dink nou weer onwillekeurig daaraan, selfs nadat 'n soort nuwe Madelein ná Helmut se wonderlike hipnosesessie begin ontwaak het. En steeds geen hoofpyn nie. Die man is regtig uitsonderlik goed.

Kaptein Ulrich Fernando loop tussen die gaste rond. Wissel 'n paar woorde hier en daar. Sy oog vang Madelein s'n en hy groet haar asof hy 'n bekende verwelkom. Sy kan sommer so tussen al die gesigte sien dat hy regtig van haar hou. Sy knik terug en voel gevlei.

Om diep in jou dertigs nog deur só 'n man raakgesien te word, is goed. Want sedert haar egskeiding het sy nooit weer belanggestel in mans nie, en selde uitgegaan. Maar toe voel dit sy het haarself finaal verloor. Maar nou is sy tog besig om iets van haarself weer terug te vind. Haar lewe het by haar verbygeglip. Dit gaan op hierdie bootrit eindig.

Whoop! Whoop! Luide applous en "Captain, my captain! Kaptein, my kaptein!" weerklink uit die gehoor.

Hy gaan staan by haar en praat Engels met 'n sterk Italiaanse aksent. "Kaptein Ulrich Fernando," groet hy. "Ons het mos al ontmoet."

"Ja. Ek is van Suid-Afrika."

"A, Suid-Afrika!" sê hy in Engels en glimlag. "Ek het al tot in Kaapstad gevaar. Die mooiste stad in die wêreld."

"Dit is inderdaad. Jy het goeie smaak, Kaptein."

Hy glimlag vir haar. "So sê hulle vir my, ja." Hy bekyk haar vir 'n oomblik goedkeurend. "Reis jy alleen?"

"Ja."

Hy vra nie verder uit nie. "Miskien, later op die bootrit, kan ons saam gaan eet." Hy glimlag en daar skemer iets meer deur as net 'n hoflike meet-and-greet, soos haar bevelvoerder dit sou noem.

Sy lig haar wenkbrou. Sy neem aan hy is ook nie getroud nie, of hy flankeer maar so van meisie na meisie. En tog ...

"Ek sal in my dagboek moet kyk," lag sy.

Hy sit vir 'n oomblik by haar. Verneem na presies wat sy doen. Praat sommer in die algemeen.

"Ek gaan beslis sorg dat ek en jy 'n keer of wat saameet. Daar is private spasies op die boot waar 'n mens lekker kan gesels."

Alhoewel hy pas geskeer het, skemer sy donker baard deur. Sy ruik 'n duur naskeermiddel. Sterk gelaatstrekke, stewige ken en 'n glimlag wat sy besonder aantreklik vind. Hy is ook stewig gebou, en in sy oë kan Madelein sien dat die man al baie ervaar het.

Hy leun vorentoe, neem 'n paar druiwe uit 'n bakkie tussen hulle en eet daarvan. Hou druiwekorrels na haar toe uit. Sy neem dit en hy raak net vir 'n oomblik aan haar vinger.

"Ons het die beste druiwe in die wêreld."

"Presies waar woon jy?" vra die kaptein.

"Kaapstad, Bloubergstrand. Jy was mos al in Kaapstad."

Hy eet nog 'n druif. "Ek sê jou wat. Volgende keer wanneer ek weer daar vasmeer, kom groet ek. Dan wys jy my meer van die wynlande." Dit lyk of sy oë glimlag. En hy knipoog vir haar.

"Dis 'n afspraak." Sy voel al meer gevlei, alhoewel sy wonder vir hoeveel vroue hy dit al gesê het. Tog laat sy haar vir 'n verandering toe om die oomblik te geniet.

"Kom jou vrou saam op al jou reise?" vra sy moedswillig.

"Ek is geskei. Die see en 'n huwelik is nie goeie bedmaats nie. Ek is, kan jy maar sê, 'n vry siel."

Sy wens sy kon dieselfde sê, maar sy begin op hierdie bootrit daaraan werk.

"'n Meisie in elke hawe?" spot sy.

"Elke hawe het sy eie bekoring." Lekker neutrale antwoord.

Hy staan op. Steek sy hand uit. Hou hare 'n paar oomblikke te lank vas.

"Madelein. Mooi naam."

"Dit was ook my ma s'n."

Hy staan op. "Terloops. Dit is tifoonseisoen. Ons verwag dat die see by tye rof gaan raak."

"Dankie dat jy my waarsku."

"Nou ja. Geniet die reis. En as jy enigiets nodig het, my personeel is tot jou beskikking. En onthou die ete."

Sy wonder of dit 'n werklikheid gaan word. "Dankie, Kaptein. Geniet die dag."

"Te veel werk. Maar ek sal probeer."

Hy stap weg en Merle probeer sy aandag trek. Ai, 'n man in uniform is darem besonders. Dis waar wat hulle sê. Daar is iets baie aantreklik aan 'n uniform. Sy is net verbaas dat mans haar skielik raaksien noudat sy 'n bietjie na haarself begin kyk, haarself pamperlang en mooimaak, en meer aandag gee aan wat sy aantrek. Sy is nie net die streng patoloog wat lyke ondersoek nie.

Helmut begin ook 'n rol in haar lewe speel. Hy maak haar nog meer as die kaptein daarvan bewus dat daar darem nog baie energie in haar oor is, al het dit gevoel of sy besig was om die lewe af te sterf.

Die kaptein praat met nog enkele mense van die tafel langsaan oor die onvoorspelbaarheid van die weer, gesels oor die vissersbote vol vlugtelinge waarby hulle sal verbyvaar, onwettige immigrante wat soms na 'n ander heenkome soek en waarby hulle, veral nou in 2025, nie kan betrokke raak nie, en deesdae boonop die gevaar van seerowery. Maar die *Leonardo* is gereed vir enigiets!

Sy leun vorentoe en eet verder aan haar vrugtekelkie.

"Jy darem nou weer alleen?" vra 'n stem onverwags. Sy lig haar kop. Dis Malan Meyer. Sy het nie verwag dat hy met haar sal gesels nie. Hy dra 'n baadjie met 'n oopnekhemp wat sy ruie borshare trots ten toon stel. Sy hare, duidelik gekleur, is styf teruggekam. Hy is die toonbeeld van selftevredenheid, manlikheid en 'n oorbewustheid van die belangrike rol wat hy in sy eie oë in die filmindustrie speel.

Sy knik. Verkies eintlik om alleen te wees, veral ná haar gesprek met kaptein Ulrich Fernando. Of – durf sy dit aan haarself erken? – sy hoop dat Helmut een of ander tyd by haar gaan aansluit.

"Mag ek hier sit?" Gesê met die stem van 'n man wat nie gewoond is om afgewys te word nie. Hy dra 'n bord propvol roereiers, varkworsies, sampioene en spek. Heeltemal te veel vir haar wat net 'n vrugtekelkie geëet het.

"Maar waar is jou vrou?" vra Madelein koel.

"Voel nie lekker nie, altyd onder die weer." Hy klink bot. "Die see maak Angelique naar. Sy het die hele nag opgegooi. Het later gegaan om op die dek in die middel van die nag asem te skep. Wou glo alleen na die sterre kyk."

En haar oorgegee aan Tibor se onbeteuelde lus vir mooi vroue, dink Madelein, soos die nota wat sy gedurende die kulkunsvertoning geskryf het seker bevestig het. Maar aan die suf manier waarop Malan praat, hoor sy dat hy op 'n punt gekom het waar hy vermoed dat sy hom verkul.

Dalk wens hy sy wil verdwyn. Het hy genoeg van haar gehad. Sy skrik vir haar eie gedagtes. Die ou Madelein is mos besig om baie, baie laag te lê.

"Pragtige boot." Madelein haat kletspraatjies. Small talk, sou haar vriendinne dit noem.

"Ek dink net daaraan," sê Malan skielik, "vir my volgende rolprent. Hierdie location. Wow. Die movie moet dalk op 'n luukse boot soos hierdie een afspeel."

"Dan doen jy indirek navorsing?" wil sy weet.

"Perfekte plek om 'n moord te pleeg. My draaiboekskrywer is juis besig met 'n draaiboek vir 'n moontlike projek."

"En hoe word die moord gepleeg?"

"Moorde," korrigeer hy haar. "Mooi topless meisies verdwyn. Word oorboord gegooi. Dis mos die volmaakte moord. Daar is geen lyke nie."

Madelein kyk verbaas op. "En wie is die moordenaar?"

"Die kaptein," glimlag hy. "Ai, laat ek nou 'n geheim uit. Maar moordenaars verander mos dikwels in sulke draaiboeke. Jy besluit op die een, maar kies dan aan die einde iemand anders. Altyd die onwaarskynlikste persoon."

"En daarom pleeg die kaptein die moorde?" vra Madelein.

"Ja. Hy is 'n soort kamikaze kaptein."

"Klink gevaarlik. Kom ons hoop maar kaptein Fernando is gesond van gees."

"'n Mens weet nooit ..." Hy dink 'n oomblik na. "Die moordenaar moet sterker as enige van die ander karakters wees. 'n Formidabele teëstander. 'n Weerligstraal uit die donker wat almal onkant betrap."

Sy lig haar wenkbroue. "Interessante storie inderdaad." Kaptein Fernando stap juis op daardie oomblik weer verby. Knik vir haar, maar ignoreer Malan.

"Maar hoekom pleeg hy die moorde?"

"Te veel meisies wat net vir 'n nag oorbly. Dalk 'n vrou wat van hom geskei het en hom dagvaar. Dan vaar hy die ewigheid in met sy skip. Vermoor al die passasiers aan boord op een slag. En daar vaar die skip op donker waters na die dood toe. Ek kan net aan die rolprentplakkaat dink. 'n Donker boot op swart water."

"Jou gedagtes dwaal op vreemde plekke rond, Malan. Kom ons hoop dit gebeur nie soos in julle draaiboek nie."

"Op hierdie trippie, dink ek, is enigiets moontlik."

Sy ril. Dink aan die moontlikheid. Skud dit weer van haar af.

"Die lewe is baie wreed, Madelein. Soms neem iemand wraak op 'n manier waarop niemand verwag nie. Verras jou kyker. Verras jouself. Dink aan die onmoontlike en maak dit moontlik."

"Sou jy kon moord pleeg, Malan?" vra sy terloops.

Hy kyk verbaas na haar. "Hoekom vra jy?"

"Want iemand het eendag gesê as jy dit kan skryf, kan jy dit doen."

"Ag bog, man."

Sy lag. "Net 'n donker grappie."

"En tog?" Hy dink. "As 'n mens dit so noukeurig kan uitdink en regisseer, kan jy dit dalk regtig doen?"

Hy kyk net 'n oomblik te lank na haar.

Mense begin gereed maak vir Okinawa-eiland. Hy lag. "Wag. Ons praat gevaarlike dinge. Dis maklik om daaroor te skryf en moordspeletjies te speel, soos hier op die dek." Hy beduie na mense wat 'n bordspeletjie by 'n tafel speel. "Maar ek is verkeerd. Dit is 'n ander ding om dit te doen."

Hy eet sy roereiers gulsig. Smeer dik konfyt op sy brood. Daardie magie het gekom om te bly.

"Ek gaan nóg 'n Helmut Coleman-kulkunsvertoning bywoon," ruk Malan Madelein terug ná die ete. "En die pianis se show lyk of dit interessant kan wees. Veral omdat Merwe daarin speel. Hy was al by een van my movies betrokke. Vreemde man."

"Verskoon my, maar jy lyk nie na die kulkunstipe nie. En jy het die eerste een nie juis baie geniet nie."

"Ek doen niks sonder 'n rede nie," antwoord Malan en druk 'n stuk brood in sy mond. "Niks."

"Jy wil hom dus moontlik weer gebruik?"

"Of by sy kunsies leer hoe weerloos mense is."

Malan eet die eiers met groot, vol vurke. "Jy is nou in 'n laaglêtyd. Daardie vakansiegleufie waarin jy wegsak, is ek reg?" Hy kyk stip na haar. "Seks kan egter 'n tydverdryf word."

Hy beduie na 'n jong man en meisie wat mekaar vrugte sit en voer, haar bene raak aan syne onder die tafel.

"Wonder hoeveel sulke tonele speel op hierdie skip af. Met wat alles daarna gebeur. Lekker warm tonele vir 'n fliek. Seks verkoop."

As hy maar weet ...

Malan eet die laaste roereier op. "Ek sal Helmut Coleman se manier van kunsies uitvoer vanaand weer deeglik dophou. Iewers moet hy homself weggee."

Malan neem hierdie bootrit inderdaad ernstig op. Navorsing. H'mmm. Sy het daardie storie al tevore gehoor.

Madelein besef dat Malan jaloers is op Helmut se sukses, en dat hy kulkunstenaars om daardie rede onregverdig in 'n slegte lig probeer plaas.

"Jy kan Helmut dalk weer op die agtergrond iewers in 'n film gebruik," tree sy in die bresse vir 'n man wat besig is om baie diep aan haar hart te vat. "Jy het tevore opgemerk dat hy al in een van jou rolprente opgetree het."

Malan krap deur sy kos. "Die man is baie aantreklik op 'n Glen Powell-manier. Of dalk 'n jong Harrison Ford. Ek erken dit." Hy dink. "Noudat jy dit sê, 'n mens sou Helmut moontlik weer iewers kon aanwend, al is dit net as eye candy vir die vroue. Hy is nie 'n goeie akteur nie. En ons eerste kennismaking op stel was vlugtig, maar nie baie goed nie."

"Tog hou die vrouens op die boot baie van hom. Soos jy opgemerk het. Ooglekkergoed. Dit verkoop ook. Al hou jy nie baie van hom nie."

Malan lyk ingedagte. "Hou jý van hom?"

Sy kyk vinnig op. Probeer die gesprek wegstuur van haar persoonlike lewe af.

"Ons het oor jou volgende rolprent gepraat."

Malan glimlag. "Ek sien."

"Wat sien jy?" vra sy.

"Dat die kulkunstenaar beslis 'n indruk op jou maak."

"Jy kan hom weer kulkunsies laat doen," stuur sy opnuut die gesprek weg van haar af, want sy bloos.

"H'mmm." Hy kyk intens na haar asof hy haar verdink van 'n flankeerdery met Helmut. Hoekom voel sy skuldig daaroor? "Hy kan inderdaad as agtergrondversiering dien. Hy moet net nie dialoog hê nie. Maar niks in my storie gaan wees soos dit op die oppervlak lyk nie." Hy plaas sy mes en vurk in die bord. "Ek wil hom vanaand goed dophou. Ek verstaan kulkunsies beter as wat hy dink."

"Dus is rolprente maak ook maar 'n verhoog vol leuens en 'n geknoei voor kameras met die hulp van rekenaars," troef sy hom.

"Wat bedoel jy?"

"Jy mislei en hipnotiseer en manipuleer mense ook uit verskillende hoeke, nes Helmut. Sou jý daarvan gehou het om ontmasker te word? Want dit klink of dit is wat jy met sy volgende vertoning wil doen."

Hy lag. "Ek is heeltemal te slim daarvoor in my draaiboeke. Ek weet wat om wanneer te ontmasker en wat om te doen en nie te doen nie. Elke ding gebeur op die regte tyd."

Dit is nogal openbarend ... Dalk lê daar verskuilde agendas onder sy gesprek oor Helmut. Miskien wil hy eintlik vir Tibor ontmasker.

Daar is 'n beroering in die eetsaal. Malan kyk om. Die kaptein praat nou met 'n paar vroue wat saam om 'n tafel naby die uitgang sit.

Hy vee sy mond af. Sy macho drinkebroers van die vorige aand daag op.

"Jis, buddie!" groet Malan die grootste man. Die ander gee hom twee vinnige, manlike beerdrukke en klappe op die rug. "Wat sê julle?"

"Ja, tjomma! Jis, maar hierdie boot is vol lekker girls, nè?"

"Inderdaad, bru. Dit wemel hier van talent." Die manne lag. Van hulle groet vir Madelein en gee haar 'n betekenisvolle kyk asof sy en Malan dalk flankeer, maar sy ignoreer dit.

Malan stoot sy bord terug, staan op en stap weg. Sy hoor hoe een van die mans sê: "Ek hoor sy's 'n patoloog. Sy kan my maar behoorlik ondersoek!"

Malan kyk een keer om na Madelein en grinnik. Klap sy nuwe buddy op die rug.

In die agtergrond sien sy hoe Felix die podsaaier vinnig opspring. Hy skep kos in; twee borde kos. Dan wikkel hy met sy potsierlike stywe boudjies uit die eetsaal.

Twee borde. Sy moet agter die kap van hierdie byl kom.

Op daardie oomblik kom sit Tibor en Merwe, die saksofoonspeler, met borde kos naby haar. Tibor groet haar koel. Merwe knik ook in haar rigting.

Tibor beskou haar terloops soos altyd asof hy bang bly vir haar. Eet net vrugte en drink een of ander groen smoothie-konkoksie. Tik met sy mooi, lang vingers op die tafel. Hy is iemand wie se vingers altyd oor klaviernote moet beweeg. Of oor vroue.

Die aankondiging basuin uit dat hulle binnekort by Okinawa in Japan gaan vasmeer en dat die toergroepe solank in die groot voorportaal by Passasiersdienste moet aanmeld. Madelein besluit egter om die eiland op haar eie te verken. Geen vlaggieswaaiende toergidse of lastige toeriste vir haar nie. Sy sal later kaai toe stap wanneer die ergste gedrang verby is.

Merwe eet 'n omelet; hy lyk meer bot as gewoonlik. Tibor peusel aan vrugte.

Sy blaai deur die toerprogram en lees inligting oor Okinawa. Sy wonder of sy na die kasteel moet gaan kyk. Sal maar later besluit. Dit hang alles af wat vandag gaan gebeur. Hier is sy voorbereid op die onverwagte.

Tibor staan op en stap na haar toe.

"Jy's soos 'n software update, speurder Blignaut. Daag altyd op wanneer 'n mens jou die minste verwag."

Sy glimlag. "Ek's 'n patoloog. En jy kan my Madelein noem."

Hy raak 'n bietjie meer tegemoetkomend, asof hy iets van haar wil hê. Hy het 'n slinkse manier aan hom, onverwags.

Merle loop verby en Merwe gee haar 'n giftige kyk. Merle maak asof sy hom nie raaksien nie, maar daar is duidelik steeds spanning tussen die twee. En Madelein onthou Merle se skok nadat die ligte tydens die moordspeletjie aangeskakel is.

"Is jy lus vir 'n vinnige treat, pre-Okinawa? Om jou in die regte stemming te plaas?" vra Tibor skielik.

Sy frons. Verstaan glad nie wat hy bedoel nie. Of hoekom hy nou so tegemoetkomend raak nie.

"Kan jy klavier speel?" vra hy.

"Ja, so 'n bietjie," antwoord sy versigtig.

"Nou kom saam."

Sy is verbaas.

Hy staan op. Beduie. "Toe. Kom."

Hier is iewers 'n slang in die gras. Sy besluit om maar saam te speel om die tyd om te kry. Merwe lig sy wenkbroue. Glimlag soos 'n skoolseun wat weet sy maats rook agter die fietsloodse.

Hulle stap saam sonder hom ouditorium toe, terwyl die res van die mense gereed maak vir Okinawa.

Hulle loop later verby die swembad en die nagklub, en dan van die buitedeur af binnetoe. Hy neem haar met die lang pad verhoog toe. Wanneer hy omkyk, sien sy die lui oë, die selfversekerde houding, die stoppels om sy wange. Die mooi hare. Hy weet hoe om goed te lyk.

Sy voel ongemaklik met die aangeplak-vriendelike Tibor. Sy houding teenoor haar het handomkeer verander. Hoekom? Moet sy iets van hom weet? Het hy 'n skuldige gewete, behalwe oor Angelique?

Hy steek sy hand uit. Help haar by die trappe af.

Die vleuelklavier is vasgeskroef aan die verhoog, seker vir stormwaters. Hy spring op die verhoog en help Madelein op. Hierna gaan sit hy voor die klavier. Maak die deksel oop. Streel oor die note.

"Weet jy hoe sexy is dit as jy jou vingers so oor die note streel? Doen dit gerus." Maar in teenstelling met wat sy verwag – dat hy haar hand gaan neem en die beweging gaan uitvoer – druk hy twee of drie van die hoogste note.

Sy voel ongemaklik. Hy beduie weer na die klavier. "Of is jy bang?"

"Bang? Waarvoor sal ek bang wees?"

"Is ons nie almal maar bang vir iets nie?"

Sy gehoorsaam en streel oor die klawers. Onthou hoe dit gevoel het toe sy as kind musieklesse geneem het. Hy druk self die klawers langs haar vingers.

"Vinniger."

Sy voer sy opdrag uit. Haar kwaai musiekjuffrou het haar met 'n langwerpige lat, wat almal gevrees het, oor haar vingers getik. "Jy moet respek vir hierdie koninklike instrument hê, Madeleina!" Dis hoe sy haar genoem het.

Dit raak stil. Tibor lig sy hande asof hy voor 'n gehoor sit.

"Gereed?"

Sy knik. "Hierdie musiek word tydens 'n moord in die film gespeel."

Sy hande huiwer in die lug.

"Luister." Hy speel die eerste paar sekondes van *Guilty as Charged* se musiek. Sy vingers vlieg later oor die note, want hy speel 'n aangepaste, opgejazzde weergawe daarvan. "En nou. Weet jy watter note is my gunstelinge?"

Sy skud haar kop.

"Die swartes. Daardie mineursleutels tussen die wittes."

Dit was ook haar kwaai musiekjuffrou se gunstelinge. "Druk enige een."

Sy druk die F-mineur-akkoord. Sy vingers tokkel 'n deuntjie op die wit note en raak dan aan 'n paar swart note. Madelein knik. "Hou daarvan."

"En hier ..." hy slaan die note dramaties, "word die moord gepleeg."

Die note weergalm deur die vertrek. Raak dan weer rustig.

"Hoekom speel jy nie iets nie?" vra hy later.

Madelein beduie met haar hande. "O nee, ek het jare laas gespeel ..."

"Maar klavier speel is soos ..."

"... fietsry," voltooi sy die cliché. "Jy vergeet dit nooit."

"Nou toe."

Hoekom hierdie gesprek? Het iets iewers gebeur? Iets waaroor hy nie wil praat nie, maar tog indirek aanspreek?

Sy speel 'n liedjie wat sy baie lank laas gespeel het. "Al lê die berge nog so blou." Hier en daar 'n vals noot, maar sy probeer.

Dis skielik lekker om so klavier te speel. Sy speel heerlik.

Wanneer sy klaar is, klap hy hande. "Bravo! Of is dit 'Brava!' vir 'n dame?"

"Ag, dit was sommer ..." Haar woorde droog op.

Hy raak ernstig. Dan, meteens: "Moet ek dit vir jou speel?"

Weer kom die aankondiging dat passasiers gereed moet maak om in Okinawa af te klim, maar hy steur hom nie daaraan nie. Raak ernstig.

"As jy wil," antwoord Madelein. Die man het 'n manier om te kry wat hy wil hê.

Hy begin "Al lê die berge nog so blou" vir haar speel, maar met oorgawe. Pragtig. Voeg ander note tussenin, veral mineursleutels.

Dis pragtig. Hy speel dit so mooi dat haar oë vol trane word. Tibor verloor homself in sy eie mooi weergawe van die tradisionele liedjie, asof hy bly is om weer iets bekends, anders as sy rolprenttema, te speel. Sy vingers vlieg en dartel oor die klawers. Rondomtalie met sy hande oor die note.

Wanneer hy klaar is, sit Madelein 'n oomblik. Kan eintlik nie praat nie. Steeds oorbluf deur sy skielike musiekgeskenk aan haar. Hoekom? "Baie dankie, Tibor. Dit was pragtig." Sy voel egter ongemaklik. Hy draai sonder 'n sweem van 'n glimlag na haar toe.

"Kom luister na die ware jakob vanaand by my tweede uitvoering. Ook my eie komposisies."

"Ek maak so."

Net voor sy opstaan, vra hy. "Hoekom is jy eintlik hier, Madelein?"

"Ek het mos gesê. Net om te ontspan."

Hy laat sy kop sak, loer onder sy wenkbroue na haar. "As jy so sê."

Sy weet skielik nie hoe om te reageer nie.

"Ons moet na ontvangs toe gaan. Okinawa wag," stel Madelein ná 'n paar ongemaklike oomblikke voor. Sy weet hier het nou iets gebeur wat sy nie verstaan nie. Sy kan net nie haar vinger daarop plaas nie, maar iets skort.

"Was jy al op Okinawa?" vra hy. Sy stem is sag.

Sy skud haar kop.

"Daar is nie dood nie," antwoord hy. Staan op en stap uit.

Sy hoor iemand agter haar. Kyk om. Dis Helmut. Sy wonder hoeveel van die gesprek hy gehoor het.

"Ek gaan solank vooruit, want die toue vorm reeds. Kry ek jou op die eiland?" Helmut kyk Tibor agterna. Sy praat nie.

"En waar kom die skielike vriendskap vandaan?"

"Ek weet nie. Hy het my onverwags gevra om na sy musiek te kom luister."

Helmut lig sy wenkbroue. "Iemand soos daardie een doen niks sonder 'n rede nie."

"Hy sê daar is nie dood op Okinawa nie," herhaal Madelein.

Hy stap nader. "Sal ons saam afstap?"

Om die een of ander rede het die gesprek met Tibor haar ontstel. 'n Hoofpyn wil-wil weer begin vorm.

"Gee my net 'n bietjie ruimte om self te ontdek. Dan ontmoet ons vir ... het hulle iets soos cappuccino?"

"Ek is seker hulle het ten minste tee."

"Was jy al daar?"

Hy knik.

"Dan kry ons mekaar later daar iewers!"

Hy vroetel in sy sak en haal sy pak kaarte uit.

"Ag nee, Helmut! Nie nou nie!"

Hy vou die kaarte in 'n waaiervorm oop. "Trek een kaart. Wat jy ook al trek, is joune. En dit gaan jou en my aan mekaar vasgom."

Sy lag. Neem 'n kaart.

Hy glimlag. "Kyk wat dit is as ek uit is. Dan kry ek jou op Okinawa."

"Kry jou op Okinawa!"

Hy stap uit. Sê vir oulaas: "Jy lyk uit die modeboeke vandag. Jy maak dit nie maklik vir 'n man om weg te stap nie." En hy maak die deur toe.

Sy voel goed noudat sy hom gesien het. Draai dan die kaart om.

Dit is die koning van harte. Sy plaas dit in haar drasak.

HOOFSTUK 6

Die Japannese eiland Okinawa beïndruk Madelein glad nie. Die strate is besig, vol mense en motorfietse. Sy verkyk haar aan die pragtige tradisionele Japannese sambreeltjies wat sommige vroue teen die son dra. Van die werkers ry op gewone fietse, die dakkies van die winkels en geboue het tradisionele Japannese kurwes wat dit soos koekversierings laat lyk, en die mense is vriendelik. Hulle buig met hul hande teenmekaar wanneer sy hulle groet of bedank. Maar sy voel vreemd ontuis hier.

Sy koop 'n Japannese dis by 'n restaurant genaamd Kid House deur haar vinger op die spyskaart te druk sonder om te weet wat sy bestel. Die ou Madelein sou dit nooit gedoen het nie. Sy neem later die ronde balletjies wat na vis ruik en gaan sit buite by 'n tafeltjie met twee bankies, sommer op die sypaadjie reg langs die winkel. Sy geniet die geurige dis in vrede terwyl ander passasiers na die geskiedkundige geboue en kasteel verby haar stroom, maar sy het geen erg daaraan nie.

'n Vroulike vlaggieswaaiende gids jaag 'n klomp Duitse toeriste soos skape in 'n kraal na besienswaardighede en beur vorentoe. Hulle dwaal egter gedurig af na aandenkingswinkels. Maar die gids boender hulle gou daaruit, anders verpas hulle die boot wat weer later vertrek.

Madelein se gedagtes bly by wat sy alles gisteraand en vanoggend belewe het. Die kaart wat Helmut vir haar gegee het. Maar sy dink ook aan Tibor. Malan. Elke passasier het een of ander storie, een of ander geheim, een of ander geraamte in 'n kajuit weggesteek.

Eensklaps tref dit haar! Die gebeure op die boot is soos speelgoedblokkies wat na haar toe gegooi word. Elke insident, elke gesprek, gaan later 'n dieper betekenis kry. Maar haar instink laat haar in die steek. Wat sien sy nie raak nie? Hier is 'n soort maskerade aan die gang wat iets verberg. Hoe diep sal sy in die modder moet grawe om uit te vind wat dit is?

Hoe sê haar bevelvoerder altyd? The plot sickens. Sy moet net betyds die regte medisyne kry!

Toe bemerk sy Felix wat verbystap. Die meisie met die lintjies trippel agterna. Dit is die eerste keer dat Madelein haar ordentlik kan beskou. Maar hoekom eet sy so selde saam met Felix? Indien hoegenaamd? Dit moet vir haar wees wat hy vanoggend die tweede bord kos ingeskep het wat hulle seker saam in die kajuit geëet het.

Meteens steek die meisie vas. Kyk oorbluf rond. Loop na 'n bankie toe en gaan sit. Begin bitterlik huil. Felix loop haastig nader en praat met haar. Dit lyk of hy haar troos, maar sy skud net haar kop. Begin opstandig raak sodat hy haar teen hom moet vasdruk. Hy troos haar. Madelein kan nie hoor wat sy antwoord nie, maar die meisietjie praat klaarblyklik deurmekaar.

Hier sien sy 'n ander sy van Felix. Hy tree vertroostend op. Praat weer met haar.

Die meisie beduie na die eiland asof dit die oorsaak van haar paniekaanval is. Vou haar hande oop en toe. Druk haar vuiste teen haar kop. Huil verder. Felix haal iets uit sy drasakkie. Pille. Sy neem dit en sluk dit met water af. Drink feitlik die hele bottel water leeg.

Hy plaas sy arm beskermend om haar skouer en praat weer teer met haar. Wat hy ook al kwytraak, laat haar uiteindelik bedaar.

Felix staan ná 'n rukkie op. Neem haar aan die hand en stap terug na die boot toe. Vir 'n verandering het hy nie sy troetelkombersie, sy selfoontjie, wat hy soos 'n wapen voor hom hou, by hom nie. Sy haal die lintjies onverwags uit haar hare en skud haar kop asof sy skielik 'n nuwe vryheid ervaar.

Terwyl Madelein daar buite die Kid House sit en sukkel om visballetjies met stokkies in haar mond te kry, kom Helmut aangestap.

Hy dra 'n los kniebroek wat sy mooi bene wys, tekkies en 'n loshangende syhemp met sakke. Hy het 'n gemaklike manier van loop en dra sy selfoon by hom met wit wurmpies wat uit sy ore peul.

"Wat eet jy?" vra hy wanneer hy haar opmerk, nader stap en die oorfone uithaal.

Sy wys na die winkeltjie. "Ek het maar geraai en die eerste die beste dis bestel."

Hy gee haar 'n duim-op teken en stap dan die restaurant binne.

Sy doop die visballetjie in 'n sousie en proe weer daaraan. Dis verruklik. Van die lekkerste kos wat sy nog geëet het sedert die toer begin het. Sy kyk rond. Hier heers 'n vreemde atmosfeer op die eiland wat haar ongemaklik maak. Die eiland waarop mense nie maklik doodgaan nie.

Helmut kom terug met 'n bakkie vol ronde dadelballetjies.

"Helmut. Moenie 'n toertjie uithaal en my kos laat verdwyn nie," lag sy.

Hy druk 'n dadelballetjie in sy mond. Rol dit met sy tong rond, beweeg sy mond. Kyk dan na haar. Hierna soek hy op die speellys op sy selfoon na iets en huiwer by 'n naam.

"Madelein." Baie sag. Teer, wanneer hy oorkant haar by die tafeltjie gaan sit.

Sy eet nog 'n stukkie vis. "Wat het jy nou weer van my gesteel wat ek nie opgemerk het nie?"

"Niks."

"Hoekom nie?" Amper asof sy teleurgesteld is.

"Want jy begin my ken, Madelein. Jy begin oplet wat ek nié doen nie. Dis die truuk. Jy laat nie meer toe dat ek jou aandag aftrek nie. Die kunsies lê in wat ek skelm doen. Dis moeilik om skelm te wees as jy my dophou." Terwyl hy gesels, sit en vou hy 'n servet oor en oor.

Hy hou sy servet na haar uit. Nes sy dit wil vat, doen hy iets met sy hand om dit te laat verdwyn. Sy frons. Hy doen weer iets en dis terug. Sy vat dit. Dis gevou en gekreukel soos 'n origamiring, iets soos 'n Moebiusband.

"Ek sal dit hou as gelukbringer." Sy sit dit weg. "Terloops, wat is die grootste ding wat jy kan laat verdwyn? Duif? Haas?"

"Ek het jou mos gesê. Ek gaan myself laat verdwyn. En op 'n ander plek oppop. Ek vervolmaak dit nog, want 'n mens moet maande lank daaraan oefen. Maar ek belowe jou, voor hierdie trip verby is, dán sien jy my, en dán sien jy my nie. Ek sal jou op hoogte hou oor my vordering. Al dan nie."

"Solank ek net nie saam met jou verdwyn nie."

"Dalk moet jy." Hy raak ernstig.

Seevoëls vlieg oor hulle. Iemand roep na 'n toergroep.

"Het jy al daaraan gedink om sommer net te verdwyn? Iewers heen te gaan waar niemand jou kan kry nie? Soos hier?"

'n Fiets ry verby en die fietsryer lig sy hand. Madelein groet. Die fietsryer ry verder en kyk terug na haar. Kyk aanhoudend. Verdwyn dan.

"Nee. Nie hier nie. Ek vind nie aanklank by hierdie eiland nie."

"Maar 'n ander plek?"

"Watse ander plek?"

Hy krap deur sy hare. Vee oor sy voorkop. "Iewers waar 'n mens nog dinge kan ontdek. Waar jy nie altyd weet wat wag nie."

"Jy bedoel jy wil uit jou gemaksone beweeg?"

Hy glimlag. "So iets, ja. Maar ek wil nie alleen ontdek nie."

Sy dink. "Jy het 'n obsessie met verdwyn, Helmut."

Hy plaas sy oorfoontjies in sy hempsak. "My grootste begeerte is om my nie te bekommer oor die dag van môre nie. Om bagasie af te gooi. Vrede te maak. Om abrakadabra te sê en in 'n staat van Nirvana te verdwyn waar ek net is."

Sy dink. Wonder. Neem dan sy hand.

"Het daar slegte goed met jou gebeur?"

Hy leun vorentoe. "Dinge gebeur met 'n mens soos dit moet gebeur. Soos ek wat jou ontmoet het." Hy plaas sy hand op hare. "Ek is so bly jy is op die boot." Hy druk eensklaps haar hand.

"Belowe my jy sal nooit weer uit my lewe uit verdwyn nie, Madelein."

"Maar jy reis gedurig rond. Hoe kan ek dit belowe?"

Hy soen haar hand. "Ek is klaar met swerf."

"Het daar iets gebeur wat jou so 'n belangrike besluit laat neem het? Om toertjies op bote te doen en van hawe na hawe te swerf?"

Hy glimlag. "Ek dink jy ken die antwoord op daardie vrae."

"Helmut. Ons is albei moeg vir die soort lewe wat ons lei, klink dit my. Kom ons erken dit nou. Dit sal die gesprek makliker maak."

"Jy sien baie dinge raak."

Sy begin al hoe meer met Helmut identifiseer. Hy sien dinge in haar raak waarvan sy nog altyd bewus was, maar nooit wou erken nie. Hy kuier in haar brein. En sy verwelkom hom daar.

"Ons is nog 'n paar dae saam op die boot, Helmut. Daar is baie tyd om te praat. Om te dink. Om besluite te neem. Ek neem nooit 'n oorhaastige besluit nie."

"Miskien moet jy net eendag iets doen. Iets onverwags. Want soms beplan 'n mens so deeglik, jy verloor jouself in daardie proses waar elke dingetjie, elke beweging, elke besluit 'n plek moet vind." Hy staan op. Kyk rond asof hy sy gedagtes probeer orden. Gaan sit dan weer. "Ek wil leef buite die werk wat ek nou doen, want dit verveel my deesdae dikwels."

Sy knik. "Myne verveel my nie. Dit raak my net baas."

Hy steek 'n dadelballetjie in sy mond. "Jy was gelukkig toe jy my van die hoofpyn vertel het. Dit het verdwyn. Maar soms is daar pyn wat nooit weggevat kan word nie."

Sy frons. "Wat het met jou gebeur?"

Hy vryf deur sy baard. "Lang storie." Hy kyk op in die lug. Haal diep asem. "Elke keer wanneer ek geheg raak aan iemand, verloor ek haar. Ek is moeg om te verloor. Ek kan allerhande toertjies optower, maar ek kan nie iemand wat uit my lewe weg is, weer laat verskyn nie."

Sy neem sy hand. Hulle praat nie. Kyk net na die mense wat verbystap.

"Ek dink ek is besig om op jou verlief te raak, Madelein. En ek wil jou nie verloor nie."

Haar logika neem oor. "Dinge gebeur 'n bietjie vinnig vir ..."

Hy plaas sy vinger oor haar lippe. Beweeg met sy hand oor haar wang. Draai haar gesig na hom toe. Leun oor die tafel en soen haar teer op haar voorkop.

Merle en Siegfried stap verby en ruk hulle uit die oomblik.

"Jy bly agter! Beweeg!" roep sy.

"Ja, liefie, goed, liefie!" Siegfried se stemmetjie klink dunner as gewoonlik.

Helmut lag terwyl hy hulle agternakyk. Merle het gestop en maak al weer driftig aantekeninge in haar rooi boekie.

"Ek is bly ek hoef nie in dieselfde bed as sy te slaap nie. Sy sal 'n mens nog opdrag gee oor waar om jou kop op die kussing te plaas!"

"Ek raak moeg vir die narre in hierdie sirkus," sê sy ná 'n ruk. "Dink jy elke persoon is met 'n doel op hierdie boot?"

Hy knik. "Toe ons die moordspeletjie gespeel het, kon ek onderstrominge voel."

"Dink jy iemand het werklik probeer om Merle aan te rand? Selfs uit die weg te ruim?"

"Dis te ooglopend. Ek dink ..." Hy kyk na haar. Wag dat sy sy sin voltooi.

"... dat iemand haar wou skrikmaak?" vra Madelein.

"Miskien. Of dalk was iemand net geïrriteerd met haar."

"Iets anders wat jy opgemerk het?"

Hy lig sy wenkbroue. "Dit is jammer jy was nie van die begin af by die moordspeletjie nie. Daar is 'n paar dinge gesê, kamtig as leidrade vir die speletjie wat interessant was."

"Wie het die meeste gepraat?"

"Interessant genoeg was dit Merwe. Hy hou duidelik nie van Merle nie."

"Maar hy sou tog seker nie in die donker opgestaan en haar fisies skrikgemaak het nie?"

"Ander se boeke is duister om te lees. Soms tree mense impulsief op en dink eers ná die tyd oor die gevolge van hul dade."

"Jy bedoel hulle snap?"

"Jy kan dit so noem, ja. Hulle het net die regte stimulus nodig om hulle te trigger."

As daar een les is wat die lewe haar geleer het, is dit dat mense op hulle gevaarlikste is wanneer hulle, al is dit net momenteel, beheer verloor.

"Genoeg hiervan. Lus om jou aandag van hierdie lawwe spul af te trek?"

"Of gevaarlike spul?"

"Vergeet tydelik van hulle. Leef net vir die oomblik. Toe. Ek wil jou iets wys."

Sy stem in.

Hy haal drie klein papiertjies uit sy broeksak. Frommel dit op. Sy leun vorentoe. Konsentreer op wat hy doen.

"Kom ek leer jou iets oor jouself. Jy wat altyd weet wat jy wil hê."

"Uitdaging aanvaar."

Hy vou die drie klein papiertjies toe. Plaas dit voor haar.

"Kies een."

Sy lag. "O, nee. Nie so maklik nie."

"Hoe so?"

"Ek gaan nie een van die drie papiertjies vat nie. Net om vir jou 'n punt te bewys."

"Jy moet een kies. Doen dit net."

"Gaan jy my weer hipnotiseer?" spot sy. "My hoofpyn is weg."

"Hipnose is nie kitskoffie wat jy binne sekondes aanmaak nie. Jy het gister behoefte daaraan gehad, want jy wou verligting hê. Toe gee jy jou aan my oor sonder dat jy dit werklik besef het. Kom ons kyk wat gebeur hier. Gebruik jou instink."

Madelein beskou die papiertjies. Kyk dan na hom.

"Waaraan dink jy in daai besige kop?" vra hy.

Sy wil nie die papiertjie dadelik kies nie, sy wil self 'n speletjie met hom speel.

Dit klink simpel, maar sy sê dit tog. "Jy het netnou na liedjies op jou selfoon geluister."

Hy frons. "Ja. Maar ons is nou besig met …"

"Ek luister ook baie na musiek wat ek afgelaai het. Dit kalmeer my. Maar ek haat dit om met daai wurmpies in my ore rond te loop en luister. Ek wil volkome op die musiek konsentreer."

"Daar dink ons anders. Musiek vertel stories. Het konnotasies. Kom baie diep uit party mense se harte. Dis wat ek belewe terwyl ek stap. Ek orden my gedagtes op daardie manier. Dink nuwe toertjies uit."

"Wel. Ek dink nou aan die liedjies waarvan ek hou. Vreemde

goed. Soos 'Sugar, Sugar' en 'California Girls' en Sam Smith se 'The Writing's on the Wall.'"

"Dalk is die skrif vir sekere mense aan boord ook aan die muur."

"Het jy al Tibor se musiek gehoor? Daai 'Guilty as Charged', die weergawe met die wiegeliedjie, is baie treffend."

Helmut is vir 'n oomblik stil, weg, asof sy oë haar nie hier en nou sien nie. Dan is hy terug. "Ja." Hy vee 'n krummel van die tafel af. "Veral die wiegeliedjiegedeelte is regtig mooi. Kies nou 'n papiertjie."

Sy lig 'n hand en aarsel. Kan nie besluit nie. Eers wou sy nie 'n papiertjie vat nie, maar in die manier waarop hy na haar kyk, voer sy tog sy opdrag uit. Sy het dit nou lank genoeg uitgestel. Getoets of hy geduld het. Of dalk dwing hy iets in haar onderbewuste om sy opdrag uit te voer.

Hy hou sy hand op. "Kies 'n ander een as die een wat jou instink jou beveel om te kies. Daardie papiertjie wat die ou Madelein sou gevat het. Waarvoor jy jou hand gelig het. Verstaan jy?"

Sy dink. "Soort van."

"Werk hierdie keer op emosie. Vat sommer net een. Instinktief. Soos wanneer jy wil verdwyn en net op 'n dag opstaan en die pad vat."

Sy kyk weer na die papiertjies. Raak met haar duim aan die drie stukkies. Vat liggies aan elkeen. Word aangetrek na die middelste een.

"Jy gaan die papiertjie neem wat jou onderbewussyn uitgesoek het."

Haar hand beweeg egter na die een heel regs.

Nog toeriste stap verby. 'n Toergids babbel in Engels oor Okinawa wat bekend staan as die eiland waarin mense die oudste in die wêreld word." Sy verdwyn om die hoek.

Dit is dus waarna Tibor tevore verwys het. Hierdie legende.

"Ek wil ..." sy dink 'n oomblik, "twéé papiertjies vat." Sy vra nie eers of sy mag nie en neem twee.

"Jou keuse. Vou hulle oop."

Sy neem die twee buitenste papiertjies en vou hulle oop. Ignoreer die middelste een nou.

Die eerste een het iets op wat soos 'n pannekoek lyk.

Sy glimlag. "Wat moet ek daarmee maak?"

"Onthou waar jy baie gelukkig was."

Sy vou die tweede kaartjie oop. Dis ook 'n pannekoek.

"My ouma se kombuis."

Hy knik.

"Wanneer het jy dit geteken?"

"Direk nadat ek jou van jou hoofpyn verlos het."

"En wat is op die ander een geteken?"

"Aha!"

Die middelste opgefrommelde papiertjie lê steeds daar. "Moenie nou daaraan dink nie. Sit dit in jou drasak. Kyk daarna wanneer jy terug is op die boot. Nie nou nie," is sy raad.

Hy staan op. Sy druk die derde papiertjie in haar drasak.

"Dis regtig lekker saam met jou hier."

Eensklaps is al die gedagtes aan moord en doodslag en daai gesig en haar mislukte verhouding met Pieter-Jan diep-diep weg in haar onderbewuste. Sy asem Okinawa se lug in.

Sy stap in die teenoorgestelde rigting as hy. Loop terug boot toe. Felix kom aangestap. Hy lyk beskimmeld. Asof hy ontsteld is. Wanneer hy haar sien, plooi die gebruiklike glimlag. Maar nie so breed soos gewoonlik nie.

"Madelein! Ganit?"

"Lekker, dankie."

Sy besluit om hom te konfronteer. As sy dit nie nou doen nie ... Hy dra weer nie sy alewige selfoon voor hom nie.

"Wie was die meisie saam met wie jy netnou gestap het?"

Dit tref hom onverwags. Hy probeer haar ontwyk. Dit wegpraat.

"Ek het gesien wat gebeur het." Sy praat baie duidelik. "Wie is sy, Felix?"

"My suster."

"Jou suster?"

"Ja."

"Sy lyk getraumatiseerd."

Hy draai sy kop weg. Probeer ooglopend die antwoord versag.

"Daar het slegte dinge met haar gebeur. Sy het vir 'n paar maande sielkundige behandeling gekry. Toe raak sy beter. Die sielkundige het aanbeveel dat sy saam met my op hierdie bootrit kom om haar aandag af te trek. Sodat ons kan bepaal of sy gereed is om weer met haar lewe voort te gaan. Is jy nou tevrede?"

"Mag ek vra wat met haar gebeur het?"

"Iets wat sy nie kan verwerk nie. Iets waaroor sy onnodig skuldig voel en wat baie persoonlik is. As jy my sal verskoon."

Hy stap weg.

Hier het sy 'n ander Felix sonder sy troetelkombersie ontmoet. Het iemand te voorskyn gekom wat nog altyd daar was, maar wat hy selde vir iemand wys.

'n Traumatiese gebeurtenis. 'n Skuldgevoel. Interessant.

Sy loop 'n paar draaie, soek in die winkeltjies na geskenke om vir vriendinne te koop, maar vind niks.

Madelein het nou genoeg van die eiland gehad.

Terug op die boot hoor sy Tibor se temalied saggies oor 'n luidspreker speel. Sy stap na haar kajuit.

Sy gaan lê op die bed en google vir Tibor. Sien foto's en artikels oor sy Oscar en onthou weer so vaagweg van al die glinster waaraan sy haar nie eintlik steur nie. Sien op YouTube sy kort toesprakie by die Oscar-seremonie, bygestaan deur die Franse regisseuse, Zilke Pascal. Hy was skynbaar te oorweldig om veel te praat. Die meisie wat die lirieke gesing het (wat sy glo self geskryf het), het meer in ander onderhoude, wat sy nou op YouTube opspoor, gepraat as Tibor.

"Toe ek 'n rough cut van *Guilty as Charged* sien, het daardie musiek met my gepraat," sê Chloé Durand, die sangeres. Maar daar is nêrens foto's van haar en Tibor saam nie, asof Tibor nie met haar wil kommunikeer nie. Wel baie foto's van 'n glimlaggende Tibor en die Franse regisseuse wat gedurig met haar kop teen sy skouer rus.

"Tibor Lindeque het dalk sy siel aan die duiwel verkoop vir roem," raak iemand op Facebook kwyt terwyl sy na al die inskrywings oor hom kyk. "Van niets na iets! Maar sy musiek is fenomenaal!" skryf 'n ander persoon.

Madelein lag by die blote gedagte aan jou siel aan die duiwel verkoop. Sy het al gehoor dat mense spekuleer dat sekere bekende sangers of akteurs dit ook gedoen het. Sommige by 'n kruispad om middernag, ander met kerse en allerhande donker rituele. Maar die duiwel kom eis altyd sy betaling ... Sy skakel die rekenaar vinnig af en besluit om haar bene te gaan rek.

Sy trek 'n los rooi en wit jumpsuit aan. Bind 'n lint om haar hare. Kyk na haarself in die spieël. En vir 'n verandering hou sy van wat sy sien. 'n Vriendin het haar gehelp om hierdie uitrusting vir die boot uit te soek, maar sy het nooit gedink sy sal dit dra nie. Nou het sy haarself oortuig.

Vanaf die dek kyk sy na die onmiddellike omgewing. Die mooi strand daar oorkant. Die tipiese Japannese huise met die tradisionele rooi dakke. Ook die blou-blou see met die digte groen plantegroei. Die geel blomme.

Op daardie oomblik kom Tibor op die boot gedraf. Hy is kaal bolyf en draf byna in haar vas toe sy op een van die buitenste dekke omloop na haar kajuit toe.

"Jammer," mompel Madelein.

Hy vee die sweet af. Vryf deur sy welige bos hare. Hy is beslis buitengewoon aantreklik. G'n wonder die meisies val op strepe vir hom nie. Maar dit beïnvloed haar nie. Hy is nie haar tipe nie. En daar is iets in sy oë, 'n kilheid wat haar ontsenu.

"Hallo vir die tweede keer, Madelein. Jy lyk vrolik."

Hy hang die handdoek om sy nek. Wikkel sy skouers. Twee meisies in bikini's kom verbygestap. Vra selfies.

"Kan julle nie sien ek praat met iemand nie?"

Hulle reageer verbaas en stap onthuts weg.

"Jy 'n musiekkenner?" vra hy terloops, daardie stip oë steeds op haar gerig.

"Ek hou van jou musiek. In elk geval, dit wat ek op my speellys gehoor het. En ek weet wanneer ek iets hoor waarvan ek hou. Maar ek is nie 'n kenner nie."

"En wat trek jou so na daardie spesifieke tema aan?" vra hy.

"Dis sielsmusiek."

"Dit is," antwoord hy.

"Hoe het jy die tema uitgedink? Wat was jou inspirasie?" vra sy.

"Toe ek dit eers neergeskryf en begin speel het, het die testosteroon ingeskop. Toe weet ek ek het iets beet. Nou ek sê jou wat, Madelein." Hy kyk deurdringend na haar. "Kom kyk vanaand na my show. Omdat dit so spesiaal vir jou is, sal ek dit op die verhoog aan jou opdra."

Sy is só verbaas dat sy nie onmiddellik kan reageer nie.

Hy draf weg voordat sy enigiets verder kan vra. Tog roep sy hom. "Tibor!" Maar hy waai net vir haar sonder om om te kyk.

Sy stap half verdwaas verder terwyl die boot regmaak om te vertrek.

Sy loop met die trappe op tot in die groot voorportaal. Om haar is winkels wat selfs blomme en ruikers verkoop of duur juwele verkwansel. Sy bekyk juweliersware, maar dit is te duur. Sy loop hierna na die hysbak toe. Gee lang treë en steek eensklaps vas wanneer sy 'n windharpie in 'n venster sien. Dit is van gebrandskilderde glas gemaak.

Sy wil net nader stap toe 'n voorwerp reg voor haar val en haar rakelings mis. Dit breek flenters.

Sy onderdruk 'n gil. Die voorwerp, wat haar met sentimeters misgeval het, lê nou voor haar. Haar voete gee eensklaps onder haar in.

Mense gil en kyk op.

Een van die beelde wat daarbo uitgestal was, het afgetuimel. Die bestuurder van die winkel jaag op haar af.

"Mevrou! Het jy seergekry?"

"Nee." Haar oë volg die mense wat saamgedrom het om na haar te kyk. Daar is niemand daarbo nie. Dis die verdieping op pad na die ontbytsaal.

As sy 'n paar sentimeter na links gestaan het, het die beeld haar nou doodgeval.

Helmut kom aangehardloop.

"Madelein? Wat gaan aan?"

"Iets het amper op my geval. Ek is … dit sou my kop heeltemal verg …" Sy praat nie verder nie. In haar verbeelding flits daai gesig weer verby haar. Die roeispaan, die gesig, die bloed oral op die toneel.

"Ek is net bly jy's oukei."

Dan onthou sy van die derde papiertjie wat sy netnou nie oopgevou het nie. Sy besluit om in haar kajuit daarna te kyk. Dalk iets te drink om haarself te kalmeer. Sy moet wegkom van al die mense. Die skok.

Sy maak haar haastig uit die voete en gaan sit op haar bed. Sy bewe.

Hierna maak sy die papiertjie oop. Daar is vier klein woordjies op geskryf. *Die koning van harte.*

Sy laat dit sak.

"Iemand het my probeer vermoor," sê sy asof dit haar nou eers werklik tref.

HOOFSTUK 7

Dis die middel van die môre wanneer Madelein onder 'n sambreel op die dek lê. Sy wil ontspan, maar haar kop wil nie tot bedaring kom nie. Al wat sy van Okinawa sal onthou, is die dadels saam met Helmut, die drie papiertjies en die hordes toeriste wat asof in gelid na die kasteel toe gemarsjeer het. Dan weer die skrik van die beeld wat haar amper desmoers geval het.

Om haar begin die dek nou voller raak. Die swemmende mense, die sambrele, die harige boepies, die baaikostuums wat al kleiner word en die kort swembroekies wat gedurig opgetrek word en in elke denkbare kleur langs die water pryk – iets van alles drom nou rondom haar. Mense begin sommer vroeg al mengeldrankies drink, en sommige suiker al aan eetsaal toe vir 'n vroeë middagete.

Sy wil nie in haar kajuit gaan sit nie, maar die massa en lawaai begin aan haar krap. Dis nog te vroeg in die dag vir enige opvoerings in die ouditorium, maar sy besluit om haar kop daar in die stilte skoon te kry.

Sy stap sommer agterom, van die swembad se kant af, in die ouditorium in. Dit word deesdae haar gunstelingplek!

Met die oopmaak van die deur hoor Madelein hoe Tibor en Merwe oefen. Dit is 'n redelik dramatiese nommer. Tibor speel of sy lewe daarvan afhang, maar sy ken nie die melodie nie. Dit is nie die tema uit *Guilty as Charged* nie. Sy gaan sit heel agter waar dit taamlik donker is, want net die verhoogligte brand.

Die twee mans werk verwoed deur 'n paar komposisies.

"Jy's fokken useless, man!" skree Tibor skielik en die musiek stop. "Dis ta-ta-ta-ta-te-ra-ta en dan 'bang!' val jy in. Dis tog nie so donners moeilik nie, shit, man! Het jy al in jou lewe gespeel?"

"Dis presies wat ek doen, poephol! Jy verander elke keer die melodie en die ritme. En buitendien, jou komposisies suck!"

"Ek weet wat ek doen. Moenie op my tietspiere werk nie!"

Merwe storm na die trappe toe wat van die verhoog af lei. "Doen jou eie ding! Ek gaan girls langs die swembad optel."

Tibor vlieg op en keer hom. "Waarheen dink jy gaan jy?"

"Suip, bra. Ek besef 'n mens moet lekker dronk wees om jou te survive!"

Tibor gryp die groot man skielik. "As jy by daai donnerse deur uitloop, is dit tickets. Dan doen ek vanaand se performance sonder jou. Dit sal in elk geval 'n moerse improvement wees!"

"Nie meer my probleem nie!" skree Merwe terug.

"Nee, dit ís jou probleem, want ek betaal jou. En ek het vir jou plek op hierdie boot gekry! Jy bly verniet en jy word betaal! Probeer daardie info in jou dik kop inkry!"

"Toe word ek uit jou kajuit gegooi en na 'n ander kleiner een saam met ander mense geskuif."

"Omdat die pianis sy eie kajuit moet hê. Einde van die storie. Hulle het jou sonder my toestemming na my kajuit toe geskuif toe die vorige trip in Sjanghai geëindig het – hemel weet hoekom. Ek kon dit nie toelaat nie."

"Wel. Jy is dalk alleen in jou kosbare kajuit. Maar jy wou nie alleen op hierdie trip wees nie. Dis hoekom ek hier is. En net omdat ek daai wiegelied reg op die saksofoon kan speel! Jy kan nie jou eie geselskap vat nie. Niemand kan nie! En jy wil Zilke in Hongkong spyker en haar oorreed om jou volgende kak tema te koop. Ek sien deur jou. Soos almal!"

Tibor stamp aan Merwe, en dié sit sy saksofoon neer. Dan stamp hy terug. Hard. Tibor verloor dit. Hy spring nader en takel vir Merwe. Hulle val en worstel. Rol oormekaar. Tibor klap Merwe deur die gesig, en hy gryp Tibor aan die keel. Hulle rol oor die verhoog en slaan woes na mekaar. Die geveg begin handuit ruk.

"Ek sal jou fokken verwurg, jou klein kak! Ek wens jy wil fokof uit my lewe!" skree Merwe.

Tibor slaan die saksofoonspeler met die vuis dat hy agteroor steier. Madelein wil ingryp, maar besluit dat die drama homself liewer moet uitspeel. Hulle lyk asof hulle dit nodig het.

Merwe storm weer op Tibor af en gryp hom dié slag aan die keel. Hy begin die pianis te wurg. Tibor se hande soek na uitkoms, hy hyg en kreun. Gil. Dan skop Tibor Merwe tussen die bene met sy knie sodat die groot man dubbel vou en swets.

"Jou fokken ..." Merwe gryp na sy kruis. Merwe is op sy knieë en krul van die pyn. Tibor kniel by hom.

"Is jy oukei?"

"Oukei se gat, man! Ek sal jou donnerse vingers breek sodat jy nooit weer aan 'n fokken klavier kan vat nie! Useless idioot!"

Merwe sukkel orent. "Iemand. Iemand, iemand, iémand gaan jou nog eendag vrekmaak, mark my words. En ek sal op jou donnerse graf staan en saksofoon speel!"

Merwe gryp sy instrument en sukkel-steier van die verhoog af. Tibor bly staan, self geskok oor wat hy gedoen het. Hy probeer Merwe keer, maar dié is reeds halfpad uit.

"Gaan ... na dokter Dannhauser toe," hakkel hy. "Ek het nie bedoel om ..."

"Jou maatjie, ja. Daai kwak gaan my nog verder beseer. Bly net uit my pad uit!" En Merwe strompel by die ouditorium uit terwyl hy beledigings oor sy skouer skree.

"Gaan jy nog vanaand kom?" roep Tibor. "Gaan jy speel?"

"Fokof!"

Tibor bly alleen agter. Beskou die verhoog. Skud sy kop. Maak sy vuiste stadig oop en toe. Bekyk sy kosbare vingers. Skud sy kop. Sy skouers bewe asof hy huil. Hy staan en stamp met sy vuiste op die klavier. Hierna ruk hy homself reg.

Hy gaan sit. Haal vlak asem. Hierna begin hy opnuut 'n komposisie speel wat Madelein nie ken nie. Hy rand die klavier byna aan. Slaan die note. Slaan die klawers later met sy vuis. Staan op, buig homself oor die klavier. Huil weer, maar bedaar later.

Dit neem Tibor 'n ruk om te kalmeer. Hy skree obseniteite in die dak in, loop heen en weer soos 'n dier wat in 'n hok opgesluit was voordat hy weer gaan sit. Diep asemhaal. Skouers ontspan.

Dis wat hy nou doen. Hy skud sy kop asof hy van die spinnerakke ontslae wil raak. Dan begin hy speel. Dis 'n deuntjie wat nie die noot wil slaan nie. Geen komposisie wil werk nie.

Madelein probeer saggies opstaan, maar merk dan 'n figuur wat by dieselfde deur onder inkom as waar Merwe oomblikke gelede uitgestorm het.

Angelique. Sy sien Tibor daar sit. Iets verander in haar oë, haar hele houding. Dan knoop sy haar bloes oop en ontbloot haar borste. Tibor is nie bewus van haar nie en speel voort. Swets, staak die spelery, sug en herhaal dit.

Angelique stap tot agter hom. Dan druk sy haar liggaam teen sy rug. Hy ruk soos hy skrik.

"Sorry. Ek wou jou nie laat skrik nie." Sy skuur oor sy rug. Tibor laat sy kop agtertoe sak tot dit tussen haar borste plek kry. Sug. Sy vingers tokkel nog liggies oor die klawers.

"Ek het jou nie hier verwag nie."

Sy glimlag. Kyk vinnig in die donker ouditorium rond. Trek dan haar jeans en broekie ook uit en gooi dit agter die klavierstoeltjie in. Nou sak sy af, kruip tot onder die klavier en vroetel aan hom. Vryf oor sy bors. Soen hom op sy maag sodat hy moet ophou speel.

Tibor gee 'n kreet. Lig sy onderlyf.

Madelein raak bewus van 'n geritsel aan haar regterkant. Dan gaan die deur van buite af oop en weer toe. Tibor hoor dit. Druk Angelique weg. Malan Meyer glip in.

Dit lyk asof hy Tibor en sy vrou nog nie gesien het nie, sy rug gedraai terwyl hy die deur agter hom toetrek, sy oë waarskynlik nog nie gewoond aan die duister nie.

Angelique gryp haar bloes en ander klere wat agter Tibor se klavierstoeltjie lê en hardloop vir die gordyne. Tibor rits sy gulp toe. Sy hande bewe wanneer hy begin speel.

Malan sien Tibor nou raak. Madelein sak dieper in haar stoel en hoop net dat hy haar nie raaksien nie.

"O. Hier is jy," grom Malan vir Tibor.

Die pianis hakkel. "Waar ... e ... anders sal ek wees?" Hy begin weer speel.

Malan stap met die trappies af na die verhoog toe. "Luister, mater. Ek en jy het 'n paar dinge om vir mekaar te sê!"

Tibor sluk. "Ek oefen. Waaroor wil jy praat?"

Malan snuif. Kyk rond.

"Dit ruik na seks."

"Kak man. Asof jy sal weet."

"Wie was hier?"

Tibor konsentreer op die klavier. "Niemand nie."

"Hou op speel. Ek kan jou nie bliksem terwyl jy voor die klavier sit en tokkel nie. Buitendien, wat jy ook al nou speel, werk nie. Jy is nie 'n komponis se gat nie!"

Tibor hou op speel. Draai om.

"Wat is tussen jou en my vrou aan die gang?"

Tibor skuif ongemaklik rond. "Waarvan praat jy?"

"Moenie jou dom hou nie. Almal praat daaroor. Ek is moeg om die joker van die bedryf te wees. Presies wat gaan aan?"

Tibor skud sy kop. "Is jy mal? Daar gaan niks aan nie."

"Ek's nie blind nie. En gister in daai kulkunsvertoning het sy wragtag jou naam ook gesê!"

"Dit was iemand anders. Dit was toeval."

Malan spring op die verhoog, gryp Tibor en kyk hom aan asof hy hom wil doodmaak. Sleep hom weg van die klavier af. Hy bal 'n vuis voor hom. "Sien jy hierdie vuis?"

Tibor probeer kalm bly. "Dis nie nodig om gewelddadig te raak nie, Malan."

Die regisseur pluk hom rond. "Ek donder jou dat jy vir 'n week nie weer daai vingers sal kan gebruik nie."

Tibor ruk weg en hou sy hande in die lug.

"Kom ons bly net kalm."

"Kalm! Ek wil jou van hierdie boot afgooi, man. Jy hoort nie hier nie. Jy hoort nie in die bedryf nie. Een blerrie hit en jy's koning. Wel, ek het nuus vir jou, mater. Al was jy die laaste komponis in hierdie miserabele bedryf, sou ek nie met 'n tang aan jou geraak het nie. En nog 'n ding. Ek sal sorg dat jy nooit weer iewers werk kry nie!"

Tibor raak dapper. "Ek het klaar."

"Wat het jy gesê?"

"Ek het klaar nog werk! Zilke Pascal ... die regis-"

"Ek weet wie fokken Zilke Pascal is!"

"Sy het my gevra om haar nuwe film dalk te score as sy van my musiek hou."

Malan skud sy kop asof hy hom nie glo nie.

Tibor hou weer sy hande in die lug op. "Oukei. Oukei."

Hy draai sy rug op Malan, verberg sy gesig in sy hande.

"Ek en Angelique hou van mekaar, maar net as vriende. So, as sy rondhoer en rumoer, moenie vir my kwaad wees nie, Malan."

Die groot man staar hom aan. Madelein verwag weer 'n vuishou, maar hy doen niks. Hy druk sy vinger in Tibor se gesig. "Jou einde is naby, mannetjie. Ek is nie blind nie. As ek julle betrap, is dit die einde. Want dan het ek die bewyse wat ek nodig het."

Malan storm van die verhoog af.

Tibor staan geskok. Stap dan klavier toe. Stamp die deksel oor die klawers toe en loop haastig uit.

Madelein blaas haar asem uit. Sy is nou te bang om te beweeg. Maar daar is niemand meer in die ouditorium nie. Angelique moes iewers uitgeglip het.

Sy moet gaan swem of ten minste in 'n jacuzzi gaan sit om af te koel, want ná hierdie onderonsie wil sy net asemhaal. Dit voel of sy koorsig raak. Die ou Madelein kruip terug ...

Sy neem tien minute om tot by haar kajuit te vorder. Trek haar baaikostuum aan en gooi haar kamerjas oor. Gryp 'n handdoek en sit af jacuzzi toe. Dis gelukkig beskikbaar. Daar is nie ander mense nie. Sy maak die deur toe.

Sy skud haar kamerjas af en klim in die water. Dit is half louerig. Sy is steeds geskok oor wat sy so pas alles beleef het. Die waterspuite masseer haar moeë liggaam. Laat haar welgeluksalig voel.

Iemand klop aan die deur. "Iemand daarbinne?" Dis Helmut.

Sy herken sy stem. Lig haarself. "Dis net ek! Kom in!"

Helmut maak die deur oop, en dan weer toe. Sy oë glip oor haar lyf. Sy sak weer in die water weg. Maak haar oë toe. "Welkom."

Oomblikke later voel sy die sagte hande teen haar slape. Sy kyk om. Hy gaan staan agter haar en masseer haar slape.

"Enige tekens van hoofpyn?"

"Nee."

Hy masseer nog 'n bietjie. "Net om doodseker te maak."

Sy geniet dit. Wag dat hy verder moet gaan, maar hy streel net effens deur haar hare. Trek dan terug.

"Jy is welkom om in te klim, Helmut."

"Seker jy wil nie alleen wees soos gewoonlik nie?"

"Doodseker."

Hy stap om die jacuzzi en trek sy hemp uit. Sy maag is gespierd, maar nie as 'n sespak nie. Sy vergelyk hom met Felix. Die man lyk soos 'n vervlakste geraamte. Dis net beendere en kepe en 'n liggaam wat uit steroïdes en gesondheidspoeiers bestaan wat spesiaal vir 'n spieël ingeoefen is. Sy is seker Felix staan saans voor die spieël en bewonder homself tot in alle ewigheid in. Kan dalk net met homself liefde maak.

Helmut glip in die water.

"Lekker." Hy bly aan sy kant. Plaas sy bene aan weerskante van haar middellyf in die jacuzzi. Hulle sit lank so.

"Jy sal nie glo wat ek netnou gesien het nie," sê Madelein uiteindelik.

"As dit iets met enige Suid-Afrikaner op hierdie boot te make het, stel ek nie belang nie."

Sy sit haar hand in 'n sjuut-teken voor haar mond.

"Al in wie ek nou belangstel, is jy, Madelein."

Hy bring sy voete nader en beweeg dit sodat dit tussen haar bobene skuur, maar doen niks verder nie.

Vel teen vel. Die water wat spuit en borrel. Sy geniet die hitte. Sy geniet hom.

"Ek wil oor ons praat. Ons het nie ons gesprek op die eiland voltooi nie."

"Nee. Ons het nie." Sy dink. "Dankie vir die derde papiertjie. Dit het die gesprek eintlik voltooi."

Hy lag. "Toe ek daardie woorde geskryf het, het ek gedink ek moet jou nog aanmoedig. Toe state ek the obvious."

"Dis nie meer nodig nie. Maar dankie. Ek sal dit altyd bewaar."

"Jy gaan een of ander tyd weer daarna kyk en hierdie oomblik onthou. Mark my words."

'n Glimlag soek plek in sy baard. Die water vorm mooi druppeltjies daaraan. Sy leun vorentoe en vee die druppeltjies teer af. Raak-vroetel aan sy baard. Hy soen haar hand, laat los dit dan.

"Ek is regtig lief vir jou."

"Ek ook, Helmut."

"Jy gedink oor my voorstel om te verdwyn?"

Madelein vee met haar hande oor sy mooi gesig. Sy oë gaan toe. "Ek wens ek kon," fluister sy.

"Nou ja," sug hy, "daar gaan daardie fantasie. Dalk ..." Hy sit regopper. "Dalk moet ek jou motiveer. Jou oortuig dat dit 'n goeie ding sal wees om alles vir my op te gee. Wie begeer 'n werk, 'n huis, vriende, familie, as jy vir my het?"

"Ek wens. Ek wens, Helmut."

Hulle sit lank so. Geniet net mekaar se teenwoordigheid. Hy lag vir haar en sy vir hom. Hy beweeg vorentoe in die water. Soen haar nou intiem. Soen haar weer. Sit dan terug.

"Ek is so bly ek het jou ontmoet, Madelein Blignaut."

"Ek is net so bly ek het jou ontmoet, Helmut Coleman." Sy wag 'n ruk voor sy vra. "Jy't gesê jy het 'n graad in sielkunde maar het toe 'n rekenmeester geword?"

"Dis nou 'n passion killer as ek ooit een gehoor het."

"Ek wil weet, want 'n mens kan nie sommer net verdwyn nie."

Hy sug. "Ja. Seker nie. Maar 'n mens kan droom."

"Sal jy ooit kan teruggaan na 'n gewone lewe toe?"

"Hoekom praat jy nou daaroor?"

"Want ek wonder maar net."

"Madelein. My lewe kan nooit weer normaal wees ná hierdie trippie nie." Hy staan op asof sy die warm oomblik finaal gebreek het. "Maar terwyl ons hier is, gaan ons dit geniet."

Helmut klim uit. Begin afdroog met 'n handdoek wat daar lê. Trek sy hemp aan. Klink skielik moeg. "Nou toe. Gaan jy vanaand na Tibor luister?"

Sy vertel nie van wat sy vroeër in die ouditorium gesien het nie. "Hoe meer ek van hom sien, hoe minder hou ek van hom," erken Madelein. "Maar ek wil graag na sy Oscar-tema luister wanneer hy dit self speel. Dis hoekom almal gaan."

"Nie almal nie." Helmut stap weg. Sy voete laat nat spore op die teëls en dis skielik vir haar baie sexy. Hy gaan staan by die deur.

Sy staan op. Klim uit. Loop na hom toe. Hy lyk verbaas.

Madelein omhels hom. Druk haar liggaam teen syne.

Hy druk haar ook teen die deur vas en soen haar. Dié slag met meer drif. Instinkmatig vou sy haar been om sy onderlyf. Sy sou haar nou aan hom kon oorgee as hulle nie hier was waar enigiemand kan instap nie.

Hulle hoor stemme buite. Sy maak haar los uit die omhelsing.

"Ek hét jou lief," fluister sy.

"Ek ook."

Sy blaas haar asem stadig uit. Moet haarself keer om hom nie weer nader te trek en te soen nie.

Ander passasiers klop aan die deur. Hulle maak die deur oop en stap uit.

"Sien jou netnou, Helmut."

"Ek hoop so."

Die ander mense stap in.

Sy gaan lê later op haar bed. Onthou. Helmut is een van die eerste mans in jare wat só teer met haar werk. Iemand by wie sy net haarself kan wees. Heeltemal anders as Pieter-Jan.

Hy het daardie sleutel vir haar gegee. Die sleutel na haarself.

Sy gaan stort, maar sy dink aanhoudend aan sy nat voetspore, die water in sy baard, sy mooi bene en die papiertjie in haar drasak met die woorde *koning van harte* op. Sy probeer slaap, maar kry dit nie reg nie.

Sy dink net aan hom.

Negeuur sit Madelein saam met Merle en Siegfried in 'n stampvol vertoning van Tibor Lindeque. Sy weet glad nie wat om te verwag nie. Almal sit kliphard en gesels. Bakvissies loop met boekies rond waarop hulle Tibor se handtekening wil hê. Ander draf rond en neem selfies langs sy foto teen die muur.

Die rolprent *Guilty as Charged* se plakkaat hang ook daar.

Helmut is nie in die ouditorium nie, soos hy haar gewaarsku het. Ook nie Malan en Angelique nie. Maar die atmosfeer is elektries. Almal sit en wag. Presies om vyf oor nege stap Tibor en Merwe op die verhoog, beste vriende met glimlagte so breed soos 'n slaggat. Tibor dra 'n aandpak. Die meisies word mal. Merwe verskyn ook nou met sy saksofoon.

Die twee gaan staan voor die gehoor en buig twee keer. Die toehoorders gee luide applous. Dan kom staan Tibor voor op die verhoog met 'n glimlaggende Merwe agter hom. Ai, dink Madelein, die valsheid van die vermaaklikheidsbedryf. Twee beste vriende. 'n Pianis met die gesiggie van 'n engel wat elke oomblik van die aandag indrink. Hy maak sy hande oop en toe, en die bakvissies gee weer uitbundige goedkeuring. Madelein moet erken Tibor lyk goed in 'n aandpak.

Hy praat Engels. "Dankie, dames en here, dis 'n eer en 'n voorreg om hier voor julle te staan." Hy en Merwe omhels mekaar en gee meer as net beerdrukke asof hulle al jare beste vriende is. "Terloops, daar is 'n gratis vertoning van *Guilty as Charged* môreaand in Hongkong vir die eerste honderd passasiers wat daarvoor vra. Die teater is naby die hawe. Die regisseuse gaan ook daar wees! Haal die kaartjies by Guest Services af."

Weer 'n luide applous. *Dawerend*, is die woord wat Merle hier langs Madelein in haar rooi Moleskinboekie neerskryf. Ook *ekstaties* en *ongekende bewondering!* merk sy.

Tibor praat nou hard en duidelik. "Ek sê ook dankie vir my Skepper vir talent. Sonder Hom sou ek dit nie kon gedoen het nie."

Nou klap die mense éérs hard. Fluit. Al die regte geluide, Tibor, dink Madelein. Jy ken jou gehoor.

"My hart is vol van sy goedheid. My Skepper het my 'n talent gegee, ek is maar net sy instrument."

Dit is presies wat die gehoor wou hê en Tibor weet watter note om voor die tyd te slaan.

Tibor gaan sit voor die klavier. Begin speel. Nie sy bekende goed nie, maar minder bekende musiek. Hoe verder sy komposisies vorder, hoe meer bedaard en gedemp raak die applous.

"Guilty as Charged!" skree stemme uit die gehoor. Tibor is duidelik nie baie beïndruk met die feit dat sy oorspronklike temas nie byval vind nie.

Hy voer nie die eksperiment met sy eie komposisies verder nie. Dit raak nou stil. Hy soek Madelein tussen die ander mense in die gehoor uit. Knik vir haar. Sy knik terug.

Dan dawer die eerste note van die rolprenttema deur die ouditorium en die gehoor raak stil. Hy speel. Begeesterd. Madelein staar gefassineer na Tibor. Hy raak self meegevoer, val die klavier omtrent aan. Speel sy hart uit en slaan die note met mening.

Merwe val op presies die regte plek in met die wiegeliedjiegedeelte op die saksofoon. En Madelein dink: Dat die arrogante klein niksnuts van 'n Tibor sulke hemelse musiek kon skryf. 'n Mens moet nooit 'n man op sy baadjie takseer nie.

Mense huil openlik gedurende die wiegeliedjie. Dit voel of daardie gedeelte van die komposisie haar amper hipnotiseer. Maak nie saak waar sy dit weer hoor nie, dit sal haar altyd aan hierdie oomblik laat dink.

Wanneer Tibor die laaste note speel, en Merwe se saksofoon dieselfde noot naboots en tot 'n klimaks voer, is daar eers 'n stilte. Dan staan die hele gehoor soos een man op en juig die twee kunstenaars toe.

Tibor staan op en sprei sy hande uit soos 'n Christusfiguur wat gekruisig word. Staan net daar en geniet die applous. Dit is sy groot oomblik. Hy is inderdaad die ster van die aand. Applous en "encore!" vul die vertrek sodat hy genoodsaak is om die musiek weer 'n keer te speel. En Madelein dink dit is van die mooiste rolprentmusiek, enige musiek, wat sy in haar lewe gehoor het.

Toe dit verby is, storm almal vorentoe vir selfies en handtekeninge terwyl sy haar uit die voete maak.

En agter haar omsingel die meisies en ook sommige mans vir Tibor. Merwe staan agter hom en kyk toe hoe Tibor omhels en gefotografeer word. En hy lyk nie baie ingenome met die feit dat hy heeltemal geïgnoreer word nie.

En sy dink Merwe lyk asof hy Tibor wil doodkyk.

HOOFSTUK 8

Madelein word omgekrap wakker. Hulle meer vandag in Hongkong vas.

Sy stort en trek aan. Sy dra 'n moulose bloes en 'n rok met enkele blomme op. Het ook nooit verwag sy sal die geleentheid hê om hierdie mooi uitrusting op die bootrit te dra nie.

Daar was iets in haar drome wat gepla het. Dit voel asof hierdie boot met haar kop smokkel. Asof sy nie helder genoeg kan dink nie.

Sy kyk deur die patryspoort. Die see is vanoggend onstuimiger as wat dit in Sjanghai en Okinawa was. Die insident met die standbeeld hou aan deur haar kop speel ... die skielike breekgeluid, die skerwe, die geraas van mense wat skrik en skree. Haar eie skok ...

Het iemand haar werklik probeer vermoor? Of is sy net neuroties?

Wanneer sy by haar deur kom, is daar 'n kaartjie op die vloer. Sy skeur dit oop.

Kry jou in die eetsaal. Negeuur?

Sy kyk op haar horlosie. Dit is inderdaad amper negeuur.

Madelein gaan ontbytsaal toe om vir Helmut te kry. Die plek wemel van die mense. Sy raak skoon kloustrofobies. Helmut wink haar nader. Maar voordat sy by hom uitkom, stap dokter Dannhauser verby. "Hoe voel jy vanoggend, juffrou Blignaut?"

"Goed. Heel goed. Dankie."

"Ek hoor jy was gister amper die hiernamaals in!"

"O, ja. Dit was 'n noue ontkoming."

"Dit klink my so, ja." Hy verduidelik. "Die beeld was op een van die dooie kolle waar die kameras nie 'n duidelike beeld het nie. Ons kon dus nie vasstel of iemand dit afgestamp het nie. Dit kan natuurlik die see wees, dat dit bloot omgefoeter het toe ons oor 'n deining vaar."

"Dankie, Dokter, dis als in die haak. Ek het net geskrik." Sy het regtig gehoop die kameras sou iets opgetel het.

"Vra maar as ek verder kan help."

Dokter Dannhauser stap weg. Vriendelike man. Hulpvaardig. Ironies genoeg altyd naby as iemand hulp benodig. Het hy 'n baie goeie aanvoeling vir wanneer mediese hulp benodig gaan word – instink van sy kant – of is dit blote toeval? Sy moet ook nou nie heeltemal oorboord gaan met haar suspisies nie.

"Jy lyk pragtig."

Sy sien die bewondering in sy oë. "Dankie."

"Sjoe. Jy doen dinge aan 'n man."

"Is dokter Dannhauser alleen op die boot?" vra Madelein. "Vrou? Vriendin?"

"Ek het hom nog nie saam met iemand gesien nie. Hy sit gewoonlik op sy eie," antwoord Helmut.

"Hy is 'n vreemde karakter."

"Hoe bedoel jy?"

"Hy is soos 'n skim, Helmut. Orals waar 'n mens gaan, is hy maar daar."

"Wel, hy is aan boord as medikus. Dit is seker sy plig."

Sy skud haar kop. "Ek is seker maar net onnodig agterdogtig."

Hulle eet, maar dis 'n soort gewoonte-etery. Die roereiers smaak asof dit van plastiek gemaak is. Massaproduksie vir popelende passasiers wat alles eet omdat dit kastig gratis is. Sy staan op en kies oudergewoonte liewer 'n vrugtekelkie.

Tibor en Angelique loop in die agtergrond teen mekaar verby en sy streel ongemerk oor sy boude. Daar is nie 'n teken van Malan nie.

Sy gaan sit weer.

Helmut stik onverwags aan 'n stuk roosterbrood. Só erg dat Madelein hom op die rug moet slaan. Waar is dokter Dannhauser nou?

Uiteindelik ruk die korsie los en land voor Helmut op sy bordjie. Gaste kyk ontsteld om, maar Madelein beduie dat alles in orde is.

"Alles reg?" vra sy bekommerd.

"Te vinnig gesluk."

Sy gee 'n glas water aan.

"Dankie. Dankie. Dit gebeur mos altyd wanneer 'n mens dit die minste verwag. So tussen 'n klomp vreemde mense waarvan niemand, behalwe jy, kan help nie."

"Jy het my tevore gehelp. Nou is dit my beurt," glimlag sy.

Hy eet nou versigtig aan die eier. Stoot dit dan terug. "Het jy gisteraand toe geniet?"

"Absoluut. Tibor is geniaal."

Sy sien Felix verbykom en hy neem weer 'n ekstra bord kos met hom saam. Sy verstaan hom nou beter. Hy kyk vinnig, asof skuldig, na Madelein. Sy weet nou te veel ...

Helmut maak keel skoon.

"Is jy seker alles is reg, Helmut?"

Hy drink 'n glas water. "Nee."

Sy skrik. "Wat bedoel jy?"

"Die gestikkery het met my dogter ook gebeur," sê hy.

"Wat? Het jy 'n dogter?" Dit kom as 'n skok. Is sy teleurgesteld? Onkant gevang? Sy weet nie hoe om te voel nie.

Hy knik. "Ek is geskei."

Sy het dit nie geweet nie. Hy het nog nooit oor sy vorige vrou gepraat nie.

"Ons het glad nie bymekaar gepas nie. Ons was net te bang om dit te erken. Toe raak dit 'n gewoontehuwelik. Tot op 'n punt."

"Wat het met jou dogter gebeur?"

"Sy het ook een keer byna verstik."

"Wat is haar naam?"

"Linda." Hy sê die naam sag. Mis haar skynbaar baie.

"Wat het gebeur?"

"Met die gestikkery het sy amper haar bewussyn verloor. Sy was opgewonde en wou my iets vertel oor haar studies. Ek dink sy het 'n onderskeiding in 'n toets gekry."

"Sy klink na 'n baie slim meisie!"

Hy knik. "By haar pa geërf. Sy het op Stellenbosch studeer."

Madelein lag. "Natuurlik het sy die talent by jou geërf."

Helmut drink weer water en gaan voort. "Ek moes haar letterlik terugruk lewe toe in 'n Kaapse restaurant."

Madelein smeer nou marmelade op haar roosterbrood. Byt versigtig 'n klein stukkie af. "Jy praat maar min oor jouself en jou familie."

"Wat is daar om te weet?" spot hy. "Dat ek my vrou jare gelede geskei het? Dat ek nou 'n mooi vrou ontmoet het van wie ek baie hou, en dat sy my bene lam maak?"

Sy eet nog van die roosterbrood. "Jou vrou," begin Madelein. "Wat doen sy nou?"

"Sy is een van die rykste argitekte in die Kaap. Is meer oorsee as in die land."

Sy kom agter hy wil nie verder oor sy eksvrou praat nie, maar sy gaan tog koppig voort. "Hoe het jy die egskeiding hanteer?"

Hy plaas sy eetgerei op die bord voor hom. Plaas sy gevoude hande voor hom asof hy nou gereed is om te praat.

"My dogter, Linda, was toe nog klein. Ek het haar eintlik grootgemaak. Natuurlik ook haar ma wat haar oor naweke of gedurende vakansies gesien het. Maar sy is met 'n Amerikaner getroud en is toe woerts uit die land. Het Linda net af en toe gesien."

"Hoe het die egskeiding jou dogter geraak?"

"Dit het haar sleg getref. Die feit dat haar ma haar eintlik weggestoot het, het haar jare later, in die helfte van haar M-tesis, eers regtig getref. Dit was 'n soort vertraagde skok."

Hy stoot die bord terug.

"Ek is jammer om dit te hoor, Helmut."

"Ek het toe maar aangegaan as rekenmeester. Later, toe Linda universiteit toe is, het ek eers besluit om kulkunsies te doen en weg te beweeg van verstikkende syfers. Ek kon nie weer 'n balansstaat in die gesig staar nie."

Sy skink tee in. Bewe effens.

"En Linda?"

"Sy het haar tesis pas voltooi. Was opgewonde en wou dit die oggend vir my kom wys. Maar toe verongeluk sy."

Madelein plaas die koppie terug in die piering.

"Liewe hemel!"

"Ja. Dit was ..."

"Ek is so jammer, Helmut."

Hy vee oor sy oë. "Twee tragedies. Eers 'n egskeiding, toe, baie later, Linda se ongeluk."

"Waarheen was sy op pad?"

"As ek die vorige aand reeds na haar toe gery het, dalk in haar kothuis oorgeslaap het en die tesis saam met haar gevier het ..." Hy sug. "Sy sou dalk nog geleef het. Toe reageer sy impulsief, soos gewoonlik. Wou dit dadelik uitdruk en vir my 'n kopie bring. Maar omdat ek 'n vertoning gehad het, moes ons dit uitstel na die middag toe. Ek sal daardie uitstellery tot die dag van my dood berou. Want as ek toe na haar gery het, het sy nog geleef."

Sy reageer nie dadelik nie. Die gebeure moet eers insink.

"Hoekom het jy jou dogter so selde gesien? Het jy nie dieselfde fout as jou vrou gemaak nie?" vra Madelein.

Dit is moeilik vir hom om te praat. "Ja. Ek het nie geleer nie. Ek het my werk voor haar gestel. Het toe al ernstig aan nuwe toertjies begin oefen. Daar is baie geld in as jy goed is en die circuit doen, maar jy moet telkens met iets nuuts vorendag kom. En ek moes myself en my tegnieke gedurig slyp. Steeds nuwe kunsies soek, daarom dat ek so op die verdwyn-kunsie konsentreer. Nooit tevrede wees nie."

Sy skink nou weer kookwater op haar teesakkie. Lig die koppie. Weet nooit wat om met die sakkie te maak nie. Dit is een van die groot vraagstukke van die lewe. Wat om met die pap teesakkie te maak.

"Ek verstaan dat jy so sleg voel, Helmut."

Hy kyk weg. "Kom ons gaan sit op die agterdek. Die eetsaal is so vol, en as jy buitetoe loop, is dit net klapperolie en 'n flankeerdery." Hy grinnik. "Sommige mense moet ook liewer nie in swembroeke langs die swembad sit nie. Hoe groter die pens, hoe kleiner die swembroek."

"Maar jou dogter ..."

"Ek wil buite met jou praat. Nie hier nie."

Sy stap saam met hom na die agterdek en gaan sit waar hulle op die see uitkyk, nie die volgepakte swembad nie.

"Kort voor Linda se ongeluk op Stellenbosch was ons saam in Kaapstad. Sy het soms na my toertjies kom kyk soos daardie dag, maar nooit veel erg daaraan gehad nie. Gesê dis my manier om van haar ma te vergeet, want ek het nooit heeltemal oor die egskeiding gekom of oor wat dit aan Linda gedoen het nie."

Hy staan op. Rek homself uit. Gaan sit weer.

"Ons loop toe verby 'n Cape Union Mart-winkel en sy sien 'n strooihoed." Hy lag. "Ons het partykeer naby haar kothuisie op Stellenbosch in Helshoogte gaan stap. Waterblomme gepluk of sommer net tussen die fynbos rondgeloop. Toe sê sy ek kort 'n hoed vir die son." Hy vee oor sy hare. "En sy koop vir my 'n strooihoed. Dis my kosbaarste besitting."

"Ek kan dit verstaan, ja."

"Ek het daardie hoed drie dae lank gedra. Dit is een van daardie goed waarmee ek haar vereenselwig. Linda se strooihoed."

"Het jy die strooihoed al hier op die boot gedra? Ek het jou nog nie daarmee gesien nie."

"Nee. Ek is te hartseer." Hy draai sy kop weg. Vee oor sy oë.

"Ek is regtig jammer, Helmut."

"Ja. Ek ook." Hy staan op. "Sal jy my verskoon? Die gestikkery ... ek voel nie lekker nie."

"Sê as ek kan help."

Hy knik en stap weg. Madelein bly alleen agter. Kyk na die see. En dink aan wat Helmut haar vertel het.

Die boot vaar 'n uur later stadiger. Sy sien Helmut nie weer nie.

Toe Madelein opstaan, verby die swembad en nagklub heel bo stap tot by die boot se boeg, slaan haar asem weg. Hongkong lê voor hulle soos 'n blink miernes met 'n kaleidoskoop van kleure. 'n Neonkrabbel van ligte en geboue en skepe en die see, met geboue wat hoog in die lug toring. Niks wat sy nog ooit op 'n poskaart gesien het, kon haar hierop voorberei nie.

Maar sy kry ook die idee dat hier iets gaan gebeur wat haar hele lewe gaan verander.

Helmut kom staan nou langs haar.

"Riviere van lig, nè? Hulle hou saans 'n Simfonie van Ligte. Jy moet dit beleef."

"Dis pragtig."

Hy het iets in sy hand. Sy kyk verbaas daarna. Dis die strooihoed wat sy dogter vir hom gegee het. Hy wys dit vir haar.

"Swierig!"

Helmut lag. "Ja. 'n Mens kan dit nie miskyk nie."

"Sit dit op?" vra sy. Kan dink hoe goed hy daarin sal lyk.

Hy skud sy kop. "Die oomblik is nog nie reg nie."

"Maar dis 'n soort oomblik van volmaaktheid hierdie, Helmut."

"Nee. Jý sal sorg dat daardie oomblik gebeur. Ek sal weet wanneer ek dit weer kan dra."

Sy kyk na die stad, verdwaal tussen die malse kleure soos iemand wat verf oor die bewegende geboue uitgestort het.

"Dis 'n geweldige toeval," sê hy onverwags.

"Wat is?"

Hy speel met sy hande. "Toe ons op Stellenbosch by die restaurant sit, het Linda nog iets vir my gegee." Hy maak 'n beweging asof hy 'n pak kaarte oopsprei.

"Toe hou ek dit na haar toe uit en vra haar, sommer vir die pret, om 'n kaart te kies."

"Wat het sy gekies?" vra Madelein wanneer hy nie sy sin voltooi nie.

'n Hartseer glimlag. "Jy weet watter kaart."

Sy skud haar kop. Kyk af na die see. Kan nie glo wat sy gehoor het nie.

Maar wanneer sy opkyk, is Helmut nie meer langs haar nie.

HOOFSTUK 9

Madelein staan gereed om af te klim. Helmut is daar om haar af te sien.

"Is jy seker jy wil nie saamgaan nie?" vra sy wanneer Hongkong soos 'n klomp blink speelkaarte voor haar uitgestrek lê.

"Doodseker. En weet jy hoekom?"

"Nee, maar jy gaan my sê."

"Ek wil hê jy moet die stad op jou eie ervaar. En sommer vir die regte Madelein tussen al die geboue en liggies optel. Haar geniet."

"Is ek regtig so verstok?"

Hy lig sy wenkbroue. "Belowe jy gaan nie kwaad word as ek dit vir jou sê nie."

Sy dink. "Jy het die al tevore vir my gesê. So try me?"

"Jy is gans te formeel, selfs met vakansie. Ook in jou taalgebruik. Regte forensiese patoloog. Al wanneer jy ontspan, is gedurende hipnose." Hy neem haar hand. "Gaan hipnotiseer jouself in die stad. Los vir Madelein op die boot. Word die mens voor sy te ernstig begin raak het omdat die lewe dit van haar vereis het. Geniet dit. As ek saamgaan, gaan ek net weer heeltyd vir jou preek. Soos nou. Jy is mos nou groot genoeg. Laat los jou hare, Mads!"

"Nou goed." Sy staan op. "Ek het 'n afspraak met die ... hoe stel jy dit? Die regte Madelein in Hongkong."

"Sy kan nie wag om jou te ontmoet nie."

Helmut soen haar.

"Tjeers. Gaan sien die sights. En ontspan. Belowe?"

Madelein spot. "Ek hoop ek kan ontspan ná alles wat ek op die reis gehoor het."

"Bewys jy kan. Buitendien wil ek nog aan 'n toekomstige show oefen. Koebaai."

Neonligte flikker in Sjinees met name en advertensies en glimlaggende gesigte uit gloeilampies aanmekaargesit. Sy sien reklame vir vreemde teaterstukke, prikkeldanse en eksotiese produkte. Ook rolprente en sosiale netwerke met TikTok-advertensies en meer as wat haar oë op een slag kan inneem.

Taylor Swift glimlag met blonde lokke wat in neonlig gebaai is hoog bo tussen die wolke en bo die smetterige mis. Veraf merk sy kabelkarretjies, mallemeules, verkeer, meer mense as wat sy nog ooit bymekaar gesien het, en flikkervrolike ligte. Madelein lag. Dit is heerlik om al hierdie vreemde goed te beleef! En Helmut was reg. Sy moet dit op haar eie doen.

Sy staar betower na alles, selfs al het sy die stad dikwels op prentjies of in dokumentêre rolprente gesien. Dit is die stad van wolkekrabbers en maanriviere. Neonkonstruksies en strate waarin rooi-en-wit liggies eweredig beweeg. Tientalle geboue rys soos dun potlode in die lug. Sommige lyk of hulle sweef. Ander lyk of hulle die stad soos groot Lego-blokke domineer.

Daar is verskeie bote met rooi vlae in die hawe geanker. Agter van die geboue is groen berge en koppies, en van die hoogste geboue ding teen hulle mee.

Sy sien orals outydse trems waaraan sy haar verkyk. Luister na die dieng-dong-geluide van hul klokkies wanneer hulle stilhou. Ja, dis die sogenaamde "Ding Ding" trems waarvan sy so baie gelees het, met glo die beste uitsigte op die stad omdat die uitkykdek so hoog is.

Wanneer Madelein deur haar verkyker kyk, merk sy piepklein woonstelletjies op wat opmekaargestapel is soos mini-speelgoedblokkies. Van hier deur haar verkyker wonder sy of mense ooit regop in daardie beperkte spasies kan staan. Daar is seker skaars plek vir 'n kokkerot so tussen die glaskastele.

Nou eers die passasiers wat in toergroepe georganiseer word. Elkeen kry 'n beurt om na 'n trem of bus te loop terwyl afkondigings volg. Sy merk niemand op wat sy van die boot ken nie. Op Helmut se aanbeveling wil sy self die neonriviere en blinkgepoetste stad gaan ervaar.

Sy betrap haarself dat sy gedurig lag. Sommer net lag omdat dit lekker is om te ontspan. So beland sy uiteindelik op 'n "Ding Ding" trem wat hulle na 'n tremstasie toe vervoer sodat sy by die kabelkarretjies kan uitkom. Daar aangekom, koop sy van Hongkong se bekende pynappelbroodjies en drink melktee wat sy langs die straat aanskaf. Die ou Madelein sou dit nooit gedoen het nie.

Met die ryery neem sy foto's. Gidsbote kom haal van die ander passasiers wat nog op die boot wag. Links van die boot is 'n eiland wat nie met soveel torings van wolkekrabbers spog nie, maar tog dig bevolk blyk te wees. Sy hoor ook van die Tai O-vissersgemeenskap waarheen Angelique op pad is, en sy besluit om dit ook te besoek. Iewers steek 'n groot wiel uit soos die Groot Oog in Londen.

Toergidse kry steeds mense bymekaar. Madelein giggel heimlik wanneer sy sien hoe die moeë gidse toeriste aanjaag na busse toe, want verskillende toere besoek verskillende plekke.

Wanneer hulle by die tremstasie uitklim, is sy genoodsaak om in die tou te staan. Sy vat die volgende trem na Victoria Bay. Vir een keer in haar lewe laat sy nie toe dat lang toue haar irriteer nie. Sy sal wel 'n kaartjie kry. Tevore sou sy die hele tyd op haar tone gestaan het om te kyk hoe lank nog voordat sy by die kaartjieverkopers kom.

Tot haar verbasing staan Malan Meyer voor haar, maar sonder Angelique. Sy voel eintlik jammer vir hom, maar is tans so oorweldig deur die trems wat vertrek dat sy aanvanklik nie met hom praat nie. Sy baan haar weg tussen die mense oop.

"Waar is jou vrou?" vra Madelein uiteindelik.

Hy kyk om. Het haar nie daar verwag nie.

"Sy neem 'n toer na een of ander vissersgemeenskap," antwoord hy. Nou onthou sy weer wat Angelique op die boot gesê het. Malan kyk 'n oomblik na haar. "Sal ons maar die toer saam meemaak? Ek ken niemand anders tussen al die Filistyne nie."

Madelein knik. "Natuurlik. Ek hoor dis pragtig. Weg van die stadsgeraas."

Waar sy aanvanklik traag was om by toeristeaantreklikhede aan te meld, dink sy nou anders daaroor. Sy sal om halftien vanaand by die teater uitkom wat Tibor se rolprent vertoon en sy sien geweldig uit daarna.

Die stad loop oor van markte en stalletjies en skilders en reusegeboue wat oor verligte strate troon.

Malan neem 'n paar foto's vanuit die trem. So ook Madelein. "As ons net die geld gehad het om hier te verfilm!" roep hy uit. "Ek het die perfekte draaiboek gehad. Stromingskanale wat belanggestel het. Selfs rolprentmaatskappye. Angelique sou daarin gespeel het. Maar dis waarby dit gebly het. Geld. Hoeveel keer het jy al die woorde 'daar is nie geld nie', of 'ons begroting is baie beperk' gehoor?"

"Met die wisselkoers het ek skaars genoeg geld om die aand te geniet. Maar ek gaan die beste hiervan maak," glimlag Madelein.

Een ná die ander ontvou die verskillende Hongkongse distrikte voor hulle terwyl hulle op die trem ry.

Hulle is steeds op pad na die beroemde Victoria Peak toe. Van daar wil sy na Ocean Park, 'n soort mini-Disneyland, toe gaan.

Hulle ry tot by Victoria Bay. Van daar het hulle 'n 360-grade uitsig op die baai en die stad wat haar oorweldig. Haar asem slaan weg. Dit neem 'n ruk voordat sy alles behoorlik kan inneem en sy raak heeltemal meegevoer met wat sy sien.

Terwyl hulle daar staan, kom Malan se voorstel soos 'n weerligstraal wat uit een van die toringgeboue slaan.

"Ons sou jou maklik kon gebruik, Madelein."

Madelein draai om en kan nie anders as om heerlik te lag nie.

"Malan! Jy kan maar die rooi tapyt terugrol. Ek is rêrig nie 'n aktrise nie."

"Nee, ek bedoel as raadgewer," sê hy, haal sy kakiepet af en vee oor sy kop voor hy dit terugplak. "Ek beplan om 'n speurreeks te verfilm. Moontlik oor 'n forensiese deskundige, noudat ek jou raakgeloop het. Ons sou jou raad kon gebruik."

"Jong. As ek tyd het, dalk. Dit hang van jou af."

"Dan kan die aktrise wat die hoofrol speel, op 'n paar sake saam met jou uitgaan en navorsing doen. Shadow, jy weet?"

Madelein skud haar kop. "Dis nie heeltemal so maklik nie. Die aktrise moet dit weet. Dis nie net rondkyk en vinnige aantekeninge maak nie. 'n Mens moet taai wees, want as jy sien wat ek al gesien het ... hoe dit my beïnvloed het, gaan dit 'n vreemdeling 'n rukkie neem om alles in te neem. Maar dit sal alles afhang."

"Ek soek die ware jakob, 'n persoon wat weet wat sy doen. Jy kan ons absoluut help." Sy kan verstaan dat Tibor en Malan nie oor die weg kom nie. En as Malan moet uitvind hoe eksplisiet Tibor en Angelique werklik vry, gaan dinge lelik raak.

Hulle koop kaartjies vir die kabelkarretjies. Sy gaan elkeen van hierdie kaartjies as aandenkings bêre. Dit is ongelooflik duur en Madelein dink ernstig of sy dit wel kan bekostig.

"Jy is net een keer hier. Koop 'n kaartjie," moedig Malan haar aan.

Eensklaps draai Malan sy selfoonkamera op haar. Hy neem 'n foto. Sy glimlag. Hy ook. Dit is die eerste keer dat sy hom sien lag.

"Is jy getroud, Madelein?"

"Nee. Maar ek was vir lank by 'n joernalis betrokke, so ek ken daardie deel van die wêreld."

"Weet hy wat hy deur sy vingers laat glip het?"

Sy kan nie besluit of hy skadeloos flankeer nie, en of hy en Angelique meer soos mekaar is as wat selfs hulle weet. Sy trek haar skouers op. "Ek vermoed hy het dit teen hierdie tyd al besef."

"Wat het tussen julle gebeur?"

"Ag, ons het oor klein dingetjies baklei, en ek het maar gewoonlik die aftog geblaas en besluit om alles lig te hou." Sy dink 'n bietjie. "Ek kry nie eintlik lekker as ek dit sê nie, want ek moes meer dikwels my man gestaan het. Maar op 'n dag het ek, en toe is dit verby. En hier is ons nou."

Toe hulle van die kabelkarretjie afklim, verkyk sy haar aan die groen heuwels wat die geboue plek-plek onderbreek. Die see lê nou stil in die baai soos 'n groot stuk blouswart ink wat die eilande en geboue vlek.

Hierna skei haar en Malan se paaie. Sy bekyk die groot Tian Tan Boeddha-standbeeld van ver af. Haal diep asem wanneer sy die getal trappe teen die heuwel op sien. Dan begin sy. Sy loop met die trappe op en word toenemend oorweldig deur hierdie reus wat oor die stad uitkyk.

Ná 'n lang ruk wat sy net staar en alles probeer inneem, onthou sy om 'n paar foto's ook te neem. Sy sal hierdie uitsig lank onthou.

Nou weer afstap met die honderde trappe, maar dis die mense, die natuur, die kultuur wat haar fassineer.

Hier besluit sy om inderdaad na die - Tai O-vissersdorp te gaan waarvan Angelique en haar vriendin tevore gepraat het. Dit sal 'n lekker kontras vorm met alles wat sy tot dusver gesien het.

Toe sy uiteindelik, weer met die hulp van 'n "Ding Ding" trem daar aankom, voel dit of sy 'n honderd jaar in die verlede terugstap. Sy is gek oor die trems. Sy sien geboue op paaltjies en stutte, huisbote, trappe tot in die water, bote met rooi vlae, hordes mense. En 'n groot winkel waar al die veerbote en bote mense aflaai. Verkyk haar aan die oorvol strate en die hawe en water wat oorloop van vaartuie.

Sy loop verder rond, beskou alles, neem nog foto's en stap dan na die groot winkel toe wat sy iewers geadverteer gesien het. Hier is meer goed as wat sy in jare in een winkel opgemerk het. Madelein is glad nie verbaas om hier en daar passasiers van die *Leonardo* te sien nie.

Sy volg bordjies na toeriste-aantreklikhede, word weer oorweldig deur die baie mense, en dan sien sy vir Tibor en Angelique. Hulle loop ook tussen aandenkings deur. Hy dra 'n donkerbril. Hulle het natuurlik dieselfde toer saam bespreek en dwaal soos 'n verliefde paartjie hier rond.

Madelein wonder met humor hoe oordrewe Merle die stad in haar artikels gaan optooi. Al waaraan sy dink, is die buitensporige woorde en blomryke beskrywings wat die lofsange seker gaan kenmerk. In die enkele artikels van haar wat Madelein op die internet nageslaan het, is dit die ene clichés wat haar soms hardop laat lag. Dan sing die voëltjies altyd en vier Merle en Siegfried gedurig lewenslange nuwe vriendskappe wat hulle op luukse treine en kabelkarre maak. Dit lei moontlik weer tot nuwe toere. Madelein is oortuig sy het boekies waarin sy al haar beskrywings opskryf en dan die regte een nadertrek om in 'n ander konteks te gebruik. Sy sal graag die artikels oor Hongkong wil lees.

Sy sal hierdie vissersdorpie lank onthou. Wens net Helmut was hier om dit saam met haar te ontdek. Die ou Madelein sou formeel hierdeur "gewandel" het, haar ma se mooi woord. Maar Madelein stap sommer net ligvoets, neem in en geniet 'n kookwateraand. Dis so anders as die glans en geraas by Victoria Bay en die Boeddha-beeld. Hierdie prentjies wat sy nou sien, moet wees hoe die Sjinese dekades gelede geleef het. Families in boothuise, vissermanne met visstokke oor hulle skouers, wasgoed wat in die wind wapper, kleingoed wat op die dekke tussen potplante speel. Een gooi 'n bal na haar toe – sy vang dit en gooi dit terug.

Hier is geen toringgeboue nie, net hier en daar 'n woning wat ongeveer vier verdiepings hoog is. Die water het 'n vuilerige bruin kleur. Dis gepak van toeriste en vissers wat hul ware en skulpe en mossels aan mense verkoop. Die atmosfeer is so lekker dat sy orals rondloop en kyk, maar tog vir Tibor en Angelique in die oog hou.

Hulle loop voor haar tussen die vissershuisies deur. Hier en daar hardloop nog kinders en speel bal met hulle maats. Twee vissers ry met mandjies vol visse op 'n fiets by Madelein verby. Skreeu iets vir haar sodat sy uit die pad moet skarrel. Sy draf eenkant toe en waai vir hulle wanneer hulle verbygaan.

Sy volg steeds vir Tibor en Angelique. Baie straatjies is gepak met mense en lyk dieselfde. By een van die bruggies gaan sy staan. Kyk na die geboutjies om haar. Neem foto's. Tibor gaan staan ook verder af en leun oor 'n reling. Hy kyk na die bruinerige water onder hom. Haal nou sy donkerbril af. Angelique vly haar teen sy skouer aan. Hulle kyk na die water. Praat nie.

Madelein is eintlik lus om die twee sommer net aan hul eie genade oor te laat en haar eie ding te doen. Sy moet regtig wegkom van haar medepassasiers en haar forensiese nuuskierigheid. Maar dan skop haar instink in. Sy sien hoe Angelique na Tibor toe draai en haar hand uitsteek. Sy raak aan hom, trek hom nader – maar dis al weer Angelique wat haarself nie kan inhou nie. Sy pluk Tibor ru na haar toe sodat Madelein vir 'n oomblik dink sy wil Tibor in die kanaal intrek.

Hy skrik. 'n Argument ontstaan en Angelique wil hom kalmeer, maar hy het pas sy balans herwin en praat vererg met haar.

"Wat de hel besiel jou?"

Nou luister Madelein met aandag.

Angelique praat vinnig. "Ek wil jou hê. Nou en hier en dadelik."

"Moenie belaglik wees nie. Ons het amper in die water geval."

"Jy kla nie gewoonlik as dinge rof raak nie."

"Dit was in my kajuit, skat. Hier's hordes mense. Jy moet jou gedra, ons word raakgesien!"

"Maar niemand ken ons hier van 'n slak af nie. Relax!"

Tibor ruk hom op en kyk weg.

Sy soen hom en hy soen terug. Dit word warm en sy gooi haar bene om sy middellyf. Van die vissers kyk na hulle.

"Hei. Kalm, kalm."

"Dit sal lekker wees om dit sommer net hier om die draai te doen waar dit stiller is."

Maar Tibor is versigtiger. "Ná die film, belowe ek jou, gaan jy sing, Ange."

Die aktrise verloor skielik haar humeur. Sy wip haar en loop haastig weg van die bruggie af na 'n straatjie met oop vensters waarin vroue vis braai. Madelein geniet dit nou eintlik om hierdie klein stukkie straatteater te sien. Bekyk dit as 'n buitestander, soos 'n toneelganger 'n toneelstuk.

Sy loop agter hulle aan soos 'n stout kind wat grootmense afloer.

Mense dwaal om hulle. Bondel saam. Visstokke oor die skouers. Kleiner, meer armoedige bootjies met seile oor wat heen en weer wieg, trek haar aandag. Die manne bekyk Angelique se duur uitrusting weer. Babbel en praat met mekaar. Wys na haar.

Dan beland Madelein in 'n ander straatjie waar Angelique haar arms om Tibor plaas, haar bui van tevore skynbaar vergete. Ligte gaan in die vensters om hulle aan. Kinders speel rond. Die water klots. En veraf is die gedreun hoorbaar van groter Hongkong wat soos 'n beer agter die vissersbote grom.

"Is jy nou kalm?" hoor sy Angelique vra wanneer sy Tibor vurig in sy nek soen. Hom los, na hom kyk en dan weer nader trek.

Sy soen hom weer. "Ek is mal oor jou. Jy maak dat ek alles en almal vergeet. Dis net jy. Jy is soos 'n kortsluiting in my kop, Tibor."

Maar Tibor stoot haar saggies weg.

"Jy verstaan nie, jy verstaan nie die skeppingsproses nie! Ek hoor musiek in my kop. Hier kom iets. Laat my net toe om die oomblik te ervaar. Te onthou."

"Ek is 'n aktrise. Ek verstaan die skeppingsproses."

Tibor verdedig homself. "Almal verwag so baie van my. Ek is nie 'n robot wie se knoppie jy kan druk nie."

"Jy is so temperamenteel. Partykeer dink ek jy voer dit te ver."

Hy kyk rond. Sien 'n doodgewone restaurantjie waar daar stoele en tafeltjies in die straat staan en waarom motorfietsryers 'n pad vind. Daar is oesters op die tafels uitgestal.

"Laat my ten minste vir jou oesters koop, Tibs."

Hy kyk na haar, glimlag steeds gespanne en gaan sit. Trek nie eers 'n stoel vir haar uit nie. Genieë trek nie stoele uit nie. Sy gaan sit. Hulle bekyk die oesters en die papier wat as 'n spyskaart dien. Van haar uitkykpunt af sien Madelein hoe Tibor vorentoe leun en haar soen.

'n Ouerige kelner sit 'n bak oesters voor hulle neer. Tibor druk sy vinger op 'n dis op die spyskaart en bestel dit. Madelein is nou self lus vir oesters. Sy gaan sit eenkant agter 'n plant waar hulle haar nie kan sien nie, maar sy nog alles kan hoor. Bestel ook oesters.

Angelique voer Tibor, en dan hy vir haar. Dit maak hulle rustiger. Hulle soen mekaar nou weer terwyl hulle die oesters eet, die bakleiery skynbaar vergete. En oor die see kom 'n volmaan op.

Hulle kyk daarna. Tibor staan op en gaan sit nou langs Angelique. Hy ontspan vir die eerste keer. "'n Oester vir my aster," lag hy en druk sy been teen hare.

"Daai soort lyne werk nie met my nie. Jy behoort dit te weet."

"Ek het nie bedoel om temperamenteel te wees nie, my skat. Ek kan ook vlei. En verlei." Hy knipoog vir haar.

"'n Oester vir my aster, huh?" Sy giggel. "Nou ja. As ek dit nie self gehoor het nie …"

Hy druk haar teen hom vas. Voer haar weer oesters. 'n Bord vis word later langs hulle neergesit en hulle peusel daaraan. Maar dis duidelik dat Angelique wil praat.

"Tibor."

Hy sluk 'n oester in. "Die goed maak 'n mens lus."

"O. Maar toe ek jou netnou sommer net daar in die straat wou gryp, toe is jy kouer as hierdie water."

"Daar gaan te veel dinge in my kop aan."

Weer 'n oester. Dan, onverwags, raak sy ernstig.

"Ons moet praat."

Hy sit sy hand op haar been. Streel daaroor. Sy skuif effens weg. "Ons praat te veel en speel te min, skat."

"Hei. Ek is ernstig. Ek moet dit van my hart afkry, Tibor." Haar bui verander vinnig.

Hy gaan sit nou weer oorkant haar. Krap in sy bord vis rond. Die eienaar verwyder die leë oesterskulpe.

"Dink jy nie ons het al genoeg gepraat nie, Angie?"

"Ja, maar dié slag is dit anders."

"Luister jy. Vanaand gaan my inspireer om weer 'n song te skryf. 'n Baie mooier stuk musiek as *Guilty as Charged*. Oukei, ek kry lekker tantieme elke keer as daai vroumens my tema sing. Maar ek hou nie van die manier waarop sy dit doen nie en …"

"Vergeet nou eers daarvan." Angelique bly ernstig.

"Maar jy's die meisie op wie ek gewag het. Meisies inspireer my altyd. Veral …" en hy druk sy knie tussen haar bene in, "een wat soos 'n oester voel en smaak en oopmaak."

Sy vryf oor sy been. Raak aan sy bobeen. Glimlag.

"Nou toe, neurie jou nuwe song vir my."

Hy probeer, maar dit klink nog nie vir Madelein na die basis van 'n deuntjie of liedjie nie.

Dan plaas Angelique haar vinger oor sy mond.

"Malan gaan binnekort 'n groot koproduksie doen, al praat hy nie met my daaroor nie. Ek weet daarvan. En hulle soek onder andere 'n komponis. Jy het belowe om my te help," herinner hy haar. Hy eet net voort.

Hy is inderdaad sexy, besluit Madelein, maar op 'n plastiese, aangeplakte manier. Hy irriteer haar 'n bietjie omdat hy so hard probeer.

"Grootman," trek Angelique sy aandag.

"Huh?"

Sy leun vorentoe. "Dis hoekom ons hier is."

"Vertel my."

Sy hou 'n dramatiese aktrisepouse. "Ek en Malan gaan skei."

Hy kyk op. "Is dit weer een van jou dramatiese oomblikke?"

Sy skud haar kop. "Ek het gister ná die drama in die ouditorium finaal besluit."

Hy skud sy kop. "Maar is jy bedonnerd?" vra hy. Glo duidelik nie wat hy hoor nie.

"Ek dink nie hy sal baie beïndruk wees om iemand anders se kind groot te maak nie, Tibor." Stilte.

Die restaurant-eienaar kom vra iets in Sjinees, maar Angelique en Tibor waai hom weg.

"Wat bedoel jy?"

"Wat dink jy bedoel ek, Tibor?"

"Ek kan nie gedagtes lees nie!"

"Kan jy Afrikaans verstaan?"

"Praat reguit. Wat bedoel jy iemand anders se …?" Dan lyk dit asof hy die kloutjie by die oor bring. Sy mond val oop. Hy sit agtertoe. Lig sy hande asof hy hensop.

"Bedoel jy …?"

"Ja, Tibor." Weer die dramatiese aktrise-pouse. "Ek is swanger."

Iewers skree iemand iets. Madelein hoor 'n fietsklokkie lui. Haar oesters word voor haar neergesit. Sy begin eet, maar haar aandag is nou volkome by die paartjie.

"Wat?"

"Jou ore werk nog, is ek bly om te hoor. En voor jy vra," en sy laat 'n oester in haar mond glip, "ja, dis joune."

"Wat sê jy vir my?"

Angelique vlieg op. "Jý is ook hiervoor verantwoordelik. Dis ons albei se kind." Sy loop weg en hy storm agter haar aan in Madelein se rigting. Sy lig een van die spyskaarte en probeer haarself klein hou.

"Ek het dit nie so bedoel nie!"

"Jy het dit presies so bedoel, poephol!"

Hy gaan staan. "Dis onmoontlik ... Jy is op die pil en ek weet nie op watse klomp ander goed nog nie."

"En jy het nooit 'n kondoom gebruik nie."

"Want dit was nie nodig nie. Magtag, dis 2025! Vrouens weet mos wat om te doen. Dis nie net my verantwoordelikheid nie!"

"Dit is jou kind, Tibor," sê Angelique beslis.

Dit duidelik dat hy nie woorde het nie. "Maar ..." Tibor soek na woorde. "Jy moes tog iets gebruik het!"

"Ek wou jou kind hê."

Hy sak sy kop in sy hande. "'n Kind."

"Nie 'n kind nie. Ons kind."

Hy leun agtertoe, maak sy oë toe.

"Ek het vanoggend 'n swangerskaptoets in die kajuit gedoen."

Hy skud sy kop. Wil nie haar volgende woorde hoor nie.

Hy maak sy oë oop. "En dis sonder twyfel joune. En weet jy wat? Hy of sy gaan 'n genius wees, net soos jy."

Tibor stap verbysterd weg. Die restaurant-eienaar kom met die rekening aangehardloop. Angelique kyk hom agterna, betaal dit oorhaastig en volg Tibor tussen die mense deur. Sy moet uithaal om by te hou.

Madelein spring op, los geld op die tafel en volg hulle. Baan haar weg tussen die mense deur en sien dat Angelique hom ingehaal het en terugruk.

Die twee minnaars staan langs 'n vissershuisie waar mense met hulle voete oor die relings in die water speel. Tibor en Angelique argumenteer verder. Tibor, heeltemal van stryk af, kyk rond. Madelein is seker hy het haar gesien. Sy skuil agter 'n uitstalling van verskillende soorte vis.

"Dan moet jy dit ook maar weet."

"Wat weet?" vra sy.

Hy kyk haar reguit in haar oë. "Ek gaan weer 'n nuwe klankbaan skryf, Angelique. Nie net 'n song nie. 'n Klankbaan. Maar dit sal vir dieselfde regisseur wees wat my vorige rolprent gemaak het. Zilke Pascal."

Haar mond val oop.

"Maar ... ek dag jy skryf dit vir my?"

"Regtig? Regtig?"

Angelique plaas haar hande op haar heupe.

"Dan vertel ek die regisseuse van daai fliek van die kind."

"Jy sal nie."

"Ek sien haar vanaand ná *Guilty as Charged*. Ek sal sorg dat ek met haar praat."

Tibor is nou op dreef. "As sy van die song hou en ja sê, volg die klankbaan. As sy ook bereid is om daarna te luister en my weer 'n kans te gee, staan ek 'n kans om 'n comeback te maak, want sy het weer 'n draaiboek geskryf. En ek weet van watter soort musiek sy hou. Watter note om vir haar te gee. Baie meer as net 'n song."

Angelique klap hom deur sy gesig. Hy steier. Sy klap hom weer. Só hard dat hy byna in die water tuimel. Dan stap sy weg.

Madelein beskou hulle van agter die viswinkeltjie wat op die straat uitmond, volgepak van vis en seekat. Sien die verbasing op Tibor se gesig, maar ook die vasberadenheid. Dan is dít hoekom hy die regisseuse weer wil sien. Moontlik ook hoekom hy hierdie bootrit meegemaak het, wel wetend dat dit saamval met 'n week lange vertoning van sy regisseuse se rolprente.

"Angelique!"

Maar sy verdwyn tussen die mense.

Madelein kyk weer in Tibor se rigting. Hy lig homself op. Kyk. Soek, en fokus dan skielik op haar, Madelein.

Sy loop blitsig in een van die stegies in. Stap verby twee ou vrouens wat haar verbaas aankyk. Katte skarrel voor haar voete uit. Maar een ding weet sy: Tibor gaan nie baie vriendelik wees as hy haar nou in die hande kry nie, want die gesprek wat sy so pas gehoor het, kan reuseprobleme vir hom veroorsaak. 'n Skandaal nes hy sy loopbaan weer wil afstof, net voor hy 'n nuwe komposisie wil verkoop.

Een blik oor haar skouer en sy sien Tibor aan die bopunt van die stegie staan. Hy kyk rond. Soek. Madelein loop sommer in 'n vissershuisie is. Die mense kyk verstom na haar. Sy loop dwarsdeur die plek. Sien 'n uitgang en loop aan die anderkant uit, elke sintuig gespanne.

Sy vind 'n taxi en spring in.

Hulle ry verby Tibor. Hy staan en staar net na die vissersgemeenskap en die water en die bote. Kyk na die Sjinese wat by hom verbyloop. Die vissersbote wat op die water wieg. Die inwoners op hul huisbote. In die verbyry let sy iets op in sy oë. Iets aan die ander kant van woede.

Moord. Daar is moord in sy oë.

HOOFSTUK 10

Die taxi laai 'n gespanne Madelein voor die teater af waar sy veilig tussen ander mense voel. Sy stap deur die voorportaal, maar sien Tibor nêrens nie. Sy verwerk nog alles wat sy gehoor en gesien het.

As dinge lelik word, gaan hierdie affère 'n ernstige skande raak. Maar die vermaaklikheidsindustrie kan "skandes" mos maklik hanteer en wegpraat, of dit bloot aanvaar as net nog iets wat die drama agter die skerms interessanter maak as die gebeure voor die kameras. Maar hiérdie skandaal kan Malan ook moontlik 'n knou gee en sy loopbaan en beeld skade berokken.

Tibor kyk nou dalk vas in sy eie probleme, maar ander gaan ook seerkry in dié saak.

Daar lê 'n oormaat *Guilty as Charged*-serpe naby die ingang. Sy neem een en druk dit in haar drasak. Neem 'n paar slukke koeldrank, want sy is nogal dors. Kry haar fliekkaartjie en kyk waar haar sitplek is. Druk die kaartjie in haar roksak langs haar selfoon en kajuitsleutelkaart en drink nog 'n bietjie koeldrank.

Sy staan en kyk na al die mense. Daar is baie Sjinese wat opgewonde oor die rolprent praat. Sy is nogal moeg ná al die opwinding en die ver stap. Oorhandig dan haar kaartjie aan die plekaanwyser en kry 'n gratis serp van haar.

Dit neem 'n ruk om haar sitplek te bereik, want daar is baie mense. Uiteindelik gaan sy sit. Maak haar oë toe en leun vorentoe. Dink oor wat alles gebeur het. Wonder of sy Tibor en Angelique gaan sien. Onthou weer die argument.

Sy sit lank so. Maak dan haar oë oop.

Dokter Dannhauser stap 'n ruk later by een van die sydeure in.

"O! Goeienaand!" Hy wys sy kaartjie en kry sy gratis serp as toegif van die plekaanwyser. "Uiteindelik gaan ek ook sien hoe die rolprent lyk en waar die musiek inpas." Die dokter bekyk die serp. "Ons sien mekaar seker in die ouditorium?" roep hy in die verbystap.

"Inderdaad, Dokter. Geniet die vertoning."

"Ek hoop ek sal. Ek gaan nie dikwels bioskope toe nie."

Bioskope nogal! Sy sien dr. Dannhauser beslis nie as iemand wat juis in vermaak belangstel nie. Sy wonder of hy hoegenaamd 'n privaat lewe buite sy spreekkamer het. Maar hoe sê hulle? Dis die stilles, die agtergrondmense, wat eintlik die lekkerste lewens het. Jy weet net nie daarvan nie. Jy's nie genooi nie.

Voor haar is mense wat op die verkeerde sitplekke sit. 'n Kort argument breek uit.

Sy kyk weer na haar kaartjie. Ry Q, sitplek nommer 8. Inderdaad reg. Terug in haar roksak.

Madelein merk Tibor steeds nêrens nie. Sy gaan sit. Haal haar selfoon haastig uit haar sak om 'n paar foto's as aandenkings te neem. Neem ook die teater af. Die mense. Lig haarself effens, want die koppe voor haar versper haar uitsig.

Sy gaan sit weer. Bekyk haar foto's op haar selfoon. Lekker aandenkings.

Soveel opgewondenheid, so 'n afwagting. Sy hoop net sy gaan van die film hou. Dan besef sy sy moet betyds badkamer toe. Voor die film begin, anders gaan sy dit nooit maak nie. Te veel koeldrank gedrink.

Madelein staan op, skuur so verskoon-verskoon verby die mense wat al sit. Loop met die ry af en soek na die bordjie wat na die toilette wys. Verlaat dan die ouditorium en loop met 'n lang gang af na die toilette. Sy verdwaal aanvanklik, maar kry dan die regte uitgang. Sy draai links, weg van die mense.

Dan is sy vir 'n oomblik genadiglik alleen. Iemand kom van voor af uit die manstoilette aangestap. Tibor. Hy verbleek wanneer hy haar sien. Toe hy langs haar kom, trek hy haar eenkant toe. Al die vriendelikheid van tevore is weg soos springmielies op 'n kinderpartytjie.

Haar selfverdedigingsmeganisme skop dadelik in, maar Tibor pleit: "Moenie, moenie. Luister net na my. Moenie praat nie! Jy gaan my hele loopbaan vernietig. Ek het jou in die vissersdorpie gesien. Wat het jy alles gehoor?"

Sy moet eerlik wees. "Genoeg."

"Wat weet jy nog?" En as Madelein nie antwoord nie, skud hy haar.

"As jy iets aan my probeer doen, gaan jy seerkry, Tibor."

Ná die nuus oor die baba is daar nou openlike vrees in sy oë. Tog dalk ook meer, maar die baba is die enigste wapen wat sy nou teen hom het en sy is nie van plan om dit te gebruik nie.

"Presies wat soek jy van my, Madelein?" Sy stem slaan deur soos 'n vals noot onder 'n seer vinger op 'n stukkende klavier. Die nuus oor die baba het hom 'n gruwelike dwarsklap gegee. Sy ware kleure kom nou uiteindelik te voorskyn. "Soek jy geld?"

Madelein is verstom. Vererg haar oombliklik.

"Jy bedoel afpersing oor die baba? Natuurlik nie!"

"Want ek sal jou betaal om oor alles stil te bly."

"Vir hoe lank dink jy gaan jy stilte kan koop, Tibor? Ek glo nie Angelique sal baie lank haar mond hou nie. Dit gaan binnekort op die lappe kom. En wat van Zilke en ..."

Hy druk haar weer teen die muur vas.

Sy gesig is nou teen hare. Hy haal vlak asem. "Dan soek jy iets anders. Ek het gesien hoe jy na my kyk terwyl ek klavier speel. Ook toe ons langs mekaar voor die klavier gesit het. Ek het jou getoets."

"Getoets? Waarvoor?"

Hy raak aan haar gesig. "Goed. As geld nie werk nie, kan ons altyd 'n ander roete volg, solank jy net jou mond hou."

Sy soek na woorde. "Wat?" Sy probeer hom wegstoot.

"Vanaand, ná die partytjie, is ek daar. Alles waaroor jy nog ooit gedroom het, kan gebeur. Ek belowe jou. Bly net stil. Ek kan alles verduidelik."

Sy hoor vrouestemme wat naderstap. Sy stamp hom weg. Kan nie sy vermetelheid glo nie. "Bly weg van my af. Volgende keer sal jy nie so gelukkig wees soos nou nie," waarsku sy. "En ek word nie afgepers nie."

"Hou net jou bek!" grom hy voordat sy hom finaal wegdruk en in die gangetjie terugtree.

Die vroue kyk haar verbaas aan ná haar verskyning, maar sy glimlag net hoflik. Stap agter hulle aan toilet toe. Tibor se geheim is in elk geval veilig by haar. Asof sy nou elke skindertydskrif in Suid-Afrika gaan bel. Die man is heeltemal van sy trollie af. Neuroties verby. En sy is vies oor sy aanbod en die feit dat hy haar tevore reeds by die klavier probeer verlei het en haar vriendskap probeer koop. Vreemd.

Sy stap terug in die ouditorium in tot by ry Q na haar sitplek toe, die enigste oop een in die ry. Die teater het intussen byna volgeloop.

Sy soek tog onbewustelik na Helmut, enige ander bekende gesig, maar hy is nie daar nie. Sy is jammer, want sy het gehoop dat hy dalk tog sou opdaag om die aand draagliker te maak.

Angelique sit langs Malan twee rye voor haar. Sy tree gespanne op. Hulle hou nie hande vas nie. Angelique kyk kort-kort om asof sy vir Tibor soek.

Merwe, die saksofoonspeler, sit in die tweede ry van voor. Dan kom Tibor ingestap, die toonbeeld van selfversekering. Angelique lig haarself effens op om hom beter te sien. Malan neem haar hand en druk dit so hard dat sy 'n geluidjie maak wat Madelein tot hier kan hoor. Angelique sit weer terug in haar stoel.

Tibor het verskeie gesigte. En hierdie masker wat hy nou opsit, wys weer die suksesvolle komponis. Sy kan skaars glo dit is dieselfde man van 'n rukkie tevore.

Hy gaan sit voor Merwe met twee sitplekke langs hom oop. Hy kyk vinnig om, maar meer na Madelein as na Angelique.

Felix Visagie loop tussen die mense rond en vryf trots oor sy plat maag. Klap daarop. Glimlag vir elke mens wat hy sien. Troetel sy foon. Hy praat daarin en probeer onderhoude met die fliekgangers voer. Doen luidkeels verslag vir sy podsending. Gee sy indrukke van die mense. Die verrigtinge, die organisasie. Praat oor die mengsel Sjinese en Suid-Afrikaners en Franse wat in die teater sit. Maar dit gaan eintlik oor hom, Felix, hoor sy wanneer hy by haar ry verbystap.

Dan gaan sit hy op 'n oop sitplek twee rye agter haar. Kyk rond of daar dalk iemand naby is met wie hy 'n onderhoud kan doen.

Dan merk sy dit. Sy kyk weer om.

Sy suster wat sy een of twee keer by hom gesien het, nou sonder die lintjies in haar hare, sit op die sitplek langs hom, en hy hou haar hand styf vas asof hy bang is sy hardloop weg. Hy kyk kort-kort na haar asof hy dink sy wil ontsnap. Sy is Felix se verantwoordelikheid. Sy lyk nie so gespanne soos tevore nie, maar staar stip voor haar uit.

Die meisie staar later strak en senuweeagtig na die skerm. Dis die eerste keer dat Felix sy selfoontjie nou wegpak. En dat sy, Madelein, sy suster wat hy klaarblyklik in sy kajuit toesluit, behoorlik kan sien.

Merle Smal gaan sit in 'n oop sitplek links voor Madelein en maak gretig aantekeninge terwyl Siegfried die een foto ná die ander neem. Dan neem hy langs sy vrou plaas. Kyk om, sien Madelein, grinnik, en rol sy oë oor Merle.

Sy wonder hoe lank dié huwelik nog gaan hou.

Die ligte verdoof. In afwagting begin die mense ritmies hande klap. Gooi whoop-whoops uit na die silwerdoek.

Sjinese lokprente waarvan sy niks verstaan nie, word vertoon, en ook 'n lokprent van *Guilty as Charged*, om een of ander rede, met ekstra klem op die Oscar-bekroning vir beste klankbaan.

Die mense hou op hande klap, maar fluister nou. Sommige plaas die mooi serpe om hul nekke en babbel vrolik terwyl 'n laaste lokprent gewys word. Dan raak almal heeltemal stil.

Die bestuurder van die teater verskyn op die verhoog. Applous, applous. Vrolikheid. Hy beduie na die naaste uitgange en verduidelik. 'n Veiligheidsafkondiging indien die teater propvol is en daar moontlik 'n probleem opduik. Ses uitgange aan weerskante en 'n sewende een links onder die skerm, maar die sewende een is slegs vir die sterre, regisseur en persone wat ná die film gaan optree.

Twee vroue stap in en gaan sit langs Tibor. Die een soen hom net 'n bietjie te lank en druk haar arm om sy nek. Hulle groet soos ou bekendes wat mekaar juigend herontmoet. Dit moet die regisseuse wees. En hulle is skynbaar gek oor mekaar. Of dalk is dit bloot vir die gehoor bedoel, die oordadige gegroet. Die ander meisie langs die regisseuse waai 'n slap handjie na Tibor, maar hy reageer glad nie.

Beelde flikker op die silwerskerm, en uiteindelik begin die rolprent in Frans en Engels met Sjinese onderskrifte wys.

Wanneer die eerste beelde op die skerm verskyn, begin die klaviermusiek saggies. Onderspeel. Maar styg dan geleidelik uit. Dit ondersteun die tonele uitstekend. Mense kyk en luister. Sommige plaas 'n arm om die persoon langs hulle se skouer wanneer Tibor se klaviertema verder oor stil tonele sonder dialoog speel, sodat die skoonheid daarvan ten volle waardeer kan word.

Die wiegeliedjiegedeelte speel in die middel van die film alleen en laat sommige mense bewoë. 'n Unieke tema wat uit die ander hooftema in vorige tonele gevloei het. Sy moet erken, dis voorwaar 'n geniale stuk werk. Dis 'n bietjie anders as die hooftema, maar spesiaal gekomponeer sodat dit naatloos aansluit. Dit is hipnotiserend goed.

Mense geniet die film. Vir haar is dit egter gemiddeld, maar sy besluit om tot die einde te sit.

Wanneer die eerste slottitels verskyn, is daar stilte. Dan, wanneer dit steeds oor die skerm beweeg, speel die hooftema weer, hierdie keer met woorde by, gesing deur die sangeres Chloé Durand. Madelein moet saamstem. Tibor se musiek het nie woorde nodig nie, maar dit is juis hierdie liedjie wat die treffersparades aan die brand gesteek het. Gewone klankbane haal selde die top tien.

Die meisie wat die lirieke geskryf het, staan op en neem haar groot handsak. Ja, dit moet Chloé Durand wees. Sy kry 'n applous, maar dit is nie juis entoesiasties nie. Tibor klap glad nie hande nie. Dis duidelik dat hy skynbaar voel die woorde hoort nie oor sy musiek nie. Maar gerieflikheidshalwe maak hy natuurlik baie geld daaruit.

Wanneer die ligte uiteindelik aangaan, staan Zilke Pascal, die regisseuse, op. Sy stap verhoog toe. Sy is 'n pragtige vrou met 'n lyfie wat skrik vir niks, en kry 'n staande toejuiging. Madelein moet ook maar opstaan. Soek in haar sak vir haar selfoon en neem 'n foto.

Zilke maak die gehoor stil, waai die soveelste soentjie in Tibor se rigting en praat in Engels. Hier en daar gooi sy 'n Sjinese frase in wat 'n tolk vertaal.

Madelein verwag dat Zilke nou vir Tibor gaan oproep, maar sy ontbied die sangeres en liriekskrywer, Chloé Durand, na die verhoog. Sy dra 'n aandrok wat so laag sit dat haar borste byna uitpeul. Daar is 'n snit in die materiaal. Sy drup van seksualiteit.

Die applous is nou effe gedemp. Die sangeres verduidelik in Engels hoe 'n moeilike werk dit vir haar was om die lirieke te skryf. Die verantwoordelikheid daarvan!

Merwe, die saksofoonspeler, gee glad nie applous wanneer die sangeres klaar gepraat het nie, want dit is oor sy saksofoongedeelte waar Chloé so hard en duidelik sing, die instrument verdwyn feitlik in die agtergrond. Sy lyk baie ingenome met haarself en waai vir die gehoor. Sy gaan sit weer. Die bestuurder van die teater staan op.

Stilte. Afwagting.

Dan roep hy die regisseuse weer na die verhoog, maar dié slag saam met Tibor. Soos gewoonlik in glinsterglans-premières gebeur, omhels hulle mekaar weer daar voor al die nuuskierige en alwetende oë asof hulle in die hemel herontmoet. Sy fluister iets in sy oor en streel vinnig deur sy hare. Hy plant twee soentjies op haar wang wanneer sy hom omhels.

Zilke se hand beweeg na syne en hulle raak nogal intiem aan mekaar. Weer betekenisvolle blikke van die gehoor. Dit is duidelik wat hier aan die gang is.

Madelein haal haar selfoon vir die soveelste keer uit en neem weer foto's. Hierdie oomblik moet sy verewig. Dit bevestig haar vermoedens. Hulle het al seks gehad en dit gaan weer gebeur. Dit is dalk ook iets wat Tibor geheim wil hou; die feit dat hy by die regisseuse geslaap het sodat sy sy musiek moet gebruik. Of ten minste die deur vir hom oopgemaak het.

"Ek moet vra, liewe, dierbare Tibor," sê Zilke nou hard sodat die gehoor elke woord moet hoor, "sekerlik die aantreklikste komponis in Suid-Afrika – waar kom hierdie musiek vandaan?

Want die rolprent was nog in die beginstadium, skaars 'n rowwe snit, toe dit voorgelê is."

Tibor glimlag. Madelein kan sien dat hy gewoond is daaraan om sulke glimlagte te gee wanneer hy vrae gevra word.

"Die muse," gee hy 'n geykte antwoord. "Die skoonheid van die Kaap waar ek woon. Julle ken almal seker Kaapstad?" En dan intiem na Zilke. "Maar ook jy, Zilke. Jy het my gehelp om dit af te rond."

Die Suid-Afrikaners gee applous en whoop-whoops. Die ander mense kyk weer betekenisvol na mekaar. Felix praat opgewonde in sy selfoontjie wat hy intussen weer aangeskakel het. Doen seker verslag oor wat alles gedurende en ná die rolprent gebeur het. "Hoe lus ek nou 'n lekker braai in die bosveld!" skreeu iemand. "Of Faffie se Speedo's!" roep 'n ander wat 'n gelag onder die Suid-Afrikaners tot gevolg het.

Tibor praat baie duidelik. "En natuurlik, toe ek die rolprentbeelde sien, het ek geweet my musiek is perfek daarvoor. Ek het dit vooraf geskryf, maar dit het perfek ingeskakel. Ek het vermoed waar die musiek gebruik gaan word terwyl ek na 'n rowwe snit gekyk het, en ek het raad gegee. Hier en daar volgens Zilke se voorskrifte aangepas."

Zilke druk sy hand. "Maar slegs een of twee plekke. Die musiek was perfek."

"Dit was my treffendste ervaring. Ek was selfs op plekke in trane terwyl ek na die rowwe snit gekyk het," erken Tibor. Hy laat sy woorde behoorlik insink. Dit is seker een van sy grootste oomblikke sedert die Oscar. Hy vervolg: "Hoe langer ek langs Zilke in die redigeerkamer en natuurlik voor die rekenaar gesit het, hoe meer geïnspireer het ek geraak. Uiteindelik laat iemand reg aan my musiek geskied. Anders het dit maar weer net in die niet verdwyn soos al my ander komposisies."

As hy weer 'n Oscar wil hê, dink Madelein, sal hy seker maar weer moet uithaal en wys. En gebruik.

"Maar daardie wiegeliedjie aan die einde. Ek neem aan jy is nog nie getroud nie, Tibor?" vra sy, duidelik bewus wat die antwoord gaan wees.

Hy skud sy kop. "Natuurlik nie."

Madelein kyk rond. Angelique sit met 'n klipgesig in die gehoor. Malan sit langs haar, maar styf en regop en onbetrokke.

"Oukei. Belydenistyd!" kom die eerste openhartige woorde van Tibor sedert Madelein op die boot geklim het. "As ek eendag 'n kind het, sal dit sy of haar wiegeliedjie wees." Tibor se stem raak harder wanneer hy sê: "Ek dra dit op aan my ongebore kind wat ek eendag seker in my arms gaan hou."

'n Ligte beroering. Angelique skuif rond.

"Gelukkige baba!" grap Zilke en knipoog, natuurlik salig onbewus van die ware toedrag van sake.

"Jou film is 'n engel, Zilke. En jou beelde het dit vlerke gegee." Dit was die korrekte stelling op die regte tyd. "Maar daar kom nog musiek." Duidelik is hierdie aand Tibor se drumpel. Sy volgende kans. Die musiek wat hy weer wil voorlê. En moontlik weer 'n Oscar mee gaan wen, want die mannetjie het geweldige talent te oordeel na hierdie tema.

Applous. 'n Baie raak antwoord. "Tibor is 'n warm komponis," erken Zilke.

Hy glimlag en sit sy arm om haar skouers. Baie bewus van sy sjarme en die invloed wat hy op haar en die gehoor het. Die man weet beslis hoe om gehore te manipuleer. Hoe om Zilke te gebruik.

Merle kyk om na Madelein. Gee 'n stywe glimlaggie en maak 'n aantekening in haar boek.

"En jy het die film perfek gedoen," komplimenteer Tibor haar.

'n Ongemaklike stilte. Dan dawer die regisseuse se stem trots deur die teater.

"Dankie dat julle gekom het, liewe mense! Lank lewe *Guilty as Charged*! Lank lewe Tibor om nog meer mooi musiek met sy la-a-a-ang vingers vir toekomstige flieks te maak!" knipoog Zilke. "Wie weet, as hy die regte snare tokkel, koop ek die volgende tema wat hy belowe het! Maar dan moet dit beter as hierdie een wees. En dit sal nogal baie verg!"

Weer 'n ligte beroering.

Die mense staan nou op. Loop verhoog toe. Drom om Tibor en Zilke saam. Gesels. Min steur hulle aan die vrou wat die lirieke gepleeg het. Dit raak duidelik dat veral die Suid-Afrikaners die Hongkongse naglewe nou wil ervaar in die een kosbare nag waarop hulle in die stad toegelaat word. Hulle loop haastig uit. Dis 'n gebondel en geharwar soos mense uitstroom.

Madelein merk hoe Tibor en die res van die span opgewonde gesels. Kort-kort praat Zilke met nuwe bewonderaars, poseer saam met Tibor vir foto's. Madelein is seker die stukkies gesprek tussen die lofgesange gaan weer om sy nuwe moontlike tema waaraan hy tans werk en wat hy vir haar wil aanbied. Tibor vang een keer Madelein se oog. Kyk reguit na haar.

Later loop die regisseuse uit, maar Tibor praat nog met 'n Sjinees wat 'n vervaardiger blyk te wees, want hy oorhandig 'n kaartjie aan die komponis en vra sy besonderhede. Die man lyk stinkryk. Zilke loop deur uitgang nommer sewe en wys dat sy buite vir Tibor wag. Die res van die geselskap, behalwe Chloé, gaan nagklub toe.

Die sangeres bly agter. Sy lyk vies, moontlik omdat Tibor nie haar lirieke geprys het nie. Wanneer hy Zilke wil volg, keer Chloé hom. Raak skynbaar 'n paar bitsighede kwyt. 'n Rusie ontstaan. Hulle glip by een van die sydeure uit en begin driftig te praat.

Die teater is byna leeg.

Madelein bly nuuskierig. Met die verbystap by die sydeur hoor sy Tibor en Chloé steeds raas oor haar bydrae tot die sukses van die tema en die feit dat sy voel Tibor en Zilke gee haar nie genoeg eer nie. Haar lirieke was dan so briljant.

Dan storm hy weg.

Madelein besluit dat sy nou genoeg van die liefdessirkus gehad het, en besluit om terug te gaan boot toe.

Sy stap uit. Wandel met een van die stiller strate af tot die lawaai agter haar vervaag het. Sy sien die filmspan in verskillende motors vertrek. Stap nou flink na die *Leonardo* se blink liggies in die hawe nie te ver weg nie. Voel nou vir die eerste keer veilig met Tibor wat weg is.

Sy voel in haar handsak. Dan haar roksak. Sy besef haar kajuitkaart is nie meer daarin nie. Dit moes uitgeval het toe sy opgestaan het of haar selfoon so dikwels uitgehaal het. Sal sy of sal sy nie teruggaan nie?

Dat sy so lomp kon wees! Sy is altyd deeglik, en daar verloor sy haar kajuitkaart. Sy hoop nie sy het dit in die vissersdorpie verloor nie. Sy hoop dit lê iewers langs haar sitplek in die teater.

Moontlik is die ouditorium nog oop. Sy haas haar terug, al is dit vir 'n onbenulligheid, want sy dink aan Helmut se filosofie oor daardie lekker oomblikke tussen die stukkies tou. Sy het vanaand, selfs die onderonsie tussen Angelique en Tibor, geniet. En dit was so lekker om in Hongkong rond te loop en na alles te kyk wat sy altyd op poskaarte sien. Nou kan sy die res van die aand op die boot, of moontlik nog in Hongkong, saam met Helmut deurbring, want die boot staan vannag hier oor.

Helmut se intelligente geselskap vir 'n hele aand! Dalk sal hy nou in die stad wil rondloop. Hulle kan iewers gaan eet, op die trems rondry, of die naglewe geniet. Sy stap vinniger teater toe. Wens sy kon hom bel en letterlik vir die aand bespreek ...

Sy raak baie geheg aan Helmut. En die feit dat hy so aantreklik is met sy stewige bou en mooi gelaatstrekke, tel ook in sy guns!

Die ligte is feitlik almal af in die teater. Iemand vee nou buite en loop dan die stil, verlate teater binne, moontlik om die laaste ligte af te skakel. Madelein moet betyds daar inkom om na haar sleutelkaart by haar stoel in ry Q te soek.

Die teater is nou skemerverlig en die skoonmaker tel die laaste papiere tussen die sitplekke op. Madelein stap by dieselfde deur in waar dokter Dannhauser haar gegroet het. Ruik nog mense en parfuum en lekkergoed.

Dan is daar 'n gil! Madelein verstar in die deur. Die skoonmaker skreeu weer en begin weghardloop. Hou aan met gil.

Sy skrik. Haar instink skop in. Sy loop na die ry waar die man skoongemaak het en gaan staan. Toevallig ry Q.

Chloé Durand, die sangeres, sit-lê in 'n stoel. Madelein verstar. Loop versigtig nader na waar die skoonmaker staan en skreeu het.

Chloé is met 'n serp verwurg. Guilty as Charged. Vermoor. In sitplek nommer agt. In Madelein se stoel.

HOOFSTUK 11

Die volgende paar uur is 'n waas. Die polisie. Ondervragings. Madelein moes selfs DNS skenk. Verduidelik presies wat sy op daardie oomblik in die teater gesoek het. Hoe sy die lyk gesien het. Dat sy die skoonmaker hoor gil het en ingestorm het. Hom by die meisie se lyk sien staan het. Versigtig nader gestap het om nie die moordtoneel te versteur of te besmet nie. Die polisie gebel.

Sy het teruggegaan om haar kaartsleutel wat moontlik onder die stoel gelê het, te gaan haal.

Die Sjinese speurder, Wang Chun, is haar nie baie goedgesind nie. Beskou haar moontlik as 'n soort bedreiging, want dit is sý moordtoneel wat onder sý jurisdiksie val. Nie hare nie.

Die ondersoekbeamptes saam met Chun was aanvanklik geïnteresseerd in die feit dat Madelein self 'n forensiese deskundige is.

Die speurder praat Engels met haar. Hy hou haar gedurig op 'n afstand. Wang Chun is 'n korterige mannetjie met wakker oë. 'n Pen wat gereeld krabbel. Oë wat orals kyk, raak kyk en waarneem.

"Het jy die vermoorde meisie geken?" vra hy.

"Glad nie," antwoord Madelein.

"Sy is 'n bekende sangeres en ons probeer die pers hier weghou, want dit gaan 'n groot storie wees," is sy reaksie.

"Ek is seker dit sal."

"Het jy haar gesien nadat die vertoning verby was?"

"Ja," antwoord Madelein. "Sy het daar voor eenkant tussen die mense in die voorste ry gestaan. Het nie saam met die kunstenaars na die nagklub toe gegaan waar hulle die rolprent sou gaan vier het nie."

Sy beduie na die gordyne links van die silwerdoek. "Die laaste wat ek haar gesien het, was toe sy deur die gordyne uitgeloop het."

Van Tibor se woordewisseling met Chloé maak Madelein geen melding nie. Hy het ná die woordewisseling uitgeloop en Madelein het hom gesien. Om nou hierdie inligting oor die rusie met die agterdogtige speurders te deel, sal tog geen doel dien nie.

Die speurder maak aantekeninge. "Ons ondervra ook die akteurs, die komponis wat op die verhoog was en die regisseuse." Speurders is besig om die afgekordonde omgewing te fynkam, maar daar is geen teken van sleepmerke op enige ander plek as in die sitplek waar Madelein tevore gesit het en waar die lyk ontdek is nie. Die afleiding is dat die meisie soontoe gelok is, of gevra is om spesifiek daar te sit.

Dit sal baie toevallig wees as sy in 'n leë teater verskyn het nadat almal weg was, en dan in ry Q sitplek agt gaan sit het, dink Madelein, maar sê niks.

"Is jy seker jy het haar nie geken nie?" vra die speurder.

"Doodseker. Ek ken haar hoegenaamd nie en het ook nie met haar gepraat nie," antwoord Madelein.

"Waar het die oorledene tydens die filmvertoning gesit?"

"Heel voor aan die linkerkant, direk langs die regisseuse. Die komponis het langs die regisseuse aan die kant gesit," verduidelik Madelein.

"Wat sou die oorledene dan hier in die middel van die teater gesoek het?"

Madelein dink. "Soos ek kon hoor, het sy gehoop dat sy moontlik na die partytjie sou gaan, maar sy is skynbaar nie genooi nie. Ek vermoed dat sy bedruk was daaroor en toe hier kom sit het."

"Maar hoekom juis híér presies in die middel van die teater?"

Madelein bekyk die toneel opnuut. "Die moordenaar moes haar van agter verras het. Sy het dalk hier kom sit, moontlik op uitnodiging of vir 'n afspraak. Dalk net omdat sy mismoedig was en alleen wou wees." Blote toeval, hoop Madelein.

"Het sy 'n handsak by haar gehad?" verneem die speurder.

Madelein dink terug. "Ek vermoed so." Sy dink. "Ja. Dit was nogal 'n groot, spoggerige affêre."

"Want dit word vermis. Ons het die hele teater deursoek."

"U vermoed dus roof?" wil Madelein weet.

"Op die oomblik is dit 'n moontlikheid, ja. Die moordenaar het haar van agter af verras en met een van die serpe verwurg wat in die teater en die voorportaal gelê het en vir die mense uitgedeel is." Hy beduie. "En die persoon is weg met haar handsak."

Madelein kyk toe hoe die forensiese span die toneel weer deeglik fynkam, maar daar skyn geen nuwe leidrade te wees nie. Boonop word die ondersoek bemoeilik deur die feit dat daar so baie fliekgangers was. Alles wat nou nog naby die sitplek oorgesien is, word ondersoek en in sakkies geplaas. Vingerafdrukke word geneem. Daar was klaarblyklik nie 'n worsteling nie. Chloé is betrap, of moontlik netjies sitgemaak en toe van agter af verwurg.

Niemand het enigiets verdag opgemerk met die uitloop nie. Veral die skoonmaker het niks gesien toe die laaste mense die teater verlaat het nie, want op daardie oomblik het 'n relletjie op straat voor die teater uitgebreek toe twee kwajongens slaags geraak het, maar die belhamels het weer weggejaag. Roof is tans die enigste motief.

Daar is ook geen kameras rondom die gebou nie. Maar die skoonmaker dink dat hy weer die kwajongens, wat voor die teater amok gemaak het, sal uitken. Hulle veroorsaak gereeld in die aande 'n steurnis in die omgewing.

Die motief was dus beslis diefstal.

Op daardie oomblik kom 'n geskokte Zilke en Tibor saam met die polisie ingestap. Sien die lyk. Zilke gil. Tibor staar verbysterd na Chloé. Madelein wonder of hy vir die polisie gaan vertel van die kort onderonsie met die sangeres voordat hy na die nagklub toe is.

Madelein gaan sit in die voorste ry eenkant en luister na die ondervraging. Wang Chun praat Engels met Zilke. Tibor staan eenkant met groot oë en luister. Kyk veral na Madelein. Is moontlik bang oor wat sy gaan sê.

Sy hou die speurder dop. Hy ken sy storie. Sy het hom ook dopgehou nadat die forensiese span die toneel afgesper en ondersoek het. Die speurder het versigtig geloop en die meeste waarnemings uit ry P gedoen vóór die een waar Chloé gesit het. Alles noukeurig afgeneem en ondersoek of daar enige leidrade op of onder die stoel in ry Q was.

Chloé het skynbaar regop gesit en is van agter af verras. Haar kop het agteroor gelê. Die gesig verstar en die oë glasig, wat skielik weer die herinneringe aan die papgeslaande gesig in die boot na Madelein toe teruggebring het. Dit peul uit daardie laaitjie diep onder in haar onderbewuste waar sy dit weggebêre het.

Hierdie moord was netjies. Veral vir 'n rower, 'n dief. Amper té netjies, asof die moordenaar presies geweet het hoe om die moord só te pleeg dat daar geen leidrade gelos is nie. 'n Professionele persoon dus? Iemand met verbintenisse in die vermaaklikheidsbedryf? Voetspore is moeilik om te bepaal of uit te ken omdat daar so baie mense uitgeloop het nadat die vertoning verby was en juis hier verbygeskuifel het voor die moord gepleeg is.

Hulle ondersoek natuurlik ook ry R waar die moordenaar moontlik gestaan het. Madelein oorweeg weer die ooglopendste moontlikheid. Kan dit wees dat die moordenaar Chloé vir 'n selfie of iets na die ry toe gelok het? Maar die sangeres is gewoond aan foto's. Dit is onwaarskynlik dat sy, in die bui waarin sy was, sommer goedsmoeds na hierdie spesifieke ry in die middel van die teater toe sou gestap het om vir 'n foto te poseer. Beslis nie spesiaal vir enige bewonderaar nie.

Iets maak nie sin nie. Die feit dat Chloé juis in ry Q gesit het waar sy, Madelein, kort tevore na die rolprent gekyk het, bly haar teister. Dis presies dieselfde sitplek. Juis daardie een uit al tweehonderd sitplekke in die teater.

Vir een verskriklike oomblik wonder Madelein of sy die moordenaar dalk ken. Of dié vir haar 'n boodskap, selfs 'n soort afgryslike leidraad of waarskuwing, wou los om die moord op te los?

Madelein stel belang in Tibor se ondervraging, maar die regop, kordaat speurdertjie wat aanhoudend vrae vra en steeds aantekeninge maak, wend hom nou na die geskokte Zilke Pascal. Hy is nie juis in Madelein se waarnemings geïnteresseerd nie.

"Wat het direk ná die vertoning gebeur?" vra Chun vir Zilke.

Sy kyk na Tibor. "Ons het besluit om na die Blizmania-nagklub hier naby te gaan vir 'n partytjie om die rolprent te vier."

"Enigiemand julle daar gesien?" vra die speurder.

"Natuurlik. Baie. Ons het ander bekendes raakgeloop wat met ons gesels het en sal kan bevestig dat ons daar was. En daar was kameras by die klub."

"Ek neem aan daar is baie foto's in die voorportaal en tydens die vertoning geneem van die teatergangers wat die vertoning bygewoon het?"

Tibor neem oor. "Ja, daar is. Maar dit was meestal mense van die publiek wat kom kyk het. Hulle het selfone gebruik, en van die kaartjies is by die toonbank gehou vir diegene wat daarvoor bespreek het. Mense het ook net opgedaag, veral Suid-Afrikaners, want ek is Suid-Afrikaans en hulle wou my ondersteun."

"Het enigiemand laat val dat hulle die sangeres ken? Selfs met haar 'n woordjie gewissel?"

"Hoegenaamd nie," antwoord Tibor.

"Hoe kan jy so seker wees?"

"Want ek het heel voor gesit. Sy is deur 'n taxi afgelaai, want toe sy instap en by my verbystap om in die voorste ry te sit, het sy gekla dat sy so lank vir 'n taxi moes wag. Dat sy dit net betyds gemaak het."

"Het sy 'n kêrel?" vra Wang.

"Ek onthou so iets, maar ek is nie seker nie."

"Ons sal haar kêrel opspoor." Die speurder praat in Sjinees met 'n assistent. "Enigiets gemeld van 'n besoeker of afspraak ná die tyd, of iemand wat sy in die teater geken het?"

Tibor skud sy kop. "Hoegenaamd nie. Ek het die indruk gekry dat sy alleen was en ná die vertoning terug huis toe sou gaan."

"Hoekom is sy nie nagklub toe nie?" vra die speurder.

Tibor trap fyn. "Sy was omgekrap oor die gebruik van die liedjie waarvoor sý die lirieke geskryf het in die film. Sy was van die begin af nie baie tevrede dat dit net in die slottitels ingesluip het nie. Tipies kunstenaar."

"Met iemand baklei of gestry voor of ná die vertoning?"

"Nie voor die vertoning nie," antwoord Tibor gladweg. "En ek is direk ná die vertoning na die regisseuse se limousine wat agter die teater staan en wag het."

Madelein luister noukeurig of Tibor steeds nie melding maak van die vinnige onderonsie met Chloé nie, maar hy laat niks val nie. Sy het ook die indruk gekry dat Tibor haastig was om na die limousine toe te gaan. Dat die woordewisseling kort en kragtig was. Tibor kyk net een keer weer vinnig na Madelein asof hy verwag sy gaan dalk iets verklap, maar sy sê niks.

Die speurder skryf. En dan: "Ons gaan natuurlik nog ondervragings doen en kyk of dit wat julle sê, stryk met wat die ander mense onthou." Hy laat die stilte die dreigement vir hom voltooi.

"Mag ek iets sê?" vra Zilke ná 'n ruk.

"Natuurlik."

Sy vroetel in haar handsak vir iets wat na 'n kalmeertablet lyk, sluk dit met 'n bottel water af, en wend haar dan weer tot die speurder. "Bekendes soos Chloé word dikwels herken, baie meer as ons agter die skerms. 'n Bewonderaar kon haar dalk gevra het om vir hom vir 'n foto te poseer. Of dit kon 'n stalker gewees het. Het julle dit al oorweeg?"

"Weet jy of sy dreigemente gekry het?"

Zilke lig haar skouers. "Ons is nie eintlik vriende nie, maar sy het gister laat val dat mense haar gedurig teister. Dat sy begin bang raak vir haar bewonderaars."

"Iets oor haar voormalige kêrel laat val?"

Zilke skud haar kop. "Nie waarvan ek weet nie."

Wang Chun kyk lank na haar. Skryf baie dinge neer. "Haar selfoon is natuurlik ook gesteel want dit was vermoedelik in haar handsak. Maar ons sal met die netwerk in aanraking kom oor oproepe wat sy die afgelope paar dae ontvang het."

"Wel, ek het haar een keer gebel om te verseker dat sy wel hier gaan opdaag," erken Zilke, "maar dit was 'n kort gesprek. En ek het glad nie langer as dertig sekondes met haar gepraat nie. Julle kan die selfoonrekords nagaan."

Die speurder kyk 'n rukkie na hulle. "Ons het reeds oor sulke moontlikhede gepraat. Ons fynkam die netwerke, ook Facebook en Instagram en TikTok en X."

Zilke sug en kyk weg. Wag vir die volgende vraag. Vang Tibor se oog net so terloops wat gespanne langs haar staan en wag.

"Saam met wie het jy uit die teater na die nagklub toe vertrek, mejuffrou Pascal?"

Zilke beduie na 'n man in 'n pak klere en styfgekamde hare wat die hele tyd op sy selfoon staan en praat. "Saam met my agent, Patrice. Hy was deurgaans by my en sal kan bevestig waar ek was."

Die speurder roep iets in Sjinees na 'n kollega wat dadelik na die Patrice-man toe stap.

Een van die forensiese beamptes stap na Chun toe en hulle voer 'n kort gesprek in Sjinees. Die man stap weg. Dit blyk nie uit Chun se liggaamshouding of daar iets positiefs gebeur het of nuwe leidrade gevind is nie.

"Kom ons gaan weer saam deur julle bewegings nadat die film geëindig het en julle op die verhoog gepraat het."

Zilke. "Daar was so baie mense ..."

"Enigiets wat met die oorledene te doen het."

Weer 'n stilte. Sy dink. "Wel, die mense, die publiek, die fliekgangers het uitgestap. Ek en Tibor het besluit om die res van die span in die nagklub te ontmoet."

"Ek het gedink julle vriende is álmal saam na die nagklub?"

'n Vinnige blik na Tibor. Sy sug. Kyk rond. "Nee. Ons, ek en Tibor, sou saam daar aankom."

"Hoekom het julle nie almal saam gery nie?" vra Chun.

"Is ek 'n verdagte in die moord?"

Iets wat na die glimlaggie lyk van iemand wat daardie vraag al tevore gehoor het, wil-wil op die Sjinese speurder se gesig verskyn. Maar hy kies die gewone uitweg. "Ons ondersoek net presies wat gebeur het en waar almal was. Elke alibi sal natuurlik nagegaan word."

Zilke knik. Lyk nou 'n bietjie meer gespanne. "Ek het uitgeloop na my limousine toe."

"Alleen? Sonder jou assistent of agent?"

"Ja, hulle is solank vooruit."

"En meneer Lindeque?"

Zilke dink. "Meneer Lindeque, die komponis ..." sy beduie na hom, "is vinnig badkamer toe. Toe kry ek hom oomblikke later by die motor."

"Waar was die limousine se bestuurder?"

"Hy het in die motor gewag," antwoord Zilke.

Madelein kan dadelik sien as iemand iets wegsteek, en sy besef dat Zilke haar woorde baie fyn tel.

"En toe u by die limousine aankom, juffrou Pascal?"

Zilke vroetel met haar handsakkie. "Het uhm ... ons ..." Sy kyk rond asof sy hulp van iewers verwag.

"Ons ondervra die bestuurder apart. Ons wil jou weergawe van die gebeure hoor. Maar wat gebeur het, sal uitkom. Het jy iets om weg te steek, juffrou Pascal?"

Zilke kyk af.

Daar kom nou 'n harde klank in Chun se stem. "Wat het by die limousine gebeur?"

Sy kyk na Tibor. Dan strak vorentoe. "Ek het die bestuurder gevra om eenkant in 'n koffiewinkel te wag."

"Hoekom?"

"Want die res van my vriende was reeds weg en ... ek en meneer Lindeque wou ... wel," sy raak aan die puntjie van haar neus, "'n privaat gesprek hê."

"Waaroor?" hou Chun vol.

Daar volg 'n lang stilte.

Dan kyk Zilke op. "Meneer Lindeque wou sy nuutste komposisie met my bespreek."

"In die limousine?"

"Ja, waar anders?"

"Sê jy vir my, asseblief."

"Wat bedoel jy?" Zilke is duidelik nie daaraan gewoond om sulke kortaf vrae gevra te word nie.

Die speurder sug. "In jou kantoor. By die partytjie. By 'n latere geleentheid."

Zilke ruk haar rug regop. "Ek glo nie die plek waar ek besigheid bespreek, is van soveel belang nie. Buitendien het die bestuurder die hele tyd 'n uitsig op die voertuig gehad."

"Maar in hierdie geval is 'n moord gepleeg nadat julle uit die teater gestap het en toe by die partytjie opgedaag het."

Zilke is in 'n hoek. Sy kyk rond, amper verbouereerd. Dan weer na Chun. Tibor staan daar wit in die gesig. "Praat die waarheid asseblief, mejuffrou Pascal."

"Ons het in die limousine gesit, hy het die musiek vir my op sy foon gespeel." Dit is duidelik dat sy nie verder hieroor wil kommunikeer nie. Die speurder maak driftig aantekeninge.

"En toe?"

Zilke praat moeilik. Selfbewus. "Ek het gesê ek sal daaroor dink. Ek het die bestuurder later teruggeroep en ons het na die partytjie toe vertrek."

"Hoe lank het die gesprek geneem?"

Zilke kyk rond asof sy hulp van iewers af soek.

"So tien, vyftien minute."

Chun kyk deurdringend na haar. "Dis nogal lank."

"Hy, Tibor, het die musiek twee keer gespeel. My probeer oortuig om dit te gebruik." Haar stem raak nou kil.

Die ondersoekbeamptes kyk na Chun en dan na mekaar.

"Waar het die limousine gestaan?"

"In 'n systraat agter die teater," antwoord Zilke, wat duidelik begin hoor hoe haar antwoorde klink.

"Julle het dus geen uitsig op die teater gehad nie?"

"Nee," sê Zilke beslis. "Daar is bome tussen waar die limousine gestaan het en die teater."

"Maar weer, presies hoekom het die gesprek so lank geduur?"

Zilke is in 'n hoek.

"Ek het u 'n vraag gevra, mejuffrou Pascal."

Sy kyk na Tibor en soek na 'n antwoord.

Die speurder maak sy boekie toe. "Het julle seks in die limousine gehad?" vra hy reguit.

Zilke is woedend. "Asseblief! Wie is jy om vir ons sulke ...?"

"Ek probeer bepaal presies waar meneer Lindeque was, want dit is baie moontlik dat die moord plaasgevind het terwyl julle gemeenskap in die voertuig gehad het. Dis sal as julle alibi dien."

Tibor stap nader. Plaas sy hand op Zilke se skouer. Sy gaan sit met haar kop in haar hande.

"Mag ek hier inkom?" vra Tibor.

"U beurt kom later, meneer Lindeque. Maar dit sal interessant wees om ook u weergawe te hoor."

"Ek was in die badkamer. Juffrou Pascal het 'n WhatsApp vir my gestuur." Hy hou sy selfoon uit en die speurder beskou dit. "Sy het my gevra om dadelik na haar limousine te kom sodat sy na die musiek kon luister waar daar nie ander mense was nie. Dit sou vir die span vreemd wees as ons nie dadelik by hulle aansluit nie. Ons sou ná die gesprek na die partytjie vertrek."

"Was julle deurgaans by mekaar nadat jy die gebou verlaat het tot jy by die limousine aangekom het?"

"Ja, ek was," antwoord Tibor. "Mejuffrou Pascal het vir my staan en wag. Haar bestuurder sal dit kan bevestig. Hy was in die koffiewinkel naby die limousine, soos sy reeds gesê het."

Die speurder kyk na die limousine se bestuurder wat eenkant sit en vra hom om te bevestig of dit stryk met sy weergawe van die aand.

"Ja, dit is so," antwoord die bestuurder sonder aarseling.

"En wat het toe gebeur?"

"Ons het saam in die limousine geklim en gepraat," gooi Zilke wal.

"Bestaan die moontlikheid dat een van hulle uit die motor kon klim en teruggaan teater toe?"

Zilke en Tibor wil gelyktydig reageer, maar die speurder hou sy vinger in die lug om hulle stil te maak.

"Beslis nie," sê die bestuurder. "Ek het meneer Lindeque en juffrou Pascal sien inklim kort nadat ek by 'n tafeltjie in die koffiewinkel gaan sit het. Vyftien minute later het juffrou Pascal my 'n missed call gegee en ek het teruggegaan en hulle na die partytjie geneem."

"Het jy die hele tyd 'n uitsig op die limousine gehad?"

"Die hele tyd. Hulle het nooit uitgeklim nie. En daar was ..." Hy lyk verleë. "Daar was, nou ja, aktiwiteit in die kar."

"Seks?" hou die speurder vol.

Hy kyk weg. "Ja."

Die speurder maak weer aantekeninge. Beskou Zilke en Tibor deeglik.

"En toe?"

"Nadat ek terug ontbied is, het ek hulle by die nagklub afgelaai waar hul vriende onder vir hulle gewag het. Hulle is almal saam op."

"Was daar kameras?"

Die bestuurder dink. "Ja, daar was." Hy frons. "En 'n groot horlosie waar ek gestaan het agter teen die gebou. Dit moet ook op die kameraopname wees."

Die speurder bekyk Zilke en Tibor aandagtig. Kry 'n effense glimlag.

"Het meneer Lindeque toe die oudisie geslaag?"

"Dit was nie 'n oudisie nie. Slegs 'n bespreking." Zilke praat net 'n bietjie te hard.

"Met byvoordele," laat die speurder moedswillig van hom hoor.

Zilke en Tibor antwoord nie.

"H'm." Chun maak sy boekie toe. "Dankie. Dit sal al wees."

"Maar mag ons darem terugkeer na die boot?" vra Madelein nou.

"Tot wanneer is julle geanker?"

"Tot môreoggend."

Die speurder beduie na sy selfoon. "Ons bly in kontak."

"Mag ek ook teruggaan boot toe?" roep Tibor agterna.

"Nie nou dadelik nie. Ek het nog 'n paar vrae vir jou. Maar as ek tevrede is dat almal se weergawes ooreenstem, mag jy teruggaan. As ek iets van julle nodig het, sal ek julle in Viëtnam kontak. Kan ek die boot se naam en kontakinligting kry, asseblief?"

"Natuurlik." Madelein oorhandig 'n brosjure met al die inligting op aan speurder Chun.

Haar selfoon lui. Helmut. Hy klink vaak.

"Waar is jy?"

Sou Helmut al van die moord gehoor het? "Hoekom?" vra sy versigtig.

"Hier is 'n tifoon op pad."

HOOFSTUK 12

Wanneer sy terug by die *Leonardo* kom, is alles in rep en roer. Madelein kry gelukkig 'n spaar sleutelkaart by ontvangs nadat sy verduidelik het dat sy dit in die harwar in Hongkong verloor het. Sy teken 'n paar vorms.

Die bemanning maak reg vir die tifoon, hardloop letterlik van bakboord na stuurboord. Al die passasiers moet aan boord kom. Die skip moet na dieper waters vaar om te keer dat dit ten gronde gaan.

Madelein vleg deur die malende skare en word na die ouditorium gelei waar kaptein Fernando al die passasiers voorberei vir die storm. Versoek hulle om kalm te bly. Verduidelik dat almal op die skip meer as opgewasse is om die onweer te weerstaan. Dat veral die passasiers veilig sal wees as hulle instruksies en prosedures volg.

"Maar die storm kan vir twee dae duur," waarsku hy. "Twee dae wat ons heeltemal van die buitewêreld afgesny gaan wees." 'n Onderlangse gebrom en gefluister volg. Kommer en opgewondenheid gemeng.

"Ek kan julle verseker dis nie my eerste storm nie. Alles gaan piekfyn wees." 'n Paar mense klap hande. Madelein het haar bedenkinge.

Wanneer die kaptein hulle verdaag, gaan soek sy vir Helmut. Af in die gang, af by die trappe, om 'n draai, en elke paar tree sien sy weer Chloé se lyk. Daai gesig. Die skok toe dit insink wat sy in die teater ontdek het.

Sy het al in te veel dooie oë in haar lewe gekyk. Sy sweet. Moet vir 'n paar oomblikke gaan staan net om weer beheer te kry.

Dan vang sy haarself en kners op haar tande. Trek haar spreekwoordelike sokkies op. Sy ken die dood. Sy ken moord. Sy help om moordenaars vas te trek. En sy was waarskynlik in dieselfde teater as 'n moordenaar. Die lyk is op haar stoel gelos. Sy is betrek, of sy nou wil wees of nie.

Noudat alles bedaar het, begin die vrae deur haar kop maal. Begin sy haarself verwyt dat sy nie meer aandag in die teater gegee het nie. As sy dalk beter op mense se optrede gelet het deur die vertoning, sou sy dalk iets opgemerk het. Klein leidrade raakgesien het wat onbenullig blyk, maar later van kardinale belang kan wees. Die moordenaar was daar tussen hulle … Chloé se ekskêrel dalk? Dis gewoonlik 'n ekskêrel. Was dit 'n sluiper?

Maar behalwe dat Chloé tydens die kort toesprakie ongelukkig voorgekom het, is dit nie noodwendig aan haar moord gekoppel nie. Glinsterganse soos hierdie spul speel altyd toneel. "They play up to the audience," het 'n kollega op 'n dag opgemerk. Dis moeilik om hulle te lees. Mense soos hierdie is selde werklik wie hulle voor die grootoog-bewonderaars is.

Daar is nog 'n harwar, tot al die passasiers aan boord gekom het.

Die skip vertrek na dieper waters.

Toe Madelein vir Helmut vind, bars die damwal, en in een lang sin vertel sy vir hom van die moord, die ondervraging, alles wat gebeur het.

Hy kyk haar oorbluf aan. Hulle stap na haar kajuit toe terwyl hy die een vraag na die ander vra. Dieselfde vrae wat sy vra, maar ook goed waaraan sy nie gedink het nie. As hy net saam met haar in die teater was en daarna die lyk kon beskou, kon hulle dit bespreek het. Maar hy is reg. Selfs al is 'n forensiese patoloog met vakansie, moet sy steeds waaksaam wees en haar sintuie en waarnemingsvermoë vertrou. Sy moet te alle tye wakker wees.

Die see begin nou ietwat onstuimig raak, maar nog nie so erg dat sy seesiek voel nie. "Is jy oukei?" vra hy wanneer sy die deur na haar kajuit toe oopmaak.

"Dit was 'n gebeurtenisvolle aand. Maar ek kan dit hanteer."

"Ek is seker jy kan," frons hy, "maar ek bly bekommerd."

Hy neem haar hand. Druk dit. "Ek is jammer dat so iets met jou moes gebeur."

Hy druk haar momenteel teen hom vas. Staan 'n ruk so. Sy voel vertroos by hom. Kom agter dat hy haar nie wil los nie.

"Miskien moet dokter Dannhauser iets ..."

"Nee regtig, Helmut. Ek is oukei."

Hy streel deur haar hare. "As ek iets kan doen ..."

"Jy kan niks doen nie. Ek wens net jy was by die teater om ook waar te neem."

Hy los haar. Staan terug. "Jy gaan nie weer sonder my iewers aan wal nie. Sien my as jou beskermengel. Jou lyfwag. Wat ook al. Verstaan jy?"

Sy knik. Voel geweldig aangetrokke tot hom in hierdie oomblik. Hy staan so naby aan haar dat sy haar hande onwillekeurig om sy mooi gesig plaas.

"Wat gaan aan, Helmut?"

"Lyk my jy kan nie van die dood ontsnap nie, waar jy ook al gaan."

Sy gesig beweeg nader, en anders as gewoonlik trek sy nie weer terug nie. Kyk diep in sy oë.

Helmut soen haar liggies op die voorkop. Leun met sy gesig teen hare. Sy ruik sy naskeermiddel. Die oomblik is intiem. Vertroostend. Hy soen haar weer.

"Ek is nou hier."

"Ek wou Hongkong vanaand so graag saam met jou rooi geverf het."

Hy lag. "Jong. Moenie my vlak kyk nie. Ek weet hoe om 'n stad soos hierdie rooi te verf."

"Dit sou baie lekker gewees het, Helmut."

Hy raak aan haar gesig. "Waar ons ook al volgende keer vir 'n nag oorstaan, gaan ons die hawe baie vinnig agterlaat vir plesier in die stad."

"Dit sal wonderlik wees."

Hy los haar.

Dit help haar om haar emosies onder beheer te kry. Sy kyk steeds na hom. Na sy donker oë wat diep in hare kyk. Sy haal diep asem. Blaas dit dan weer uit. Hy merk wat sy doen. Knik net. Probeer haar verder troos.

"Daardie moord het bes moontlik niks met jou of Tibor te doen nie. En die feit dat die persoon in jou sitplek gesit het, was blote toeval. Moenie te veel daarin lees nie."

"Is dit nie dalk een van die klein dingetjies wat ek nie mag miskyk nie?"

Hy dink. Skud sy kop. Sy kan sien sy brein werk in hoogste versnelling. "Ek dink nie in hierdie geval nie. Ek kan nie verduidelik hoekom nie, maar wat het jy en die sangeres met mekaar te doen gehad? Het julle gepraat, Mads?"

"Hoegenaamd nie."

Hy gaan sit ook. Dink.

Sy kyk deur haar patryspoort. Groter golwe begin vorm.

"Maak die storm jou nie tog op 'n vreemde manier opgewonde nie?" vra Helmut na 'n ruk. Hy gaan staan voor die venster en sy kyk op haar horlosie. Dit is kwart oor een.

"Hoe bedoel jy?"

"Ek weet jy soek 'n bietjie opwinding in plaas van om vanaand hier vasgekeer te wees. Maar ten minste gaan Wagner nou dalk vir jou 'Die Rit van die Valkyrie' speel terwyl die golwe buite beheer raak. Dis eintlik ... nou ja, op 'n vreemde manier ..."

"Lekker om so deur die elemente getrotseer te word, maar te weet jy is veilig," voltooi sy sy sin vir hom.

"Sê jy vir my?"

Hulle kyk albei deur die patryspoort in die donkerte in waar die stukkies maan op die golwe blerts. Water begin rys en val. Eers blink. Dan donker. Dit is amper hipnotiserend.

"So iets, ja," antwoord Madelein. "Daar is maar min opwinding in my lewe."

Hulle staan 'n rukkie so en kyk na die see. Hy sit sy hand om haar boarm en sy lê met haar kop teen sy skouer.

"Lyk amper of die maan branderplank ry," glimlag hy.

"Net iemand soos jy kan dit so raak stel."

Hy vee met sy hand oor die patryspoort.

"Ek is bly ek het jou ontmoet, Madelein."

"Ek ook."

"Twee skepe wat in die middel van die nag teenaan mekaar verbyvaar," waag hy.

"En mekaar hopelik nie weer sal verloor nie."

Hy soen haar op die mond. Sy soen hom terug, maar die spanning van dit wat sy die aand beleef het, wil haar nie los nie. "Ek is nou hier, Madelein. Jy is veilig. Ontspan."

Hy dwing haar om haar gesig te lig. Kyk op daardie vreemde manier ver in haar oë. Amper tot in haar siel. Soos tevore verdwyn sy gaandeweg daarin. Weet nie mooi wat met haar gebeur nie. Maar 'n gevoel van welgeluksaligheid neem van haar besit. Sy raak op 'n vreemde manier een met hom. Kan dit nie verduidelik nie.

Sy weet nie hoe lank hulle daar gestaan het nie. Vreemde dinge gebeur steeds. Sy is bewus waar sy is, en tog ook nie. Hy is hier. Die see is voor haar. Maar haar gedagtes gly van een vreemde oomblik na die ander na branders na die kajuitmuur, en sy het nie beheer daaroor nie. Die kajuit, die see, sy gesig, haar omgewing, alles vloei inmekaar en raak een. Vir een van die min tye in haar lewe is sy net.

Die ou Madelein sou sin uit hierdie visuele chaos probeer maak het. Maar nie nou nie. Sy is net hier. Ervaar wat gebeur sonder dat sy dit probeer ontleed of verstaan.

Sy weet nie presies wanneer nie, maar hy vee eensklaps met sy hand oor haar gesig asof hy haar wakker maak.

"Is jy nog hier, Mads?"

Sy skrik. Probeer knik, maar net haar oë beweeg in erkenning.

"Laat jouself toe om die ontspanning volkome te ervaar."

Dit voel nou of 'n groot deel van die aand se moordgebeure uit haar kop geskuif het. 'n Groot uitveër het gedeeltes daarvan uitgewis. Die skok, die ontsteltenis, haar brein wat oortyd gewerk het, alles vloei nou deurmekaar en spoel asof in 'n drein weg.

Het hy haar weer gehipnotiseer?

"Kry jy dit reg?" wil Helmut weet.

Dit neem 'n rukkie om te antwoord.

"Ek verstaan nie … hoekom nie. Of hoe dit … hoe dit … gebeur het nie, maar die herinneringe vervaag." Sy kry beheer oor haar stem terug. Is nie seker of hy al die woorde kan onderskei nie. "Maar ja." Dit neem 'n ruk voordat sy dit volkome erken. "Ek slaag daarin. Ek dink ek …" sy sukkel steeds om die woorde te vorm, "kry dit reg."

"Ek is bly."

Sy raak aan sy ken. "Danksy jou?"

Hy praat sag. Kalmerend. Sy moet mooi luister na wat hy sê.

"Jy moet jouself net daarvoor oopstel, Madelein. Om te ontspan en soms te laat gaan. Nie so hard op jouself te wees of om jouself te straf vir iets waaraan jy niks kan doen nie. Moenie toelaat dat dit jou verder teister nie."

Sy verwonder haar aan hom. Sy stem hang sag hier in die ruimte tussen hulle.

"Dink net aan nou," sê Helmut. "Die oomblikke tussen die stukkies tou."

Haar woorde vorm nou duideliker: "Dis 'n vreemde oomblik."

"Ja. Dit is, en dit moet so lank moontlik so bly," erken hy. "Jy het ophou baklei. Dis nou. Hier. Ons. Weg van alles. Hou dit vas so lank jy kan."

Sy luister. Dink. Wanneer sy praat, voel haar tong steeds vreemd asof dit aan iemand anders behoort, maar sy hoor haarself sê: "Ek hoor nog nie vir Wagner nie."

Hy lag. "Jou verbeelding is sterk genoeg." Die boot begin effens skud. Sy verloor haar balans en hy gryp haar. "Aha. Dit begin."

"Ek hoop nie ek raak seesiek nie."

"Kan ons nie maar heelaand so staan nie?" wonder Helmut ná 'n ruk.

"In hierdie omstandighede sal dit moeilik wees." Die boot skommel weer.

Hy los haar.

"Wat is dit?" vra sy wanneer hy steeds na haar kyk.

Hy hou sy hand oop. 'n Swart ring lê op sy handpalm.

Sy kyk na haar hand. Haar ring is nie meer aan haar vierde vinger nie.

"Jammer om te sê, maar dit was maar 'n goedkoop ring."

"Wanneer het jy dit …?" Sy voltooi nie haar sin nie.

"Vergeet van die dinge wat jou aan slegte tye verbind. Slegte gedagtes is toksies. Dit besmet jou. Verhoed jou om gesond te word."

Asof sy siek is. Maar miskien is sy besmet deur te veel negatiwiteit wat sy toelaat om haar te oorweldig.

Hy is reg. Iemand het eendag gesê sommige mense soek die lewensmaat wat hulle dink hulle verdien. En sy was destyds onder die wanindruk dat dit Pieter-Jan is omdat sy vermoed het sy kan niemand beter kry nie.

Sy was hopeloos verkeerd. Hy was die verkeerdste mens wat sy in haar lewe toegelaat het. 'n Emosionele parasiet wat haar dreineer het totdat daar later weinig van haar oor was. In elk geval niks wat sy kon herken nie. Maar nou, hier by Helmut, voel dit of die lewe weer na haar toe terugkom. Met stampe en stote, ja. Maar die lewe vloei terug.

"Pieter-Jan het die ring vir my gekoop. My eks."

"Laat ek raai. 'n Stalletjie iewers in die Kaap?"

"Waar daar nooit parkering is nie, ja."

Hulle lag.

"Met ander woorde Groentemarkplein?"

"Spyker op die kop, Helmut."

Hy wys die ring vir haar. "Onthou jy ek het jou vertel ek werk daaraan om iemand, 'n mens, te laat verdwyn en dan weer te verskyn?"

Sy neem nie die ring nie.

"Ek wens partykeer ek kan verdwyn."

"Ek het dit amper in die ouditorium vervolmaak terwyl julle vanaand in Hongkong was. Een van die buksies wat vryskut as my spioen was die proefkonyn. Dis hoekom ek hier agtergebly het. Ek wou die ouditorium vir myself hê. Hierdie insident met die ring was nog 'n vinnige toetslopie. Dit was eintlik maklik. Dan sien jy dit, dan sien jy dit nie. Dan het jy dit, dan is dit weg."

"Wat wil jy werklik doen wat jy nog nie tevore kon regkry nie, Helmut?"

Sy onthou hy het al in daardie rigting gepraat.

"My grootste wens?"

"Jou grootste wens."

Hy dink. "Ek wil Las Vegas toe gaan. By die meesters gaan leer. Hulle het kulkunsies en verdwynings en oëverblindery vervolmaak. Ek wil verder opgelei word deur iemand wat meer weet as ek. Leer. Aanhou en aanhou tot ek die moeilikste kunsies bemeester het. Want gewone kulkunsies verveel my deesdae. Dit is geen uitdaging meer nie." Hy dink. "Die bestes onder die bestes slaag daarin om iemand tydelik te laat verdwyn. En ek gaan dit nog regkry. Soos in Las Vegas."

Sy onthou dat mense tevore by die huis om 'n etenstafel oor die Las Vegas-vertonings gepraat het.

"Ek het so iets gehoor, ja. Dit was tydens die optrede van een of ander gewilde sangeres. Ek vermoed Celine Dion. Sy het vir 'n ruk voor die mense se oë verdwyn en later eers weer verskyn. Almal was totaal in die war."

"Dis waar ek die idee gekry het. Maar dit neem jare se oefening."

Hy plaas die ring op die spieëltafel. "Dink jy nie dis tyd dat jy alle bande nou finaal met hierdie eks van jou verbreek nie? Dis duidelik hy was nie 'n goeie invloed op jou nie, maar jy bly aan hom verknog." Hy plaas sy hande aan weerskante van haar skouers. "Jy is besig om te verander, Mads, en tog is jy so bang om daardie ou, bang Madelein te laat gaan."

Helmut is reg. Pieter-Jan is lankal verby. Sy kan nie eens aan haarself verduidelik hoekom sy die goedkoop ring nog dra nie. Miskien uit gewoonte. Dit skuif heen en weer op die spieëltafel terwyl die water onstuimiger raak buite asof die elemente dit ook wil afgooi. Permanent daarvan ontslae wil raak.

Die boot tref 'n vallei tussen die golwe wat nou al hoër styg, en die ring skuif van die spieëltafel af. Sy laat dit net daar op die grond lê. Kyk hoe dit heen en weer beweeg en uiteindelik heeltemal onder die bed verdwyn. Sy steier en Helmut gryp haar weer. Hou haar vas. Druk sy gesig opnuut in haar hare.

"Dis alles oukei. Dis alles oukei." Hy gaan sit.

Vir 'n oomblik kom die beeld van die lyk weer terug. Haak moedswillig in haar kop vas. Skemer tussen die vrede deur wat vroeër deur haar gesypel het.

"Die lyk, ek ..."

Sy gaan sit op die bed langs hom.

"Dit gaan 'n rukkie neem. Ons probeer weer. Dié slag 'n ander tegniek."

Sy knik.

"Jy staan op 'n ster. Hy is groot en blink. Hier sal jy nog veiliger voel. Gooi die beeld in die black hole tussen my en jou sterre."

Sy verbeel haar hy het al tevore skrams met haar hieroor gepraat. Dalk het hy in sy vertoning hierna verwys. Maar haar gedagtes is nou in 'n warboel. Hy slaag daarin om haar verbeelding op loop te laat sit. Om haar dinge te laat doen wat sy nie gewoonlik sou doen nie. En onthou en vergeet smelt saam.

Sy maak haar oë toe.

"Ek weet jy is heeltyd rasioneel, Madelein. Jy het vir 'n rukkie ontspan. Maar uit gewoonte keer jy gedurig terug daarna asof dit 'n soort verwronge comfort zone is. Raak ontslae daarvan." Dan voeg hy by: "Dis makliker as wat jy dink. Jy moet jouself net weer toelaat. Een of ander tyd verdwyn daardie beelde wat jou so teister, ook vanaand s'n, vir goed."

Sy sluk. Voel of sy sweef. Dink aan haarself op 'n ster met sy ster naby. Dan, met 'n soort geluid wat uit haar keel kom, werp sy die herinneringe aan vanaand finaal in die donker gat. Sy snak na haar asem, sien hoe dit deur die donkerte ingesluk word. Nou keer die kalmte eers weer terug. Dié keer sterker.

Sy staan op. Voel 'n bietjie slaperig. Gaan drink water en keer terug. Voel helderder.

Wanneer sy in die kajuit instap, lê hy op die bed. Sy hemp het oor sy maag opgeskuif. Sy aarsel en gaan lê dan langs hom. Voel nou eers meer in beheer van haarself. Dis 'n Madelein van wie sy nou regtig begin hou. Met wie sy begin vrede maak.

Hulle lê 'n ruk na die storm en luister.

"Voel jy beter?" vra hy.

"Ja."

Sy lê en luister na sy asemhaling. Sou hy aan die slaap geraak het?

"Helmut?" vra sy ná 'n ruk.

"H'm?"

Sy leun op haar elmboog. "Kan ek jou 'n persoonlike vraag vra?"

"Ná alles waaroor ons tot dusver gepraat het, het jy absoluut my toestemming."

Sy oorweeg eers haar volgende vraag, want sy weet steeds te min van hom af.

"Kan jy alles wat jou pla in die swart gat gooi soos wat jy vir my geskep het? Of kan jy dit net met iemand anders doen?"

Hy praat nie dadelik nie. "Ek probeer. Maar ek kry dit nog nie heeltemal reg nie. Slegte dinge gebeur met ons almal. Ook met my. Die roof sit nog. Ek probeer die herinneringe onder die roof uitkrap, maar dan gaap die wond weer oop."

"Ons probleme is dus anders. Met myne is die meisie wat nou gesterf het en baie ander slagoffers se dood nie direk aan my verbonde nie. Maar met jou is hulle deel van jou."

"Dis 'n probleem, ja."

"Maar raak dit ooit beter?" vra Madelein.

Hy raak aan haar hand. "Miskien moet ek selfhipnose probeer toepas. Dit op daardie manier laat verdwyn. Maar jy is reg. Ek kan dalk ander mense hipnotiseer, maar nie myself nie. Dis sleg."

Sy gaan lê weer plat op haar rug.

Hulle lê 'n hele ruk so in stilte. Draai na mekaar. Hy beur regop. Soen haar herhaaldelik. Druk haar teen hom vas terwyl sy met haar vingers oor sy rug speel. Haar begeerte na hom raak nou groot, dit wil buite beheer raak. Maar hy hou haar net vas.

Sy gaan lê later met haar kop op sy bors. Voel die spiere daaronder beweeg.

"Mads?" Baie saggies. So sag dat sy haar naam amper nie hoor nie.

"Ja, Helmut?"

Die storm begin nou erger raak. Water spat buite dramaties oor die patryspoort.

"Ek wens ek kon die hele aand so lê," sê hy uiteindelik.

"Ek ook. Weg van die herinneringe. Die moord."

"Ons kan in elk geval nie veel doen met die storm wat die boot so teister nie. Dit raak net erger."

Hulle praat vir 'n ruk glad nie. Albei se oë is toe.

Buite breek die golwe steeds, spat, tref, dawer.

Hulle raak aan mekaar se hande. Hou dit vas. Sy het 'n onblusbare begeerte om seks met hom te hê. Die ou koekerige Madelein sou geskok die hasepad gekies het. Die nuwe bevryde Madelein maak haar gereed vir hom.

Hy leun oor haar. Hy soen haar nou driftig. Sy voel hom teen haar. Hulle soen intiem, asof die storm en die wêreld skielik nie meer bestaan nie. Asof hy self troos by haar soek. Hy streel met sy hand oor haar lyf terwyl sy sy hemp van hom wil afstroop.

"Waar is jy nou?"

"By jou," antwoord sy.

Sy knoop sy hemp oop. Voel oor sy sterk bors. Die hitte. Sy hart wat klop. Die begeerte wat sy in die kajuit kan ruik. Raak aan die hare op sy vel. Vroetel daaraan, wat hom sy onderlyf laat lig. Beweeg laer af tot sy die spiere op sy maag raakvat. Voel daaraan. Hou daarvan. Ry amper branderplank oor die riffels en elke beweging laat hom uitroep.

Een mond soek 'n ander. Dis 'n versigtige herontmoeting. Sy raak gewoond aan sy lippe sodat sy hom honger, driftig aanhou terugsoen. Die eerste man by wie sy is sedert die onromantiese Pieter-Jan.

Helmut plaas sy hande om haar gesig. Kyk met soveel liefde na haar dat dit voel of hy dwarsdeur haar kyk en iets in haar probeer raaksien.

"Ek gaan jou beskerm," hoor sy hom sê. "Maar jy ook vir my."

Sy stroop sy hemp af. Vel teen warm vel wat 'n rilling deur haar hele lyf stuur. Hy wat haar bloes oopknoop. Haar borste eers saggies bevoel en dan toeskulp.

Die beweging raak meer passievol. Hy soen haar borste terwyl hy haar bra losmaak. Afskuif. Haar hande streel steeds oor sy rug. Soek weer deur sy deurmekaar hare. Beweeg agter onder sy broek en begin dit aftrek. Raak liggies aan sy boude. Die vel beweeg onder haar hande. Sy lig haar bene. Maak dit oop.

Hy sluk. Sy voel sy adamsappel teen haar beweeg. Hy druk sy onderlyf teen hare. Soek-soek om haar romp af te skil.

Dan ruk die boot erg. Hy moet keer om nie van die bed af te val nie.

Sy is honger vir hom. Probeer haar romp aftrek. Maar hy staan op. Steier 'n oomblik teen die wiegende boot. Staan daar kaal bolyf en sy besef nou eers hoe stewig en mooi hy gebou is. Hoe welgevorm sy lyf is. Sien sy boude wat volmaak uitstulp.

Hy staan 'n oomblik daar en sy dink dat hy die mooiste man is wat sy ken en dat sy enigiets vir hierdie man sal doen.

Stadig trek hy weer sy hemp aan.

"Ek dink vir die oomblik ..." begin hy, blaas sy asem uit maar voltooi aanvanklik nie die sin nie asof hy dit nie eintlik wil sê nie.

Haar asem lê vlak in haar keel. Sy probeer beheer oor haarself terugkry. Is nou éérs honger vir hom.

"Is dit ver genoeg?"

Hy kyk na haar borste. Skud sy kop. "Ek dink nie jy weet hoe mooi jy is nie, Madelein." Hy stap onseker nader en probeer sy ewewig herwin. Raak weer aan haar borste. Soen dit. Bêre sy kop daartussen. Kom dan orent en verstel sy klere. Hou aan die muur vas as die boot weer erg begin skommel terwyl hy sy broek vasknoop.

Sy probeer haar asem terugkry. Begin dan haar klere regtrek. Laat die bra oor haar borste skuif terwyl hy daarna kyk asof dit sy vingers is wat aan haar raak.

"Daar is nog baie tyd." Hy kyk weg asof hy beheer oor homself terugkry. Vee oor sy voorkop.

Dit raak al hoe ongemakliker met die boot wat so erg skommel.

"Jy is reg. Die boot ..." begin sy, maar hy keer haar.

"Dit moenie só gebeur nie. Nie sommer net terloops en haastig en so ongemaklik nie. En daar is te veel spanning vanaand."

Hy steek sy hemp in sy broek. Trek sy vingers deur sy hare. Kyk terug na haar toe.

"Ek gaan liewer nou na my kajuit toe." Hy kyk op sy horlosie. "Halftwee. Ek wil net bietjie hiervan herstel."

Sy knik. "Ek sal nie kan slaap nie."

"Drink 'n slaappil. En pas jouself op, Madelein."

Sy wil hom nie laat gaan nie. Moet haarself dwing om te praat. "Jy ook."

Hy maak die deur oop. Moet aan die kosyn vashou.

"Ek twyfel ook of ek vannag sal kan slaap. Nie eers met 'n pil nie. Dan sit ek maar na die see en staar. Dink oor wat tussen ons gebeur het. Maar vir die oomblik moet ons hierdie oomblik breek."

"Ek verstaan." Dit lyk of hy nog iets wil sê.

"Ek het jou lief, Madelein."

"Ek lief jou, Helmut."

Hy sê iets wat sy nie kan hoor nie met 'n glimlag. Dan glip Helmut uit die kajuit.

Vir lank lê Madelein net stil in die donker en luister na die storm, raak gewoond aan die beweging van die skip. Weer en weer flits sy liggaam voor haar oë verby, en sy vat aan haar lippe asof sy hom steeds kan voel.

Sy is nie seker hoeveel tyd verloop het nie. Miskien 'n driekwartier. Miskien langer. En soos sy verwag het, bly die slaap weg. Dink sy net aan Helmut.

Madelein besluit om te gaan stap. Om die storm in al sy glorie op die boot te ervaar. Liewer dit as om heelnag hier rond te rol.

Sy versteen wanneer sy by haar kajuitdeur kom. Daar lê 'n koevert. Sy huiwer. Maak dit dan oop.

Haar sleutelkaart val uit. Dis die een wat sy in die teater laat val het!

Sy verstar. Daar kan vingermerke aan wees. Maar wie de duiwel het dit hier kom sit? Die moordenaar?

Sy plaas die koevert versigtig onder in haar tas. Dink nog 'n bietjie. Skraap al haar moed bymekaar en loop uit. Sluit haar deur met haar spaar kajuitsleutelkaart in haar hand.

Dieselfde persoon wat in die teater was en weet waar sy gesit het, het haar sleutelkaart moontlik direk ná die moord opgetel en nou hier kom aflewer.

Wat de hel?

Dis stormagtiger as wat sy verwag het wanneer sy uitglip en begin stap.

Sover sy loop, sien sy hoe die bemanning die skip regmaak vir die storm. Stalletjies word opgepak, winkels word gesluit, roldeure word afgerol, los goed word vasgemaak en als wat kan omval, word verwyder. Dit gaan 'n woeste nag wees, en al is dit so laat, kan niemand seker slaap nie.

Wanneer sy in die stil biblioteek gaan dwaal, sien sy Merle by een van die rekenaarskerms met haar rooi Moleskineboekie sit. Sy gaan groet.

"Doen navorsing terwyl ons nog sein het," sê Merle as sy haar opmerk. "Hierdie storm bied 'n lekker invalshoek vir my artikel. Hulle sal dit beslis koop, mits ek die see en die wind nog meer dramaties maak as om net natuurskoon te besing."

"Slegte nuus verkoop beter," glimlag Madelein.

"En sorg vir beter opskrifte sodat mense dit uit nuuskierigheid sal lees."

Merle. Daar is iets omtrent haar wat Madelein aanhou pla, maar sy kan nie haar vinger daarop plaas nie.

Madelein soek op die rekenaar rond. Die muis beweeg driftig. "Die sein raak net al swakker."

"Waarna soek jy?"

"Weerberigte. Nuus oor die tifoon. Presies wanneer die tifoonseisoen begin. Alles vir my artikel, en ek ..." Die muis kom tot stilstand. "Wag."

Madelein loop tot agter haar. Moet nou aan die tafel vashou as nog 'n groot brander die boot tref.

Sy sien nuus oor die tifoon, maar kan dit nie lees voor die konneksie verbreek word nie. Merle maak steeds woes aantekeninge. Klap dan haar boekie toe. Kyk reguit na Madelein.

"Wat pla jou, Merle?"

'n Klein glimlag buig haar mondhoeke. "En wat gaan jy met daardie inligting maak as jy dit het?" vra Merle.

Madelein lig haar skouers. "Dalk is dit beter om daaroor te praat."

Merle begin eensklaps praat soos iemand wat 'n behoefte het om iets van haar skouers af te kry.

"Ek was ook op 'n kol in die industrie, weet jy?"

"Die industrie?"

"Die vermaaklikheidsbedryf. Dis mos 'n soort fabriek. En dit klink so belangrik asof dit in aanhalingstekens moet kom. Die industrie."

Madelein gaan sit.

"Ek ken Tibor al 'n hele rukkie."

Dit is uit. Madelein is nie verbaas nie. Om die waarheid te sê, sy het al vermoed dat daar 'n band tussen Merle en Tibor is.

"Hoe so?" moedig sy haar aan.

Merle vee oor haar rooi boekie. Glimlag stram.

"Ek het so hier en daar 'n klein rolletjie as 'n ekstra in sepies gespeel. Jy weet, in sepies sien jy mense soms in die agtergrond in restaurante gesels en eet. Niemand eet eers 'n dadelpit of sprak 'n sprook nie. Ons in die agtergrond beweeg net ons monde en word uitgetrap as ons 'n toneel bederf. Dis hoe ek kontak met die industrie begin maak het."

"En vinnig meer en meer kontakte opgebou."

"Ja. Ek was jonk, het besef ek moet die kanse gebruik wat na my kant toe kom."

"Maar jy wou eintlik 'n aktrise geword het. Draaiboeke geskryf het?"

"Jy kyk fyn."

"Dis my werk, Merle." Sy wag dat die joernalis voortgaan, want sy druk haar hand voor haar mond asof sy siek voel.

"Moet jy nie liewers …?" probeer Madelein.

"Nee. Ons praat nou. En ek moet uitpraat. Siegfried luister in elk geval nie meer nie, want hy ken die stories."

"Goed. Ek luister."

Merle skep asem asof sy lankal met iemand hieroor wou praat.

"Ek het destyds goeie kontakte opgebou. Omdat ek altyd by die etenstafels gesit het wanneer ons ekstras gespeel het, het ek na die akteurs geluister. Stories opgetel. Ek kon baie artikels oor hulle skryf."

"En geld en vyande gemaak?"

"O nee, nie vyande nie. Ek was versigtig wat ek oor wie skryf. Redakteurs het van my styl begin hou, toe noem iemand dat hy reisartikels soek."

Merle vee met haar hand oor die tafel. "Van my artikels oor die sterre het tydskrifte se voorblaaie gehaal. Ek het gewild geraak. So gewild dat ek eendag gevra is om 'n toer na Hawaii te lei. Dit was die begin van my reisartikels saam met bekendes."

"En hoe het jy vir Tibor ontmoet?"

Merle glimlag asof sy aan iets dink.

"Terwyl ek 'n artikel oor 'n akteur geskryf het, het hy in die restaurant aan die tafel kom sit. Hulle het mekaar geken. En ek het hom vertel wat ek doen. Reis- en glansartikels."

"Hoe was Tibor? Seker nederig aan die begin?" vra Madelein.

Merle snork deur haar neus, maar skielik kantel die skip weer en hulle moet albei aan die tafel gryp. "Hy was 'n arrogante klein narsis. Eintlik 'n monstertjie as jy my vra. Ek het altyd gedink hy soek vir moeilikheid, want hy maak baie vyande. Maar ek was ook nuuskierig."

"En hy was baie mooi," help Madelein haar.

"In gimnasiums geboer, ja. Rondgepronk. Hy het hier en daar konserte in skool- en kerksale gehou waar impresario's en agente van hom bewus geraak het." Merle sit terug. "Maar dis die meisies wat eintlik saak gemaak het."

"Bekende meisies?"

"Oor wie ek al geskryf het. Daarom het hulle my soms in hul binnekringe toegelaat as daar 'n nuweling was wat reklame gesoek het. En Tibor was dikwels daar. Hy het openlik gevra dat ek oor hom moet skryf. Hy het vrouens maklik misbruik. En inligting oor hulle gevat wat hy later weer kon gebruik. Soos met my."

"Maar jy moes seker 'n invalshoek kry vir 'n artikel oor iemand redelik onbekend?"

"Sy voorkoms. Sy sjarme. Die manier waarop hy homself orals ingewikkel het. Praat van flirt. Hy het meisies vinnig tussen die lakens ingepraat, en ek sal erken ek het hom daarvoor bewonder. Ek het in die artikel na sy ongelooflike sjarme verwys."

En jy was heimlik jaloers, wil Madelein byvoeg, maar laat dit aan Merle oor.

"Hy het meisies gevat om sy loopbaan te bevorder en hom verder aan mense voor te stel. Daarna het hy hulle soos 'n warm stoofplaat gelos. Hy was meedoënloos." Sy spoeg die woorde uit. "Selfsugtige gebruiker."

"En dis hoe hy ook in sepies beland het?" vra Madelein.

"Jong. Hy het met daardie mooi worshondjie-oë en gesiggie selfs walk-ons op ander produksies gedoen."

"En jy kon nog rede kry om oor hom te skryf, want ek neem aan mense het van daardie mooi gesiggie bewus geraak?"

"Soort van. Hy het nie juis dialoog gehad nie, maar sou die rol van 'n kelner vertolk wat 'n koppie tee voor 'n karakter neersit wat wel dialoog het. Soos ons ander ekstras, maar 'n bietjie nader aan die kollig en die kamera. Dan vang hy 'n regisseur of casting agent se oog." Sy sit vorentoe asof sy 'n belangrike aankondiging maak. "Dis hoe hy vir Malan en Angelique ontmoet het."

"Hoe was sy verhouding met die twee?" vra Madelein versigtig.

"Jong." Merle geniet nou haar skinderstorie. "Soms het hy hulle vir ete uitgeneem en sy eie trompet geblaas. Het oral op Facebook verskyn. Maar kort daarna het iets verander."

"Wat? Het sy akteursloopbaan nie uitgewerk nie?"

"Hy is terug musiek toe. Klavier. Komposisies. Advertensies. Hy het aandag begin trek in een prominente advertensie. Maar op die verhoog het hy meestal covers gespeel. Bekende musiek wat hy op sy eie manier gespeel het."

Merle kyk weg. Merk deur die patryspoort saam met Madelein hoe groter golwe vorm. Donker. Dreigend.

"Tibor kry toe 'n gig by 'n kunstefees en begelei 'n bekende sangeres. Hulle het vir 'n rukkie 'n ding aangehad. Dis hoe sy loopbaan in alle erns begin het. Hoe die kollig na hom gedraai het."

"Maar ek neem aan sy was nie die enigste nie?"

Merle trek haar skouers op. "Natuurlik nie. Sy het hom met iemand anders betrap."

"Met wie?"

"Ag, een of ander casting agent. In elk geval, almal het daaroor geskinder. Toe val dinge heeltemal uitmekaar en Tibor kry 'n stewiger reputasie."

En dalk is van daardie mense vanaand op die boot, dink Madelein. Iemand wat nie sy nie, en niemand anders verwag het nie.

"Hy het die verkeerde mense verkeerd opgevryf. Hy het vyande gemaak soos meeue oor die see gevlieg het. Hordes van hulle."

Madelein luister maar omdat sy nie nou lus is om alleen in haar kajuit te gaan sit om na die storm te luister nie. Sy hoop dat Helmut dalk iewers gaan opdaag omdat hy self genoem het dat hy nie lus is om in sy kajuit te sit nie. Maar hoe meer inligting sy oor Tibor kry, hoe meer besef sy dat hy baie diep by dinge betrokke is waaroor sy nie eens kan droom nie.

"Jy het van covers gepraat. Het hy ook sy eie komposisies gespeel?"

"Ja. Maar dit het nie veel aftrek gekry nie. Was nie die moeite werd nie, dan raak mense verveeld en woon nie meer sy vertonings by nie."

"Tot 'Guilty as Charged'."

"Wat hy tussen die lakens aan Zilke Pascal verkoop het. Jy het vanaand gesien hoe die twee koekeloer en flankeer het. Dis al hoe hy enigiets in sy lewe sal kry. Met flirtasies en sy sjarme."

"Seker, ja," glimlag Madelein.

"En van toe af is die poephol op easy street. Oscars toe, glansgeleenthede, 'n klein eendjie met groot gereedskap wat uiteindelik tussen die glinsterganse aanvaar word. Maar sy geraamte gaan nog uittuimel, sê ek jou."

Gereedskap. Bedoel Merle …?

Die skip ruk weer as 'n reusebrander dit tref en hulle klou aan die tafel.

"Siegfried sal wonder wat van my geword het," wil Merle haarself verskoon, maar haar storie raak nou te interessant.

"Hoe gaan dit regtig met julle twee?" vra Madelein skielik.

Die joernalis kyk weg. "Soms kan 'n mens ten spyte van allerhande dinge met mekaar saamleef. Want die alternatief is erger."

"Eensaamheid?"

Merle staan op. Wankel effens. "As jy dan moet weet. Ek en Tibor het 'n ding aangehad."

Madelein kyk verbaas op. Maar het dit tog indirek tussen die lyne gelees.

"Tot hy 'n glansartikel uit my gekry het," vervolg Merle. "Toe verdwyn hy uit my lewe soos onderklere by 'n uitverkoping. Tot met hierdie bootrit."

Madelein lig haar wenkbroue. Dink 'n oomblik voor sy vra: "Was jy verlief op hom?"

Merle lag. "'n Mens kan nie help om op hom verlief te raak nie. Maar hy het net een mens lief. Homself. En daarvoor haat ek hom. Oor die beloftes wat hy gemaak het en die manier waarop hy my gebruik en weggesmyt het. Ek het selfs probeer om hom by toere te betrek om meer mense te lok maar ..." Sy tower 'n papierdun glimlaggie op. "Wanneer hy belangstelling verloor en beter horisonne ontgin, verdwyn mense soos ek baie vinnig."

Madelein verwerk die inligting. Wag dat Merle verder moet praat.

"Daar's hy. Dis uit. Soms voel ek net ek moet sekere dinge met mense bespreek. Amper soos met 'n sielkundige wat ek nie ken nie. Jy, Madelein, val, wel ... soort van in daardie kategorie. Ek het nie raad nodig nie. Ek voel amper soos 'n skuldige wat 'n bekentenis wil maak, maar nog nooit die regte persoon gevind het nie. Tot ek jou ontmoet het."

Merle draai haar kop weg. Kyk rond. Dan weer terug.

"Dankie dat ek met jou kon praat."

Sy stap weg. Rep nie 'n verdere woord nie. Staan net 'n oomblik by die deur om haar balans te herwin. Kyk momenteel terug na Madelein, en verlaat dan die vertrek. Haar woorde hang swaar tussen al die boeke.

Merle en Tibor. Nou maak baie meer dinge sin.

Madelein spoel die gedagtes en teorieë rond in haar kop. Hoeveel mense op hierdie boot waarvan sy nie eens bewus is nie, is aan Tibor verbonde? Hy het feitlik elkeen benadeel. Sommige insidente kom nou eers aan die lig. En hy het telkens daarmee weggekom. 'n Gevaarlike posisie om in te wees.

Madelein, wat steeds nie vaak voel nie, dink 'n oomblik. Stap dan na die agterdek, al is dit net om haar kop skoon te kry. Waag dit instinktief om die deur na buite oop te beur.

Daar staan reeds personeel buite wat haar probeer keer, maar sy noem dat sy net vinnig wil uitkyk.

Die dek is nou verlate. Elke paar sekondes spat 'n brander daaroor. Die manne wat haar probeer keer, word na 'n ander plek toe geroep.

'n Stormsterk koue wind waai nou. Die golwe raak nog onstuimiger. Alle tafels is vasgeskroef, maar die los stoele is verwyder.

Sy voel meteens opgewonde. Effens bang ook, ja. Maar om hier op die dek te staan met 'n tifoon wat woed, voel soos iets oerkragtig. Helmut was reg. Dit trek haar aandag van die moord af.

Sy kyk rond. Dink daaraan dat hier maklik 'n moord gepleeg kan word. Iemand val oorboord. Niemand sal agterkom die persoon is weg voordat hulle in Viëtnam vasmeer nie.

Madelein het al van twee sake gehoor waar 'n persoon in die middel van die nag oor 'n reling gestoot is, en dat die slagoffer eers as vermis aangemeld is nadat die boot by 'n hawe vasgemeer het en die passasiers moes uitboek. Die liggaam was seker net so voos gevreet en verinneweer as die liggaam waarop sy afge– Sy onderbreek haar eie gedagtes. Hoor Helmut se stem weer wat haar weglei van daai gesig af. Die man op die boot. Sy stoot dit weg. Probeer dit vergeet.

Maar een liggaam verdwyn nie heeltemal uit haar kop nie, al gooi sy dit ook nou in die swart gate tussen sterre af. Chloé Durand, wie se lewelose liggaam, kop agteroor, met 'n serp om die nek gebind in ry Q, sitplek agt gesit het. Haar vorige sitplek. Verwurg. Sonder 'n spoor van 'n leidraad.

Madelein sou dalk nog 'n leidraad kon gekry het, ook met Helmut se skerp waarnemingsvermoë. Maar Hongkong val nie in haar jurisdiksie nie. En die speurder, Wang Chun, het haar ook nie weer gekontak nie. Hulle het nie baie ingenome daarmee gelyk dat sy so baie vrae vra en die ondersoek skynbaar self wou lei nie.

'n Reusegolf breek oor die boeg en die water spat tot waar Madelein staan. Sy draai vinnig terug en maak die deur na binne oop. En dan sien sy dit – in die gang skuif 'n skaduwee verby.

Dit is na kwart voor twee.

Oomblikke later kom 'n meisie aangehardloop. Madelein staan terug in 'n oop deur van 'n onbesette kajuit. Die meisie kom nader. Dis Felix se suster, Charlene. Sy dra 'n ligte rokkie en draai in die rondte asof sy saam met die storm dans. Draai en draai en draai, maar behou haar balans.

Sy dans soos 'n dol marionet by Madelein verby na die deur wat op die agterdek uitgaan. Oomblikke later maak sy dit oop en dans uit. Madelein skrik en loop agterna. En daar buite, in die lig van die blitse, sien sy hoe Charlene in die reën op die dek dans. Gly, val, weer opstaan en verder dans. Haar arms oopgooi. In die lug in praat asof sy 'n belydenis aflê, maar Madelein kan nie hoor wat sy sê nie.

Sy skrik. Charlene dans tot by die reling. 'n Brander spat oor haar. Sy val weer, staan op en dans verder. Madelein wil net na haar toe gaan wanneer iemand in die donker agter haar nader-gehardloop kom. Madelein staan weg.

Dis Felix. Hy sien Madelein nie eens nie.

Hy storm uit. Val. Staan weer op en struikel-stap tot by Charlene.

"Wat de hel besiel jou?" skree hy bo die geraas.

"Ek wil net dans en dans en dans en met die dood maats maak. Ek word mal, ek word mal, ek word mal! My kop kan dit nie meer vat nie!"

"Charlene!" skree hy bo die geraas uit. "Kom hier!" Hy gryp haar en pluk haar nader. "Ek sweer ek kan jou nie meer oppas nie! Jy sê jy is mal. Jy maak mý van my kop af."

"Ek kan myself oppas!" roep sy terug, "Jy's mos skaam vir my! Maar jy het my saamgebring op die boot omdat die dokter so gesê het. Ook omdat jy nie alleen wou wees nie. Ek weet jy en dokter Dannhauser span saam. Hy het vir jou gesê 'n trip sal my goed doen. En kyk waar is ons nou! Ek gaan nie meer soos 'n gevange pop in jou kajuit sit nie! Ek weet wat ek doen, ek maak alles weer reg. Nou, eens en vir altyd. Nie eers jy kan my red nie. Net ek kan." Dan skree sy: "Ek kan nie langer daarmee saamleef nie!"

Waarmee? Wonder Madelein. As sy net met haar kon praat.

"Daar is 'n ander kajuit bespreek en jy weet dit. Jy het net aanvanklik by my gebly omdat dit 'n opdrag van dokter Dannhauser was. Jy kan nou by die kajuit langs ons s'n intrek as jy wil. Ek wil jou nie meer in myne hê nie!" skreeu hy.

"Dis die beste raad van hierdie hele trip!" roep sy.

Felix hyg. Spoeg soutwater uit. "Nou goed. Trek daar in of spring in die golwe! Dans oorboord! Maak wat jy wil. Jy hoort weer in 'n inrigting, en ek gaan aanbeveel dat dokter Dannhauser jou permanent terugvat. Ek vat nie meer verantwoordelikheid vir jou nie! As ek terugkom in die kajuit, moet jy weg wees. Die sleutel lê op die tafel. Jy weet waar die kajuit is." Hy gryp haar. Hulle gly.

"Ek kan ook nie meer verantwoordelikheid vat nie!" skree sy. "Het jy al daaraan gedink? Jou in my posisie geplaas? Alles om my raak nou buite beheer!"

Sy draai steeds in die rondte nadat sy uit sy greep losgeruk het. Hy ruk haar teen die reling vas. Hulle worstel.

"Felix!" skree Madelein en storm nader. Felix skrik, kyk verstom na haar. Charlene draai steeds soos 'n dol pop in die rondte. Dans verby Madelein, lag vir haar. "O, as jy maar weet!" Sy pluk die deur oop en verdwyn in die skip.

"Wat gaan hier aan?" Madelein moet hard praat om hoorbaar te wees. Hulle kies ook koers binnetoe om uit die storm te kom, maar dis 'n gesukkel onder die omstandighede.

"Sy het by die Konservatorium op Stellenbosch geswot. Toe sterf 'n vriendin van haar en Charlene kry 'n senu-ineenstorting. Sy was lank onder dokter Dannhauser se behandeling. Hy is ook my huisdokter. Hy het haar weer teruggebring lewe toe. Haar behandel tot sy, wel, soort van herstel het. Sy het intussen opgeskop en by 'n vriend in die Kaap gaan bly. Toe haak haar kop weer uit en sy raak my verantwoordelikheid. Ek, wat juis nie betrokke wou raak nie!"

Betrokke waarby?

Hulle is by die deur wat hulle weer terug na veiligheid sal vat, maar hulle sukkel om dit oop te kry.

"Dokter Dannhauser sê toe dat ek die kalmste en beste persoon is om haar te help, ook omdat ek haar natuurlik die beste ken," gaan hy voort terwyl hulle die stram handvatsel draai. "Dat ek haar moet saambring op hierdie skeepvaart om te help om haar kop skoon te kry. Hy sou 'n oog oor haar hou, dis haar enigste kans op herstel."

Uiteindelik gee die handvatsel skiet en hulle pluk die deur oop. Agter hulle bars daar 'n golf en die water spat tot teen hulle. Hulle strompel binnetoe en druk weer die deur agter hulle toe.

"Ek is nie gewoond daaraan om so te misluk nie," gaan hy nou stilweg voort. "Ek probeer so hard ... ek kan mense soos Charlene hanteer. Maar sy het nou finaal handuit geruk. Heeltemal waansinnig. Sy is 'n gevaar vir haarself en almal rondom haar. Ek gee op." Hy fluister die woorde, al lyk dit asof hy hulle eerder wil skree.

"Wat wil jy regtig hê, Felix?" vra sy.

"Ek wil net help. Lief wees. Sukses bereik. Charlene tot haar sinne bring. En sy wil nie vir my die volle waarheid vertel oor hoekom sy in so 'n toestand is nie. As ek alles geweet het, kon ek dalk gehelp het. Maar dis net brokkies, stukkies, vermoedens."

Hy kyk skielik verwilderd na haar. Dan draai hy om. Die woorde kom net skielik by haar op: Hierdie man dra die dood saam met hom.

Voor sy enigiets kan sê, loop Felix weg sonder om te groet.

Madelein staan vir 'n lang ruk net daar, half oorbluf. Hoor die branders breek, die gehuil van die wind. Deur een van die patryspoorte sien sy die weerlig oor en oor soos gloeiende kitaarsnare slaan.

Dan besef Madelein sy is feitlik sopnat, sy sal droë klere moet gaan aantrek.

Sy staan 'n paar minute so. Sy is naby die ingang na die ouditorium.

Verbeel sy haar of ...? Sy luister. Word sy ook mal? Sy kan sweer sy hoor musiek! Vaagweg, maar wel musiek. Iemand slaan met mening op die klavier. Speel soos 'n waansinnige. Sy loop in die rigting van die klanke. Dan hoor sy 'n baie harde klapgeluid en die musiek hou op.

Sy wil nog ondersoek instel, maar met die volgende tuimeling van die skip voel sy hoe die seesiek skielik in haar posvat. Sy word skielik naar; die soutigheid wat aan haar kleef, vererger dit net. Sy probeer dit keer, maar sy kan voel haar ingewande trek saam, alles wat in is, moet uit.

Sy hardloop na die naaste badkamer. Sy struikel tot by die toilet en gooi op totdat daar niks meer is om uit te kom nie. Sit dan op die vloer en probeer tot bedaring kom. Hyg. Sluk en skud haar kop. Sy word weer naar.

Hierna staan sy op, was haar gesig en klou aan die wasbak vas. Kyk na haarself in die spieël. Haar nat hare kleef aan haar voorkop vas. Sy kyk 'n ruk na haarself en probeer bedaar.

Madelein maak die deur oop. Kyk in die rigting van die ouditorium. Dis asof 'n magneet haar daarheen aantrek. Sy stap ouditorium toe en laat haarself in. Dis donker binne, slegs een lig op die verhoog skyn. Niemand speel die klavier nie, maar dis asof die klanke nog om haar in die lug hang.

Sy kyk rond. Dis ná twee. Sy moet nou slaap inkry, of sy wil of nie. Knip-knip haar oë om behoorlik te fokus. Die boot kantel en ruk. Dan kom sy tot haar sinne.

Sy kyk na die verhoog. Ys vloei deur haar are. Sy vee haar oë uit, knyp hulle toe, kyk weer.

Tibor. Hy's by die vleuelklavier. Maar hy sit en speel nie. Hy lê skuins op sy maag bo-oor die vleuelklavier se note, sy hande oor die snare uitgestrek.

Madelein stap stadig nader, 'n gevoel van onheil deurtrek elke sel. Sy klim op die verhoog. Nader. Nader.

Wanneer sy behoorlik fokus, sien sy die klawers is bebloed. Tibor se hande is met twee serpe aan die klaviersnare vasgebind. Van sy vingers is papgeslaan. Hy is letterlik op die klavier gekruisig.

Agter die skok werk haar forensiese brein oortyd. Die slag wat sy gehoor het ... iemand wat die swaar klavierdeksel op sy vingers toegeslaan het?

Maar dit is die ander serp wat nou haar aandag trek. Dis weer 'n *Guilty as Charged*-serp wat dié slag om sý nek gedraai is. Sy kop is skuins gedraai. Sy glasige oë staar dak toe.

Tibor Lindeque is vermoor.

Buite blits 'n weerligstraal. Nog 'n groot golf tref die boot. Madelein steier.

Sy staar na Tibor se lyk.

HOOFSTUK 13

Madelein hardloop. Sy moet dadelik hulp kry. By kaptein Fernando se kajuit klop sy. Wanneer hy die deur oopmaak, vertel sy hom wat sy gesien het. Dan laat sy vir dokter Dannhauser kom. Albei is te geskok om te praat.

Madelein skop in aksie, probeer die moordtoneel uit alle hoeke afneem. Dan kantel die boot, dan bedaar die golwe weer. Maar die klavier is vasgeskroef en staan doodstil op dieselfde plek. Die lyk het amper een met die klavier geword. Dit hang soos 'n pap lappop oor die klavier gedrapeer.

Dokter Dannhauser buk. Ondersoek die lyk. Probeer sy balans behou. Hy verklaar uiteindelik dat Tibor Lindeque dood is aan versmoring. Moeilik onder die omstandighede, in ag genome die onstabiliteit van die boot, maar die moordenaar was vasbeslote om hom spesifiek voor die klavier te vermoor en toe daarna te kruisig en sy hande aan die klaviersnare vas te bind.

Madelein dink. Duisende gedagtes druis deur haar kop. Sy probeer die toneel in haar kop visualiseer. Het iemand hom hier gevind of hierheen gelok? Het hy gespeel toe hulle hom vind, of is hy gedwing om te speel? En toe, is hy van agter gegryp voor van sy vingers vermorsel is? Of is die vleuelklavier se deksel eers op sy vingers toegeslaan voor hy verwurg is? Dit moes met geweldige krag gebeur het om van sy vingers so te beseer.

En toe? Het hulle eers met hom gepraat terwyl hy in pyn gesit en spartel het? Dat hy in soveel skok en pyn was, dat dit makliker was om sy beseerde hande se polse te neem en aan die drade vas te bind. En hom daarna te verwurg?

Of miskien het die versmoring gebeur nadat van sy vingers papgeslaan is. Toe die kruisiging.

Maar hoekom?

Dalk het Tibor die duiwels uit hom kom speel nadat Angelique die nuus oor die baba vir hom gegee het? Dalk het hy gevrees dat sy, Madelein, sy geheime sou ontbloot? As hy egter reeds hier was, hoekom sou die moordenaar drie serpe saambring asof hulle voorbereid was om Tibor te vermoor en vas te bind?

En indien Tibor toevallig in die stormweer sou klavier speel, hoekom sou hy dit juis op hierdie gevaarlike tyd kom doen, tensy hy 'n afspraak met die moordenaar gehad het?

Die sekuriteitspan sper die moordtoneel af, wat nogal moeilik is omdat alles gedurig rondskuif. Alles behalwe die vleuelklavier. Die klavierstoeltjie waarop Tibor aanvanklik moes gesit het, lê onderstebo in die voorste ry van die ouditorium. Dit word ook uit alle hoeke gefotografeer en bekyk. Ondersoek vir bloedspatsels of ander leidrade.

Madelein se kop is nou in hoogste versnelling. Die naarheid wil-wil weer opstoot, maar sy slaag daarin om dit te beheer.

Hierna word beraadslaag oor hoe die nuus aan die passasiers oorgedra gaan word. Beslis nie nou midde-in die geweld van die storm nie.

Dit is nou halfdrie. Die moord is moontlik tussen tweeuur en kwart oor twee gepleeg.

"Die meeste mense is tans siek of paniekbevange in hul kajuite. Hulle gooi seker heeltyd op. Min mense waag dit buite in die gange of in openbare areas. Dit sal dus feitlik onmoontlik wees om almal iewers bymekaar te roep om 'n aankondiging te maak," sê dokter Dannhauser vir kaptein Fernando.

Die kaptein oorweeg dit en stem dan saam. Hulle gaan voorlopig nie paniek saai nie. Maar die feit bly staan dat daar 'n moordenaar op die boot is wat só gewelddadig is dat twee mense binne een aand vermoor is. En dat enige van die passasiers volgende kan wees ...

Maar wat is die verband tussen Chloé en Tibor? Of is Chloé werklik deur 'n rower vermoor, toevallig met dieselfde soort serp as waarmee Tibor verwurg is? Nee. Dis beslis nie toeval nie.

Chloé en Tibor. Hy het bitter baie vyande gehad. Maar iemand het spesifiek hierdie bootrit bespreek om met Tibor af te reken. Madelein verstaan egter glad nie waar Chloé in die prentjie pas nie.

En wie is volgende?

Die kaptein sal 'n besluit moet neem. Hy stem in om die passasiers in die oggend in kennis te stel nadat Madelein en sy sekuriteitspersoneel die moordtoneel eers baie deeglik ondersoek het.

Die deur langs die verhoog gaan oop en Helmut Coleman stap in. Die sekuriteitspersoneel probeer keer dat hy te naby aan die lyk stap en die misdaadtoneel besmet, maar Madelein spring betyds in. Helmut lig sy hande op in skok. Beduie: Wat het gebeur?

"Toemaar. Hy is saam met my," sê Madelein. Helmut staar verstom. Skud sy kop. Draai om, kyk weg, en dan weer terug asof hy nie kan glo wat hy sien nie.

Madelein verduidelik wat sy gevind het en wat hulle vermoed gebeur het. Dat sy Tibor in die middel van die storm hoor klavier speel het, toe 'n slag gehoor het, naar geword het en badkamer toe gestorm het. Toe sy tien minute later terugkom, het sy hierdie toneel aangetref.

Helmut staan net daar. Kyk na haar. Daar is op die oog af geen logiese verduideliking vir wat gebeur het nie.

"Wat is jou reaksie?" vra sy.

Hy skud sy kop. "Sal dit ongevoelig klink om te sê ek het so iets verwag?"

"Jy bedoel 'n moord?" vra sy geskok.

"Nie noodwendig iets só drasties nie. Maar wel dat iemand iets aan hom gaan doen. Hom letterlik wou kruisig oor sy arrogansie. Of dinge waarvan ons nie eers weet nie."

Hy loop terug na die deur. Gaan staan daar. Meet met sy oë van waar die moordenaar sou gekom het.

"Die persoon het hom moontlik hier ingewag," deel hy sy vermoedens met hulle. "Agter die klavier in die donker gestaan."

Hy kyk rond. "Moontlik het Tibor uit sy eie begin speel, wat onwaarskynlik is in hierdie weer. Of moontlik ..." Hy sorg dat hy nie te naby die lyk kom nie. "Het die moordenaar ..." hy kyk rond. "Hiér vir hom staan en wag. Uitgedaag, hierheen gelok, of beveel om hier te kom speel."

"Maar hoekom sou Tibor in hierdie chaos klavier gespeel het? Is hy dalk met 'n wapen gedreig?"

Helmut kyk rond. Skud sy kop. Kniel. Dan wink hy vir Madelein nader. "Moenie dat enigiets groots jou aandag aftrek nie." Hy bekyk die verhoog. Loop agter om die vleuelklavier net agter die sperband. Dan verstar hy.

"Madelein!"

Sy stap versigtig nader.

"Kyk hier!" Hy neem sy flits en lig op die verhoog rond tot by die snare van die vleuelklavier. Hy wys na 'n fliekkaartjie wat tussen die snare van die vleuelklavier ingedruk is.

Madelein neem haar haartangetjie, en trek dit versigtig uit. Beskou dit. Dit is 'n kaartjie na vanaand se vertoning. Haar hart gee 'n ruk. Dit beteken dat daar 'n verband tussen die fliekvertoning en die twee moorde is.

"Ek het plastiese sakkies in my kajuit. Net enkeles, maar ek dra dit altyd met my saam. Ook handskoene. Ek is nou terug."

Met die terugstap trek Madelein haar handskoene aan, neem die fliekkaartjie in die ouditorium en plaas dit in 'n sakkie. "Dus is dit vooraf beplan," sê sy.

"En die kaartjie is ná die tyd daar geplaas as 'n stelling. 'n Statement," vermoed Helmut.

"Ek gee jou voorlopig 'n kalmeerinspuiting, juffrou Blignaut" sê dokter Dannhauser en trek sy noodhulpkissie nader.

"Dit sal nie nodig wees nie."

"Soms ly 'n mens aan vertraagde skok. Dan tref die erns van die situasie jou eers later. Daardie skok kan jou verlam. Laat my toe om jou te help."

Madelein hou haar hande in die lug soos iemand wat hensop. "Dokter Dannhauser, asseblief. Ek is 'n forensiese patoloog. Ek kry gedurig met hierdie soort tonele te doen. Ek grawe in lyke rond vir leidrade. Iets soos hierdie gaan my nie laat flou val nie. Moet asseblief nie verder inmeng nie."

Die dokter lig sy wenkbroue. "Is jy seker?"

Madelein sug. Kyk rond. "Lyk dit of ek onseker is?"

Helmut wil die geel lint lig. "Mag ek nader gaan?"

Madelein dink 'n oomblik en knik dan. "Versigtig. Loop presies waar ek geloop het," beduie sy.

"Ek probeer net dink." Helmut kyk oor sy skouer. "Kom ons veronderstel, vanweë die fliekkaartjie, en ons moet kyk wat die sitpleknommer is, tensy dit 'n kaartjie is wat lukraak weggegooi is, dat die moordenaar hiér tussen die agterste gordyne staan en wag het." Sy oë volg die pad wat die vermeende moordenaar moontlik sou geloop het. Beweeg tot voor die klavier. "Daar is nog 'n moontlikheid."

"En dit is?"

Helmut sprei sy hande oop. "Die moordenaar het vir Tibor gesê om sy hande op die klaviernote oop te sprei."

"Maar hoekom?"

"Amper ..." Helmut dink. "Amper soos 'n onderwyser wat 'n pianis op sy hande wou slaan omdat hy verkeerde note gedruk het." Hy dink. "Want hoe anders sou hy sy hande op presiese die regte plek kon laat plaas om die swaar deksel daarop af te bring? En met soveel geweld."

"'n Onderwyser?"

"Ek weet dit klink vergesog. Maar ons sal die passasierslys moet nagaan. Kyk wie almal aan Tibor as pianis verbind is."

"Jy kan nie ernstig wees nie. 'n Onderwyser? Iemand wat hom afgerig en nou hier kom vermoor het? Hoekom?"

"Kyk verby die groter prentjie, Madelein. Iemand wat moontlik ..." hy kyk stip na die gekruisigde liggaam. "Iemand wat hom gementor het en geleer het en jaloers geraak het op sy sukses en so wraak geneem het. Iemand wat hom of haar klaarblyklik ook nie gegee het wat hulle wou hê nie. Want Tibor het met baie mense geflankeer. Het dit seker al begin doen in die vroeë stadium van sy loopbaan, en van vroeg af vyande gemaak deur te belowe en nooit te gee nie."

"Die moord is uit jaloesie gepleeg?"

"Dis moontlik. Of dit was 'n vrou wat hy verlei het en toe net so gelos het. Hell hath no fury, jy weet."

"Ek verskil van jou. Ek dink die moordenaar het hier in die voorste ry gesit. Hom ontbied en toe opdrag gegee om in die storm klavier te speel. Dalk gesê hy wil iets met hom bespreek. Hom dalk uitgedaag om te speel. Tibor het die uitnodiging aanvaar. Hoekom weet ons nie. Toe staan die moordenaar op, en …" haar oë volg die pad, "en het toe agter hom gaan staan … die klavier toegeklap en van sy vingers vergruis. Hom toe verwurg."

Helmut, sien sy, se kop werk in 'n sekere rigting. "Sy het hom dalk van agter geliefkoos, en toe hy nie wou toegee nie, die vleuelklavier se deksel afgebring?"

"Dis moontlik. Maar het sy met die serpe hierheen gekom? As dit 'n sy was, natuurlik."

"Dit was dalk al die tyd in haar sak." Helmut staar verstom na die toneel. "Ek weet nie."

"Maar as dit 'n vrou was, sou sy bitter sterk moes wees om hom regop te pluk en oor die klavier te gooi, en daarna sy hande vas te bind."

Helmut knik. "Dis 'n moeilike een hierdie. En dan is daar steeds die raaisel van die sangeres ook."

Dokter Dannhauser praat nou weer. "Het daar nog iets gebeur waarvan julle weet? Iets voor die tyd?"

Madelein en Helmut kyk vinnig na mekaar. Dan na kaptein Fernando wat nou met sy bemanning praat. Sy besluit om die dokter in te lig.

"Daar is ook vroeër vanaand 'n ander moord gepleeg."

"Waar?" vra die dokter verskrik.

"In die rolprentteater in Hongkong."

"Maar wat … wie …?" Die dokter is sprakeloos.

"Die sangeres wat die liedjie gesing het, is ook met 'n soortgelyke serp verwurg."

Die dokter gaan sit op 'n stoel. Plaas sy kop in sy hande. Kyk later weer op.

"Ek het teruggestap na die teater, dokter, om my kajuit se sleutelkaart te soek wat ek verloor het. En toe ek in die ouditorium instap, sien ek hoe die skoonmaker, wat die teater wou sluit, die sangeres se lyk ontdek. Die Sjinese polisie ondersoek tans die saak."

"Maar ... ek het 'n paar uur gelede nog gekyk ..." hy sukkel om sy sin te voltooi, "hoe sy ... hoe sy ... sing?"

Hy is heeltemal oorbluf.

"Daar is 'n verband tussen die twee moorde."

"Is ..." Die dokter staan op. "Is daar ander ooreenkomste?"

"Ek kan nie nou daarop kommentaar lewer nie," antwoord Madelein. "Maar ek ondersoek elke moontlikheid."

Die dokter sug. Maak sy noodhulpkissie geskok toe en bly in die voorste ry sit, nie in staat om te beweeg nie.

"Ek het toestemming van die kaptein om die toneel te bekyk en die lyk verder behoorlik te ondersoek," sê Madelein. "Maar met die eerste oogopslag is dit duidelik dat iemand die oorledene eers wou aanrand en van sy vingers vergruis, en daarna, terwyl hy in erge pyn verkeer het, die geleentheid gebruik het om hom met dieselfde soort serp te verwurg as waarmee die sangeres in Hongkong vermoor is." Sy kyk na Helmut. "Sou 'n vrou soveel krag hê?"

"Adrenalien en woede kan jou verbasend sterk maak."

Madelein kyk na Helmut. "Ons moet Tibor se kajuit onmiddellik gaan ondersoek."

Hy knik. "Ek is met jou."

"Maar die polisie?" vra dokter Dannhauser verbaas. "Moet hulle nie ...?"

"Niemand kan ons nou help nie. Ons is op die stormsee en geen helikopter gaan in hierdie onstuimige weer vir so iets invlieg nie," antwoord Helmut. "Ons het ná 'n gesukkel vlugtig kontak met Viëtnam gemaak, maar kon nie alles behoorlik verduidelik nie. Hulle weet net daar is 'n krisis aan boord. Hulle wag ons in wanneer ons vasmeer."

"Tot dan sal ek die lyk so goed as moontlik moet ondersoek," sê Madelein.

Sy verduidelik die situasie en haar posisie aan die kaptein. Die kaptein stem in, ook vir 'n ondersoek van Tibor se kajuit. Hy is self steeds wit om die kiewe van die skok en die onstuimige toestand op see.

Een van die veiligheidsmanne bring skielik op daardie oomblik op en besmet die toneel verder. Die man probeer sy kop wegdraai, maar dis te laat.

Madelein gee hom kans om homself uit te woed, want dit is nou te laat om te probeer keer. Staar moedeloos na die moordtoneel wat nou erg besmet is. Die man hardloop na buite.

Sy loop versigtig nader en probeer die braaksel mistrap. Gaan staan dan by Tibor wat steeds oor die klavier lê. Hy dra dieselfde klere as gisteraand, dus het hy klaarblyklik nog nie gestort of ander klere aangetrek nie. Hoekom het hy nie gaan slaap nie? Het iemand by die partytjie of in die gehoor hom gedwing om hierdie afspraak na te kom?

"Iets moes hom geteister het," sê Helmut. "Om gedurende hierdie storm skielik te kom klavier speel as hy skaars behoorlik kan sit, is buitengewoon."

Madelein beskou Tibor se hande van nader. Dink aan die papgeslaande gesig wat sy 'n paar weke gelede gesien het. Hierdie toneel is amper soortgelyk daaraan.

"Ons sal moet kyk of daar vel of iets onder sy naels is, alhoewel sy beserings dit bemoeilik. Dalk het hy homself probeer verdedig."

Daar is natuurlik geen bladmusiek iewers vir vingerafdrukke nie, want dit is nou een rolprenttema wat Tibor absoluut uit sy kop ken. Sy het die tema herken toe sy verbygestap het.

"Wat kyk ek mis?" vra sy vir Helmut.

Hy skud sy kop. "Behalwe die rolprentkaartjie. Wat jy ook al misgekyk het, is deur die stormgeweld omgekeer of verander. Ook die braaksel. Dis nodeloos om voetspore te probeer naspoor."

"Hier het so baie mense geloop," erken Madelein, "voordat ek kon keer."

Helmut beduie dat sy in Tibor se broek- en baadjiesakke na leidrade moet soek.

Sy neem nog 'n plastieksak. Madelein tel haar haartangetjie op en voel versigtig in sy regtersak.

Daar is niks buitengewoons nie: 'n ongebruikte sakdoek, 'n kaartjie vir die rolprentvertoning, en 'n opgefrommelde kaartjie van 'n nagklub in Hongkong. Sy lig elke item met die haartangetjie. Plaas dit in sakkies.

Nou deursoek sy die baadjie wat hy dra. Sak vir sak.

Helmut hou haar van die kant af dop. "Kyk baie deeglik."

Sy dra steeds haar handskoene, want uit gewoonte bring sy altyd haar handskoene met haar saam. Voel-voel in die binnesakke. Kry 'n peperment. 'n Koepon wat hom toelaat om die eerste drie dae van die vaart drank te koop. Sy haal dit versigtig uit.

Helmut voeg by: "Jy het netnou, toe jy vertel het wat buite die teater in Hongkong gebeur het, vertel dat hy en die regisseuse waarskynlik bietjie … intiem geraak het in die limousine. Sy het dus van hom gekry wat sy wou gehad het. Toe, so vermoed ek, het hy eers die nuwe stuk musiek aan haar voorgelê." Madelein stem saam. Hy het op die verhoog gespog dat hy 'n nuwe tema geskryf het wat hy nog nie met iemand wou deel nie, dat hy dit vir haar sou speel. Sy het dit klaarblyklik afgekeur."

Helmut dink na.

"Dis wat hom seker so ontstel het dat hy hier kom sit en speel het, as iemand hom nie hierheen gelok het nie. Dalk het hy uit woede sit en speel. Ek dink jy's reg, die regisseuse het dit bes moontlik afgekeur."

Madelein dink. "Hy het 'n voorsmakie van roem gekry. Maar sy vyftien minute in die kollig was verby."

"Hy sou vir die res van sy lewe op bote moes speel."

Sy knik. Erken dan: "En Angelique is swanger met sy kind."

"Hoe weet jy dit?" vra Helmut verstom.

Sy vertel hom van die besoek aan die vissersgemeenskap in Hongkong. "Malan Meyer sou hom moontlik wou doodmaak. Dalk het Angelique hom van die baba vertel toe hulle in die kajuit aangekom het."

"Dis beslis 'n motief," stem hy saam.

Madelein dink aan die mense met wie sy te doen gehad het en wat Tibor op die een of ander manier geken het.

"Felix en Merle het saam met hom gewerk, of wou saam met hom werk, maar hy het hulle afgejak. En Merle het 'n fling met hom gehad."

"Wat?!" roep Helmut uit.

"Sy het dit vir my vertel toe ek haar in die biblioteek raakgeloop het."

"Jou sommer net vertel?" vra Helmut.

"Ek het haar uitgelok en direk gevra."

"Merle en Tibor ..." Helmut skud sy kop. "En was sy ook in die fliekteater?"

Madelein bevestig dit.

"Siegfried moes ook van die flankering bewus gewees het."

"Moontlik. Maar Merle het gesuggereer dat hulle huwelik in elk geval verby is."

"Juis!" sê Helmut.

"Is daar iemand wat ons uit die prentjie kan skuif?" vra Madelein.

Helmut vee oor sy gesig. "Merwe, die saksofoonspeler, dalk?"

Sy skud haar kop. "Ons kan niemand uitsluit nie. Want dit word elke oomblik al duideliker dat sekere inligting van ons weerhou is. Dalk het Merwe ..."

Helmut kyk stip na haar. "Meer van hom gehou as wat hy moes?"

Madelein maak 'n kantaantekening in haar kop.

"En dan is daar Angelique," gooi Helmut nog 'n teorie na haar kant toe.

"Ja. Dan is daar Angelique."

Sy dink. Tibor wou nie die kind gehad het, of selfs met haar getrou het nie. Angelique kon haar humeur totaal hier met hom verloor het nadat hy weer met haar daaroor gepraat het. Hom toe vermoor het. Maar so gewelddadig? Met soveel brute krag?

En hoekom het hy sy volgende tema in die teater aan sy ongebore kind opgedra? Of is daar 'n verband met iemand anders waarvan Madelein nie weet nie?

Dan is daar Charlene wat geskree het dat sy nie meer kan nie. Madelein het die indruk gekry dat sy geruime tyd al iets wegsteek. Dat dit vanaand uitgebars het en sy 'n skuldgevoel oor iets nie meer kan hanteer nie?

"Ek hoop nie ek hoor daardie verdomde liedjie ooit weer in my lewe nie," sê Madelein terwyl sy na die klavier kyk.

Sy ondersoek die toneel vir oulaas. Bekyk Tibor se linkerbroeksak deeglik. Daar is nog 'n kondoom en 'n stukkie van die omhulsel waaruit 'n ander gekom het. Moontlik die een wat hy in die limousine gebruik het toe hy en Zilke seks gehad het.

Sy bekyk Tibor se skoene. Daar sit 'n bietjie grond en modder aan wat hy seker opgetel het op pad boot toe.

Maar waar was Tibor terwyl die boot uit Hongkong gevaar het tot hy hier beland het? Tussen halftwee en kwart oor twee toe sy lyk ontdek is? Daar moet kamerabewyse wees.

Sy vra die kaptein hierna. Hy knik en deel haar mee dat hy toestemming sal gee dat sy na die beeldmateriaal kan kyk.

"Nog iets wat jy met my wil deel oor jou vermoedens?" vra sy vir Helmut.

Hy dink. "Ek vermoed ons kyk iets mis. Kom, jy's slim. Hierdie soort tonele is jou wêreld. Wat mis ons?"

"Ek sal elkeen wat hom geken het, natuurlik moet ondervra," sê Madelein. "Maar as ons die verband tussen Tibor en die sangeres kan kry ..."

"Jy is reg."

"Die misdaadtoneel word nou bewaak," sê Madelein. "En ek vermoed die kaptein sal briewe moet skryf wat die personeel onder elke deur sal moet stoot. Want ons is soos 'n klomp visse in 'n emmer, en die moordenaar staan ons en dophou, net reg om iemand aan te val wat te naby aan die waarheid kom. Jy gaan nie eens 'n groep mense in die eetsaal bymekaar kan roep om die nuus gelyktydig aan hulle oor te dra nie. Dink aan die paniek. Die boot se reputasie!"

Hy stem saam. "Almal se lewens is in gevaar. En ons kan nêrens heen ontsnap nie."

Madelein gaan sit. Leun vorentoe. Dink.

"As ek nou daardie soort van ou was, het ek aangebied dat jy in my kajuit kom skuil, Madelein. Want wie ook al hiervoor verantwoordelik is, besef nou dat jy die meeste van ons almal van die twee moorde weet."

Madelein gaan sit langs hom in die voorste ry.

"Van een ding is ek baie seker."

"Wat?" vra Helmut.

"Hierdie hele ding is persoonlik, Helmut. Die twee moorde is nie toeval nie. Iewers is daar 'n verband. En iewers is daar 'n moordenaar. Van nou af is elke oomblik, elke teorie kosbaar. Almal se lewens is in gevaar."

HOOFSTUK 14

Dit is kwart voor vier in die oggend, en mense wat al gewoond geraak het aan die boot se geskommel probeer seker slaap. Die storm is besig om te bedaar. Madelein lê net 'n oomblik op haar bed. Maak haar oë toe. Helmut het haar gevra om in sy kajuit te kom skuil, maar sy moes die aanbod, tot haar spyt, van die hand wys. Sy moet nugterdenkend bly. Tog het hy daarop aangedring; hy gun haar 'n paar minute om tot verhaal te kom.

"Net hierna ondersoek ons Tibor se kajuit. Ek wil eers met jou praat," sê hy. "Gaan rus net 'n paar minute."

Terug in haar kajuit, in haar notaboekie staan die verdagtes se name: Malan. Angelique, Merwe. Felix. Charlene. Merle. Siegfried. Charlene wat in die storm dans. Dokter Dannhauser? Nee, sy kan dit nie insien nie. As sy net met 'n paar van hulle kon praat, kon sy die lys snoei …

So dommel sy weg tot daar 'n klop aan die kajuit se deur is. Sy laat vir Helmut in en vertel hom van haar plan. As die kaptein instem, moet hulle so gou moontlik begin. Hy stem in.

Vyf minute later is Helmut weer terug, hierdie keer met 'n verwarde Merle op sy hakke.

"Jammer vir die omstandighede, Merle, maar dit sal een of ander tyd uitlek."

"Wat, lek die skip? Gaan ons sink?" vra Merle, duidelik nog deurmekaar.

"Tibor Lindeque is dood. Hy's vermoor."

Merle kyk Madelein verstar aan. "Ekskuus?"

"In die ouditorium. Tydens die storm."

Merle moet aan die spieëltafel vashou om staande te bly. Sy sak op die bed neer.

"Wanneer het dit gebeur?"

"Ongeveer tweeuur."

"Maar dis ... dis onwerklik."

"Jammer om jou dit te vra, maar waar was julle tussen tweeuur en kwart oor twee? Ek moet dit vir almal vra."

Merle dink. "My longe uitgekots in die badkamer wanneer ek nie in die bed gelê en bid het nie."

"En Siegfried? Was hy ook siek?"

Merle weifel net 'n oomblik te lank.

"Iets verkeerd?"

"Hy ... wel, hy was uit."

Madelein verstar. "Gedurende die storm?"

"Hy het na dokter Dannhauser toe gegaan op soek na naarpille vir ons albei."

"Wanneer het hy teruggekom?" vra Madelein versigtig.

"Ek weet nie. Ek was so uitgeput van die naar wees dat ek aan die slaap geraak het."

"Wanneer was jy bewus van hom langs jou?"

"Ek het koorsdrome gehad. Toe ek wakker word, was hy langs my. Maar die storm, die naar word, die donkerte. Ek weet nie. Ek het regtig nie op my horlosie gekyk wanneer hy teruggekom het nie."

"Jy was dus in jou bed, maar niemand kan jou alibi bevestig nie?" vra Madelein.

"Wag, wag, wag, is ek onder verdenking?" Merle klink onthuts.

Madelein maak aantekeninge. "Ons ondersoek elke moontlikheid met almal."

Dit neem Merle 'n ruk om die vraag te vra, want sy is te ontsteld om dadelik te praat. "Hoe is hy dood?"

"Met 'n serp verwurg," versag Madelein die waarheid.

"He had it coming. Kon die vent nie voor my oë ..." Sy bly stil. "O. Nou het ek jou seker ook 'n motief gegee."

"Dankie, Merle. Enigiets oor wat tussen jou en Tibor op die boot gebeur het wat jy met my wil deel?"

"Ek het jou mos vertel. Ek het hom 'n paar keer gevra om op toere te kom speel wat ek gelukkig genoeg was om te kon lei, maar hy het geweier. Ek het nie verder enigiets met hom te doen gehad nie. Die verwaande klein narsis!"

"Dis dalk nie die beste idee om sleg te praat van die dooies nie, Merle."

"Ek sê maar net. Hy sou eendag te ver gaan met iemand!"

Sy loop deur toe en steek vas.

"Hoe weet ek ek is veilig?"

Helmut rol sy oë. "Daar wag een van die sekuriteitsmanne buite. Hy sal by jou wag terwyl ons met Siegfried praat. Gaan roep hom, asseblief."

Juis toe is daar 'n klop aan die kajuitdeur. Helmut maak oop. Dis Siegfried. Hy lyk erg verwaai en moeg, sy oë kyk, maar sien eintlik niks raak nie.

"Tibor is dood. Iemand het hom vermoor." Merle staan eenkant toe dat hy kan inkom. Dit neem 'n ruk voordat hy reageer. Dit ontbreek hom skynbaar aan woorde.

"Bliksem!" Hy leun teen die muur.

Helmut lei hierdie keer, gee vir hom die broodnodige inligting. "Het jy toe vir dokter Dannhauser in die hande gekry vir die naarpille?"

"Nee," antwoord Siegfried. "Ek het hom gesoek, maar hy was nie in sy kajuit nie. Ek moes maar self regkom. 'n Passasier wat ek in die gang teëgekom het, het vir my tablette gegee."

"Hoe laat?"

"Nee magtig man, ek weet nie! Met die storm was dit soos om in 'n tuimeldroër te wees. Ek het nie die tyd dopgehou nie."

"En die laaste keer wat jy Tibor gesien het?"

Siegfried vroetel met sy hande en Helmut merk dit op, sien Madelein. "Praat die waarheid, Siegfried."

"Hoekom sal ek lieg?"

"Jou liggaamstaal verklap dat jy 'n storie wil spin." Helmut kyk reguit na hom. "Wanneer het jy Tibor die laaste keer gesien?"

Siegfried se stemtoon verander. Hy praat hoër as gewoonlik, asof hy te hard probeer om Helmut te oortuig. "Ek het direk ná die fliek saam met Merle op die boot aangekom toe ons van die tifoon hoor."

"En toe?"

Siegfried kyk na Madelein vir hulp, maar haar gesig bly uitdrukkingloos.

"Toe, wel, um ... Hy en Merle ..."

"Ons wag, Siegfried, en praat die waarheid."

"Ons was 'n ruk in die kajuit. Gestort en so aan."

"Wat het julle toe gedoen?" Helmut klink nou ongeduldig.

"Ons het haastig om 'n draai geloop op pad kajuit toe om uit die gedrang te kom. Die gang naby ons kajuit was darem stil. Toe loop daai Tibor ..." en Siegfried klap sy hande, "kaplaks! teen Merle vas sodat ek haar moes vang. En die ongeskikte klein lieplapper stap aan asof niks gebeur het nie!"

"Het hy geskok gelyk? Ontsteld?"

Siegfried dink. Kyk na Merle wat wegkyk. "Asof hy in 'n dwaal was."

"En jy laat toe die insident daar? Jy konfronteer hom nie?" vra Helmut.

"Natuurlik het my moer vir hom gestrip, want ek het genoeg gehad van hom en sy klavierspelery! Toe storm ek agter hom aan en pluk hom terug. Die skip het lelik gekantel en die bliksem val toe op my. Ek stamp hom van my af en ..."

Helmut lig sy wenkbroue. "En?"

"Ag, hemel tog. Ons het gestoei. Ek het die man orent gepluk en hom gewaarsku om te kyk waar hy loop. Hy wou my nie slaan nie, wou seker nie sy handjies seermaak nie. Toe los ek dit daar. Maar dit het regtig gelyk asof hy in 'n ander wêreld was."

Madelein vind die handjies seermaak-stelling interessant.

"Het een van julle twee hom weer daarna gesien?"

"Nee," antwoord Siegfried namens albei. "Maar ek is nie verbaas ..." Hy bly stil.

"Julle maak geen geheim daarvan dat julle albei verwag het hy gaan iets oorkom nie?" help Madelein hom verder.

"Niemand het van hom gehou nie, want ..." Siegfried kyk skielik na Merle.

Madelein en Helmut se oë draai na haar toe.

"Want?"

Merle sug. "Net voor die boot vertrek het, het ek vir ons gaan kos haal. Toe staan Tibor so half verwilder naby die ingang. Ek het hom gevra wat aangaan."

"En sy antwoord?" por Madelein haar aan.

"Hy het my uitgevra oor jóú, Madelein. Want hy het ons dikwels gedurende die reis sien praat. Toe wou hy weet waaroor."

Nou begin dit sin maak. Tibor het Madelein deurentyd daarvan verdink dat sy meer van hom weet as die ander omdat sy in die polisie is. Maar wat kon sy van hom uitgevind het? Het hy die wet oortree? Dan is dit natuurlik ook hoekom hy haar die hele tyd probeer uitvra het. Selfs bereid was om op verskeie maniere te betaal vir haar stilswye.

"Wat was jou antwoord?" vra Helmut.

"Ek het gesê ek weet niks!" antwoord Merle.

"Het julle dalk weer gepraat oor die spanning tussen julle?" vra Madelein 'n vraag wat sy lankal moes gevra het. Maar die inligting het onlangs eers opgeduik.

"Watse spanning?" vra Siegfried.

Merle kyk gespanne na Madelein. "Die … feit dat hy … wel, nie wou instem om op een van my toere te gaan nie. Die een wat ek aan 'n artikel wou koppel."

Siegfried frons. "Hoekom sou julle toe daaroor gepraat het? Jy het dit nooit met my bespreek nie."

Merle is nou in 'n hoek vasgekeer.

"Mense praat mos maar, jy weet?"

"Nee, Merle," antwoord Siegfried. "Ek weet nie. Wat gaan aan?"

Merle sug. Gaan sit op die bed. "Want hy …" Sy sukkel om te praat. Dit lyk of 'n lig vir Siegfried opgaan.

"Want hy het wat, Merle?"

Sy maak keelskoon. "Ons. Ag, ek …"

"Het 'n fling gehad," bevestig Siegfried sy vermoede.

"Jy moes dit seker vermoed het."

"Ja. Stories loop rond, maar ek het verkies om dit nie te glo nie, al het ek diep binne-in my geweet dit moet waar wees."

"Maar tog het jy niks gesê nie, Siegfried."

"Daar het niks oorgebly om te sê nie. Ons is in elk geval net in naam getroud. En ek dink die afkoeling het daar begin."

Merle vermy Siegfried se oë. Sê niks.

"Elke keer wat ek die klein bliksem op hierdie toer gesien het, wou ek hom aan die keel gryp omdat ..." Siegfried besef hy het sy mond verbygepraat. Hy sug. "Omdat hy my naar gemaak het. Waarheen hy ook al gaan, is daar altyd moeilikheid, en ek was net gatvol vir sy teenwoordigheid."

Merle gooi wal. "Ek verstaan, maar jy ..."

"Hoeveel ander flings was daar nie dalk nog nie?"

"Geen! Dit was net Tibor. En dit was kortstondig!"

"In elk geval. Of daar een of tien flings was, ek het nou eers die moed om vir jou te sê ons is vir goed verby. En nie net oor jy en Tibor mekaar bevoel het nie. Oor baie ander dinge. Want ek het net 'n hondjie geword wat aan jou halsbandjie rondgelei is, en ek soek vryheid. Ek haat hierdie verdomde reise. Luuksheid kan ook vervelig raak, 'n soort tronk word saam met jou wat altyd alles reël en beheer. Ek wil dit nie meer hê nie!"

Sy staan op. Skynbaar te moeg om verder te argumenteer. Skuur by Siegfried verby. Sug 'n oomblik asof sy bly is die gesprek het nou hierdie rigting ingeslaan, want dit gaan haar bevry. En hierdie bootrit gaan blykbaar om bevryding. Verlaat dan die kajuit.

"Het jy nog iets om ons te vertel, Siegfried?" vra Madelein. "Het jy Tibor later die nag weer gesien?"

Siegfried sug. Leun teen die muur. "Ja."

"Wanneer?"

"Kort nadat die boot vertrek het. Ek het siek gevoel. Het na 'n kuur gesoek. Hy was skynbaar op pad terug na sy kajuit. Heeltemal in 'n toestand. Het dalk gedrink. Toe verloor ek net doodeenvoudig my humeur."

"Hoekom juis toe?"

"Ná die onderonsie het ek opnuut opgevlam. Wou hom beetkry omdat ..."

"Jy die gerugte gehoor het wat jy nie met Merle bespreek het nie, en tog gewonder het?"

"Ja," erken Siegfried. "Ja, ja, ja. Iets in my het gebreek. Ek wou die waarheid oor die gerugte uit sy eie mond hoor. En toe ek hom daar sien, was dit die regte tyd. Ek kon myself nie meer inhou nie."

"Het hy dit toe erken?" vra Helmut.

Siegfried is in 'n hoek. "Hy het net gelag, wat my nog kwater gemaak het. Toe vinnig weggeloop. Net gesê ..." Hy dink 'n oomblik. "Dat dit nie meer saak maak nie."

"Was dit al?" vra Madelein.

"Wat was sy presiese woorde, Siegfried?" vra Helmut wanneer Siegfried nie dadelik antwoord nie.

"Hy het gesê: 'Dit maak nie saak nie. Niks maak meer fokken saak nie. My talent is onder 'n maatemmer begrawe en ek kan dit nie met 'n koevoet oopkry nie, net met my lyf.' En toe loop hy."

"My talent is onder ...?"

"Ja. Ek het nooit gedink die man sal sulke dinge kwytraak nie."

Albei kyk na Siegfried en toe na mekaar.

"Praat jy die volle waarheid oor die tweede ontmoeting, Siegfried?"

"Ja. Dit is al wat hy gesê het. Ek sweer. En ek het hom nie gevolg nie."

Siegfried loop deur toe en maak dit gespanne oop. Kyk terug. "Mag ek nou maar gaan? Of gaan julle my arresteer omdat ek die vent gesien en gekonfronteer het?"

"Was dit weer 'n gewelddadige konfrontasie?"

"Nee. Dis al wat gebeur het. Net daardie paar woorde."

"Het ons rede om jou te arresteer?" vra Madelein wanneer hy nie uitloop nie.

"Ek weet niks verder van hom af nie," sê Siegfried.

Madelein dink. Skryf die insident kortliks neer.

"Ek sal later weer met jou praat. Maar jy mag voorlopig gaan," sê sy terwyl sy skryf.

"Ek het hom nie vermoor nie."

"Soos Madelein gesê het, jy mag maar gaan, Siegfried. Lyk my daar steek baie meer in jou as om net agter Merle aan te hardloop."

"Dis daardie frustrasie van altyd stilbly wat nou te veel geword het. En Tibor was die katalisator. Sy houding van dat ek te dom is om vermoedens oor hom en Merle te hê." Hy maak keelskoon. "Verskoon my."

Siegfried klap die kajuitdeur agter hom toe.

Madelein sluit haar aantekeninge af, maar sê niks. Helmut ook nie.

"Ons moet Tibor se kajuit ondersoek," stel sy voor.

Hy skud sy kop. "Eers die verdagtes."

"Sal jy dan die volgende verdagte gaan soek en inroep?"

Merwe daag 'n rukkie later saam met Helmut op. Hy het die nuus reeds gekry, staan wasbleek voor hulle.

Hy gaan sit op die bed, krap deur sy hare, skud sy kop. Ná 'n minuut of wat trek hy sy skouers op. "Ek ..." hy oorweeg sy woorde eers. "Ek is nie verbaas dat iemand hom aangerand het nie. Baie mense wou. Maar moord?"

Hy laat sy kop in sy hande sak. Madelein en Helmut kyk lank na mekaar.

"Het jy nog iets om vir ons te sê?" vra Helmut. "Iets waarvan jy dink ons moet weet?"

Merwe kyk na die donker patryspoort. Die see spat steeds kort-kort daaroor.

"Die fokker het almal omgekrap. Hy het al baie doodsdreigemente gekry."

"Hier op die boot?" vra Madelein.

"Nee. Hier het mense net gedink hy het 'n kak houding. Ek praat van die Suid-Afrikaners wat hom geken het."

"Maar is jy seker niemand op die boot het hom gedreig nie? Of dat daar konfrontasies oor sy verlede was nie?"

"Nie op die boot waarvan ek weet nie."

"Waaroor was die vorige dreigemente?"

Merwe grinnik suur. "Meisies wat hy gespyker het se boyfriends. Kunstenaars uit die industrie. Girls wat hy dikwels sommer net gedrop het. Hulle warm gemaak en dan kort voor fyndraai gelos het. Dit was sy manier om vir hulle te bewys dat hy kan maak wat hy wil. Dis hoe hy was." Hy hou sy hande uit asof hy geboei wil word. "Nou kan julle my maar boei. Alles wat ek sê, is waar, maar nou is ek seker die main suspect."

"Het jy Tibor vermoor, Merwe?"

Merwe grinnik. "Nee. Ek wou hom bliksem, al baie. En ons het al rondgefok en mekaar gebliksem wanneer hy my die moer in maak. Maar vermoor? In die tronk gaan sit vir so 'n klein poephol? Not on your life, man."

"Het jy een of ander tyd 'n move op Tibor gemaak?" vra Helmut.

Merwe kyk weg. Knik net effens. Gee geen verdere inligting nie.

"Waar was jy tussen twee en twee-vyftien vanoggend?" vra Madelein.

Merwe frons. "In my kajuit, hondsiek. Hoekom, waar was jy?"

Madelein aarsel. "Ons ondersoek maar net elke moontlikheid, Merwe."

Hy laat sy hande sak. "Julle kan my maar van die lysie afhaal. Anders, arresteer my nou. Ek kan sien julle verdink my."

"Ons sal op die kameras kyk of ons jou iewers gewaar," verseker Madelein hom.

"Kaptein Fernando het gesê van die kameras om die ouditorium het nie gewerk nie. Kon die storm wees, of ..."

"Iemand wat nie gesien wou word nie."

Dit ook nog.

"Wat gaan jy nou doen, Merwe?"

Hy lig sy skouers. "Solo gaan." Hy lag, maar keer homself vinnig. "Ek sal seker 'n ander gig moet soek. Iemand anders wat 'n saksofoonspeler soek. Wat anders?"

"Sou julle hierna aan nog vertonings deelgeneem het?"

"Op 'n kunstefees, ja. Hy het die golf van *Guilty as Charged* tot op die sand gery."

Helmut beduie dat hy maar kan gaan.

"Ek weet nie," sê Madelein nadat Merwe uit is. Sy plaas 'n vraagteken agter sy naam. "Hy probeer te casual voorkom, maar dit kan net sy ego ook wees. Hy sou so 'n gewelddadige moord fisies kon doen. Hy het Tibor genoeg gehaat. Maar sou hy sy eie brood en botter doodmaak? Sy eie loopbaan so opfoeter?"

Malan Meyer en Angelique stap 'n ruk hierna saam in die kajuit in en kry die nuus. Angelique begin huil. Malan skud sy kop in ongeloof.

"Waar was julle vanoggend?" vra Madelein nadat hulle genoegsaam van die skok herstel het om te kan praat.

"Ek was siek in my kajuit," antwoord Angelique ontsteld en begin weer huil.

"En jy, Malan?" vra Helmut.

Hy sug. Wikkel sy skouers. "In die gim."

"In die gim?" vra Helmut verbaas. "In dié storm?"

"Ek wou nie met hom praat nie," sê Angelique.

"En ek wou nie met haar praat nie! Toe gaan lê ek maar daar op 'n hoop jogamatte en probeer slaap. Onsuksesvol, natuurlik. Nog 'n rede om joga te haat," brom Malan. Madelein vermoed dat hulle dalk oor die baba gepraat het, dis hoekom Malan daar uit is.

"Wanneer is jy terug kajuit toe?"

Malan trek sy skouers op. "Ek weet nie. Laat. Ek kon dit nie meer uithou nie. My donnerse nek het gevoel of ek op 'n guillotine lê."

"Het hy toe by jou gaan slaap, Angelique?"

"Ek het die waarheid uit haar gekry voor ek uit die kajuit is," erken Malan. "Is julle nou tevrede?"

"Dis nie nou die tyd of die plek om ..." Maar Malan maak haar stil.

"My vrou het erken dat sy swanger is met Tibor se kind. Ek wou die fokker bliksem. Nie alleen het hy 'n gek van my gemaak nie, hy het 'n kind by my vrou verwek! Ek sou hom kon verwurg as ek hom in die hande kon kry, want ..." Toe besef Malan eers wat hy gesê het.

"Wel. Hy ís verwurg."

"Ek het hom nie vermoor nie," sê Malan en vee oor sy mond. Besef wat hy alles kwytgeraak het.

"Maar daar is niemand wat jou alibi kan bevestig nie, is daar, Malan? Die moord is tussen tweeuur en kwart oor twee gepleeg, en jy was toe nie in jou kajuit nie. Het iemand jou in die gim gesien? Of jou gesien terugloop kajuit toe?"

Hy sug. "Hier het 'n meisie soos 'n besetene in die gang verbygedans. Iets geneurie."

'n Meisie. Charlene wat heeltyd in Felix se kajuit was.

"En jy, Angelique? Jou gevoel oor Tibor?" vra Madelein.

Malan tree tussenbeide. "Ek het my vrou aangeraai om niks verder te sê sonder regsverteenwoordiging nie. Wat daar te sê is, is reeds gesê."

"Kan ek net 'n oomblik vir myself praat, Malan?" vra Angelique hard.

Hy kyk bekommerd na haar. "Wat jy sê, is op jou eie gewete."

"Ek het gedink ek het Tibor lief. Ek erken dat ons 'n verhouding gehad het. Aan en af. Maar ek het nie, en sou hom ook nooit enige skade berokken nie. Dit maak nie saak hoe hard ons in die verlede baklei het nie. Hy is, was, 'n spesiale persoon in my lewe, en het ..."

Malan hou sy hand op, maar Angelique gaan ongestoord voort: "Maar ten spyte van sy tekortkominge, sy arrogansie, het ek 'n baie spesiale plek in my hart vir hom."

"En die baba?" vra Madelein.

Malan tree tussenbeide. "Sal ek en Angelique bespreek."

"Daar was nooit 'n baba nie," bars sy die bom.

Almal kyk verstar na haar.

"Maar jy het vanaand gesê ..." begin Malan.

"Ek weet wat ek gesê het. Ek wou jou reaksie sien. En dit het my ook oorreed hoe ons huwelik in die toekoms gaan wees. As daar nog een is."

"En Tibor?" vra Madelein.

"Ek het dit ook gesê om sy reaksie te toets. Om te kyk hoe hy gaan optree. Ek is baie vinnig ontnugter. Behalwe toe hy op die verhoog van sy ongebore kind gepraat het. Maar toe het ek gedink: Watse soort pa sou hy wees?"

"En wou jy dalk wraak neem op sy reaksie?" vra Madelein.

Voor die ontstelde Malan kan reageer, verdedig Angelique haarself. "Ek sou hom nooit skade aandoen nie. Ek het hom liefgehad."

Madelein dink aan wat sy alles in die vissersdorpie gehoor het. Hoe dit gelyk het of Angelique Tibor in die water wou stamp, maar hou dit vir eers vir haarself.

Malan skud sy kop asof hy nie kan glo wat so pas gebeur het nie.

"Daar is dus geen baba nie."

"Nee."

"Maar my liewe magtag. Hoekom het jy nie vroeër ...?"

"Mag ons nou gaan? Ek wil privaat met my man praat," kom dit van Angelique.

Helmut en Madelein kyk vinnig na mekaar. Sy besluit om toe te gee.

"Ja. Ek dink julle het baie om te bespreek. En besluite om te neem."

Malan is so verbaas dat hy steeds skaars kan reageer. Hy praat nou weer met gesag. "As julle voortaan met my vrou wil praat, doen dit deur my."

"Jy sal dit net vir die Viëtnamese en Sjinese owerhede moet sê wanneer hulle die saak verder neem sodra ons in Viëtnam aan wal stap," waarsku Madelein. "Onthou dit net."

Madelein en Helmut laat hulle gaan.

"Dit gaan 'n interessante gesprek wees," glimlag Madelein.

"En nou die boerpotvraag, Helmut. Felix en sy suster."

"Sy suster?" vra Helmut.

"Hy het dit vir my vertel."

"Dit werp nuwe lig op die saak," antwoord Helmut. Hy kyk 'n oomblik na haar. Lyk haastig. "Ek gaan hulle haal."

Felix kom tien minute later verstom ingestap en reageer dadelik.

"Ek het 'n alibi. Ek het die storm op my selfoon vir my podsending beskryf. Jy kan self kyk en luister, die tyd behoort by die file te wees, en op die opname beskryf ek die storm op sy ergste."

"Wanneer was dit?"

"Tussen eenuur en tweeuur."

"En daarna?"

"Het ek gaan slaap."

"Ons sal moet bevestig hoe laat jy die opnames gemaak het, Felix." Madelein sien dat hy skrik. "Het jy die hele tyd kommentaar gelewer?"

"Julle kan maar check."

"Wanneer het jy gaan slaap? Want ek het julle op die dek van die boot gesien kort voordat die lyk ontdek is. Onthou jy die tyd?" vra Madelein.

"Kort voor tweeuur nadat ons teruggestap het van die dek af."

Madelein maak aantekeninge. "Ek sal jou later verder oor julle besoek aan die dek ondervra. Waar is Charlene nou?"

"Ek het haar losgelaat." Soos Madelein vroeër gehoor het.

"Losgelaat?" vra Helmut verbaas.

Hy knik. "Ek het vir haar in die kajuit langs myne bespreek. Gelukkig was al die kajuite nie vol nie. Ek kan nie meer my ruimte met ander deel nie. Ek was my hande in onskuld. Ek het geweet dit gaan gebeur. Sy dra verskriklike goed in haar kop rond, en dit dryf haar nou finaal tot waansin. Sy moet terug in 'n gestig. Haar lewe is verby."

"Gaan haal haar."

"Ek sê mos ek weet nie waar …"

"Gaan haal haar!" lig Helmut sy stem.

Felix verlaat die kajuit.

Helmut kom sit langs haar. Hou haar hande vas. Hulle praat nie verder nie.

Tien minute later is daar 'n klop aan die kajuitdeur en Helmut maak die deur oop. Dis weer Felix. "Ek kry haar nie. Sy is nie in haar kajuit nie."

"Jy besef ons is besig met 'n moordondersoek?"

"Ek weet nie waar Charlene nou is nie! Wat meer verwag jy van my?"

Madelein laat Felix gaan, sug en vryf oor haar gesig. Sy is oneindig moeg, maar steeds kan sy nie tot bedaring kom nie. Sy gaan badkamer toe om haar gesig te was. Kyk lank na haarself in die spieël. Hoor haar kajuitdeur toegaan.

Toe sy uitkom, het Helmut teruggegaan na sy kajuit toe. Haar alleen gelaat met haar vermoedens en gedagtes. Sy is eintlik dankbaar daaroor, want sy moet rus, al is dit net vir 'n halfuur.

Sy gaan lê op die bed, en ten spyte van wat gebeur het, raak sy dadelik aan die slaap. Droom nie eens nie. Slaap net.

Madelein skrik skielik wakker. Sit regop. Probeer haar gedagtes orden. Sy besluit sy sal weer na die moordtoneel toe moet loop. Alles meer noukeurig bestudeer. Daar bly niks anders oor om te doen nie. Dalk het sy belangrike leidrade misgekyk.

Met 'n swaar gemoed en die gesigte van dooies wat deur haar gedagtes maal, loop Madelein in die verlate gange in.

Sy haal die hysbak na die bodek.

HOOFSTUK 15

Madelein loop. Dwaal deur die boot. Betrap haarself dat sy na Charlene soek. Loop ook net om haar gedagtes te orden. Maar dis onmoontlik. Sy oorweeg dit om na Helmut se kajuit te gaan, maar dit is 'n paar verdiepings laer. Sy wil eers weer ordentlik na die moordtoneel kyk voordat hulle Tibor se kajuit ondersoek.

Wanneer sy naby die ouditorium kom, vries sy voor die deure. Sy kan dit nie regkry om weer in daai ruimte in te gaan nie. Maar dit is hoekom sy hier is! Sy moet.

Sy hou aanvanklik verby. Dink. Stap na die bodek waar die swembad is. Loop uit. Dit het opgehou reën. Die maan flits tussendeur die skeure in die donker, onheilspellende wolke. Die see begin bedaar.

Madelein asem die lug in. Dit help om haar nugterder te laat voel. Die branders is wel nog groot, maar darem nie meer die reuse van vroeër nie. Dit sou mooi gewees het as sy nie geweet het sy deel die skip met 'n moordenaar nie.

Sy loop aan, om die nagklub. Die swembad is een verdieping laer af, maar die nagklub kyk daarop af. Daar is trappe wat aflei soontoe sodat gekletterde gaste van een na die ander kan baljaar.

Madelein stap met die trappe af swembad toe. Die bemanning het 'n blou seil daaroor gespan om te verhoed dat al die water uitspat.

Dan verstyf sy.

'n Reddingsboei hang langs die swembad. Charlene is met 'n tou daaraan vasgemaak. Sy is daarmee verwurg en hang aan haar nek soos iemand wat aan 'n galg tereggestel is. Haar lewelose liggaam hang oor die blou swembadseil reg langs die dek.

Madelein staar verbysterd na die lyk. Skep diep asem. Haar asemhaling is vlak. Sy stap stadig en versigtig nader, haar oë probeer elke skadu rondom haar deurboor.

Sy vorder tot by die rand van die swembad en moet haarself weer stut. Slaag daarin om haar ewewig te herwin. Sy is nou by die lyk bo die swembadseil naby haar. Sy leun oor. Voel aan die meisie se pols. Niks. Dood.

Vermoor.

Onlangs vermoor.

Sy sluk. Dink. Reguleer haar asemhaling. Kyk na Charlene. Haar lewelose oë staar voor haar uit. Die laaste beeld was moontlik die moordenaar se gesig.

Madelein kom regop. Moet aan 'n pilaar vashou, want die boot skommel weer. Die lyk beweeg heen en weer. Sy probeer helder dink. Skuif enige emosies en vrees weg. Dink net logies.

Die derde moord van die dag. Wie ook al dit is, is op 'n missie. Dadelik flits dit deur haar kop. Die slagoffers is drie uiteenlopende mense. Wat is die verband tussen hulle? Hoekom moes Charlene, wat op die oog af feitlik niks met die ander passasiers buiten Felix te doen gehad het nie, só sterf?

Hoekom was sy wérklik op die boot? Behalwe vir die dun verskoning wat Felix gegee het?

Sy keer haar rug op die lyk. Dink.

Die kanse is baie goed dat sy, Madelein, self ook op die lys van teikens is.

Sy verwerk nog wat gebeur het.

Daar is geen selfoonontvangs op die boot nie, geen internet nie, geen siel op die dek nie. Dit is net sy en die derde lyk vir die nag. In haar gedagtes, Chloé Durand in háár sitplek, Tibor op die klavier. Elkeen uniek, maar elkeen, behalwe Charlene, met 'n serp verwurg. Guilty as charged.

Weereens. Wat is die verband tussen hulle drie? Waaraan is hulle skuldig? Of weet hulle van iemand anders se skuld? En het sy, Madelein, ook onwetend iewers 'n verband met hulle? Hoekom word sy by hierdie gemors betrek?

Wie van hierdie mense op haar lysie van verdagtes was daartoe in staat om drie sulke gruwelike moorde te pleeg? En hoekom?

Sy stap versigtig terug na die deur toe. Sy moet binne kom. Sy moet die kaptein roep. Al die bemanning moet hierheen kom. Die kaptein moet in kennis gestel word. Almal wat dalk nog slaap, moet wakker gemaak word. Hierdie boot raak nou 'n bloedbad.

Sy stoot die deur van die nagklub hard oop. Daar is 'n klein verhogie en sy kan die tafels uitmaak, maar verder is dit skemerdonker. Net hier en daar brand nog 'n noodlig. Die weerlig flits elke nou en dan deur die vensters, verlig die toneel, maar skep ook skerper skaduwees.

En dan wéét sy. Die moordenaar is hier. Nou. Iewers tussen hierdie tafels. Hou haar dop.

Versigtig nou. Baie versigtig. Die deur gaan agter haar toe en sy vloek binnensmonds. Sy wil nie haar rug draai nie. Kyk om haar rond. Daar is gordyne voor die verhogie wat gewoonlik oopskuif om die vermaak vir die aand te onthul. Die DJ se stasie is langs die verhoog.

Die moordenaar wag agter die gordyn. Sy weet dit.

En toe onthou sy. Jare gelede – haar en Pieter-Jan se laaste aand saam voordat hulle finaal opgebreek het. Hulle het na 'n musiekuitvoering gaan kyk. Toe het sy Tibor nog nie geken nie. Was skaars bewus van hom. Maar vaagweg, deur die newels van vergeet en verdwaal, onthou sy 'n pianis wat mooi klavier gespeel het. Bekende liedjies wat sy geken het. Kon dit hy gewees het?

Teen daardie tyd was die skrif aan die muur vir haar en Pieter-Jan. Sy het die aantreklike pianis opgemerk, maar nie verder oor hom gedink nie. Madelein het toe genoeg van haar eie probleme gehad.

Hulle het destyds gedurende die uitvoering in die tweede ry van voor gesit. Pieter-Jan het vir een van die laaste kere in sy lewe aan haar hand gevat en dit vasgehou toe "The Windmills of Your Mind" gespeel het, en hy het die lirieke saggies saamgesing. Die pianis het terloops na hulle gekyk.

Dit was heel moontlik Tibor.

"Ek wil jou nie laat gaan nie," het Pieter-Jan onverwags gesê.

En nou, vir een mal oomblik, wonder sy of hy nie dalk hier op die boot is nie. Dat sy hom nie opgemerk het nie.

Ná die tyd het sy en Pieter-Jan tussen die baie mense rondgeloop, en die pianis het met 'n meisie aan die hand weggestap. Haar verbeelding het saam gestap.

Maar was dit hy? Dis baie vaag, hy was nog nie bekend nie, sy sou geen rede hê om hom te herken nie. Was die meisie wat saam met hom geloop het, dalk Charlene Visagie? Dit moet haar van wees indien sy Felix se suster is. Of het sy onder 'n ander van op die boot ingeboek. Maar hoekom?

Pieter-Jan. Nee. Hy kan nie hier wees nie. Dit is te vergesog.

Versigtig tussen die tafels deur. Orals lê blaasbeueltjies en papiertrompette waardeur baie monde al geblaas het. Glase het omgeval en rondgerol. Hier en daar lê 'n stukkende bottel. Versigtig gee sy nog 'n tree.

Nader en nader aan die verhoog vleg sy tussen die omgevalle stoele deur, verby die tafels waarvan sommige op 'n hoop gestapel is. Hulle is nie aan die vloer vasgeskroef nie.

Haar skoen trap 'n glasstuk raak en dit kraak. Maar met die lawaai buite twyfel sy of iemand dit sou hoor. Asof sy aan 'n tou getrek word, sluip sy nader aan die verhoog, nader aan die gordyn. Nader aan die dood.

Name flits deur haar kop. Malan. Angelique, Felix. Merle. Siegfried. Dokter Dannhauser, Merwe.

'n Beweging aan haar linkerkant ... sy swaai om. Dis 'n stoel wat stadig in haar rigting skuif omdat die skip weer gekantel het. Hoekom voel dit asof die storm nou opnuut opsteek? As sy net aan die lewe kan bly tot hulle in Viëtnam kom ...

Maar niemand weet sy is hier bo nie ...

Madelein voel-voel haar pad oop. Skrop haar voet deur die papierglase en kreukelpapier. Hier en daar staan 'n leë sjampanjebottel. En naby haar 'n plakkaat van Tibor wat klavier speel: Vanaand om 9-uur in die ouditorium!

Die vertoning is gekanselleer, dink sy. Hy sit nou op die plakkaat en speel klavier soos 'n gees wat uit die dode herrys het. 'n Spook wat haar dophou.

Dan, 'n geluid van bo. Iets val terwyl die boot weer kantel. Sy duik net betyds uit die pad. Rol weg terwyl dit in stukke spat. 'n Groot glasbal. Glasskerwe spat in alle rigtings, sy voel hoe een haar hand tref en sny. Sy steier orent, sien die bloed loop. Haar asem jaag. Sy kyk oral, maar daar is niks.

Dan onthou sy die beeld 'n paar dae gelede. Hoe dit amper haar kop vergruis het. Nou lyk niks skielik soos toeval of 'n ongeluk nie. Sy is al van die begin af in gevaar.

Madelein wag vir 'n volgende beweging, maar niks gebeur nie. Sy wag en wag. Haar gedagtes flits tussen paniek en die praktiese. Sy moet hier wegkom. Sy moet uitvind wie dit is. Sy moet net wegkom. Maar dan kom die moordenaar dalk ook weg. Wie is dit?

'n Deur iewers. 'n Figuur wat saam met die donker insmelt. Dalk Malan wat vir haar staan en kyk, reg om haar doodstoneel te verfilm. Of dalk Merle, wat reg staan om haar dood in die sappigste storie van die seisoen te skryf? Moontlik Siegfried, met 'n serp in sy hand, reg om haar te ...

Absurd. Heeltemal absurd. En tog ...?

Sy vorder tot by die glasdeure. Kyk af.

Die lyk hang nog steeds daar.

Sy wonder hoe Angelique dit reggekry het, as dit sy was, om die lyk tot by die swembad te sleep. Of hoe dokter Dannhauser daarin geslaag het om een van sy pasiënte, wat al sy geheime ken, so gewelddadig te vermoor.

Maar nie een van die denkbeeldige prentjies pas nie.

Madelein is net reg om te begin hardloop, om hulp te gaan kry, wanneer 'n skielike geluid amper haar hart laat staan. Die needle drop. Een van die vinielplate het begin speel.

"Guilty as Charged."

Pragtige musiek. Tibor op sy beste. En dis die volle bedryf. Sy luister na die temalied wat nou 'n dodemars geword het. Dit is wat die moordenaar vir haar wil sê.

Skuldig. Veroordeel.

Die geheim lê in die musiek. Hoekom het sy nog nie tevore daaraan gedink nie? Iets in die musiek gaan die moordenaar verklap. Of is sy besig om heeltemal van haar verstand af te raak?

By die wiegeliedjiegedeelte is dit amper asof dit stiller raak. Asof die elemente asem ophou. Asof die valbyl nou op haar gaan val. Sy wil vir die moordenaar sê dat hy of sy nou hul aanslag kan staak. Maar die musiek speel tot aan die einde. En Madelein weet nou onteenseglik: Dit gaan eintlik oor die musiek.

Die volgende oomblik pluk sy een van die glasdeure oop en storm uit. Moet by Helmut uitkom sodat hy haar kan help.

Sy hardloop om die swembad na 'n stel agtertrappe wat die kunstenaars gewoonlik gebruik. Pluk die deur oop en storm deur. Hardloop en hardloop tot in ontvangs. Daar is niemand nie. Als is nog verlate.

Dan, stadig bokant haar, 'n hysbak wat beweeg. Sy probeer identifiseer wie dit is. Roep vervaard: "Dokter Dannhauser!" maar kan nie uitmaak of dit hy is nie. Hardloop en val. Rol. Stamp haar kop teen die toonbank by ontvangs. Lê 'n oomblik duiselig.

Die hysbak het intussen tot stilstand gekom en iemand het uitgeklim, maar sy hoor nie voetstappe nie. Kruip agter die toonbank in en wag. Wag en wag en wag. Maar niks gebeur nie.

Dan loop sy haastig na die onderste verdieping. Na veiligheid. Hardloop na kajuit 666. Hamer aan die deur. Roep sy naam.

"Helmut! Helmut!"

Helmut maak die deur oop. Hy het duidelik geslaap. Hy staar haar oorbluf aan. Sien die toestand waarin sy is.

"Madelein!" Hy trek haar in die kajuit in. Druk haar beskermend teen hom vas.

"Wat gaan aan? Het iets gebeur?"

Hy ondersteun haar. Sy probeer verduidelik wat by die swembad gebeur het. Vertel hom. Sien hoe hy verstar na haar kyk. Sy mond hang oop.

Hy kyk rond. Oorweeg wat om te doen. "Kom wys my."

Madelein keer hom.

"Ons moet in Tibor se kajuit inkom. Ons moes daar begin soek het. Die antwoorde lê daar."

"Wat?"

"Ons moet nou soontoe gaan!"

"Maar die moord! Die lyk!"

"Kom net saam met my!"

Madelein dink. Die moordenaar kan dalk in Tibor se kajuit wees.

Hy skud sy kop. Plaas sy gesig in sy hand. Knik. "Oukei, wag jy hier. Ek sal sy kamersleutelkaart by sekuriteit gaan kry. Ek is nou terug."

Vyf minute later is 'n verdwaasde Helmut terug met die kajuitkaart. "Die ou aan diens het die kaptein gekontak. Hy het toestemming gegee dat ons na Tibor se kajuit kan gaan, toe gee hy vir my die kaart. Kom. Maar wees baie versigtig."

Hy neem haar hand gespanne. Maak sy deur versigtig oop, kyk links en regs. Beweeg dan uit na Tibor se kajuit reg langs syne. Sluit die deur oop. Skakel die lig aan. Beduie sy moet naderkom.

Madelein voel heeltyd of iemand na hulle staan en kyk.

Die kajuit lyk asof die storm daar ingekom het. Klere lê rondgestrooi, 'n stoel is omgegooi, sy tasse is oor die bed uitgegooi. En dis net papiere oral. Notas, bladsye en bladsye vol notas, oral gestrooi. Asof Tibor histeries net geskryf en geskryf het. Een bladsy lê by die deur. Dalk die laaste bladsy waarop hy geskryf het voordat hy uitgeloop het. Dalk uitgelok is?

Maar wat het hy gedoen? Hoekom juis net voor sy dood?

Note. Orals op die bladsye, note soos 'n besetene wat nie kon ophou skryf nie.

Note. Note. Note.

"Madelein?" vra Helmut. Hy tel van die papiere op. Kyk na die note.

Sy plaas die bladsy op die bed. Daar is nie eens titels boaan die komposisies nie. Hy moes voor sy dood amper waansinnig iets gekomponeer het, en net aangehou en aangehou het asof hy sy eie doodsberig skryf.

"Madelein?" vra Helmut weer ná 'n ruk. Sy blaas uit, maar haar asem bewe nes haar hande. Helmut kyk vinnig na die deur. Maak seker dis gesluit. Kom staan dan voor haar.

"Haal diep asem."

Sy doen dit.

"Kan ek jou help? Net om die ergste van die paniek en histerie te verlig?" Sy stem is sag en gerusstellend. Sy wil in daai geluid wegsink en vir 'n jaar lank slaap.

"Nie nou nie, Helmut. Ek moet nugter bly. Ons moet die kaptein in kennis ..."

"Luister na my. Ek belowe dit gaan help. Raak net rustig, dan kan ons oor die volgende stap praat."

Sy wil weier. Haar gesonde verstand sê sy durf haar nie nou aan hom oorgee nie. Maar hy kyk na haar. Sy gesig naby hare. Soen haar op haar voorkop.

Note en note en note. Papiere. Komposisies. Waansin, oral om haar.

"Haal stadiger asem. Luister na my stem."

Sy is so moeg, haar kop voel asof dit vol watte gestop is. Hy voel so goed, so naby aan haar. Haar asem raak stadiger.

"Helmut. Al hierdie papiere. Die komposisies. Dis waar die geheim lê!"

"Ons gaan nou daaroor praat. En dit ondersoek. Maar eers ..."

Sy begin huil. Sien weer die dooie gesig destyds in die boot. Begin beheer oor haarself verloor.

"Diep in, en stadig uit." Sy gesig is bekommerd hier naby haar. "Maak toe jou oë. En kry weer beheer."

Haar borskas volg sy eie ritme en sy voel met elke uitasem hoe haar lyf spiertjie vir spiertjie ontspan.

"Luister na my stem en maak jou kop skoon. Hoor die branders, hoor die see, hoor my stem. Haal asem en hoor my stem."

Sy voel hoe hy haar lyf stadig agteroorkantel om op die bed tussen die papiere te gaan lê. Hy vee die komposisies weg. Iets in haar agterkop wil protesteer, want hierdie kamer is dalk belangrik vir die ondersoek. Maar alles begin stil raak in haar.

Die sagte gekreukel van die papiere om haar wat van die bed af val. Dis soos wit geraas in haar kop.

Helmut kyk in haar oë. Diep, diep, diep in haar oë.

"Haal asem en hoor my stem. Volg my stem. Jy staan boaan 'n stel trappe. Jy voel warm en veilig. Jy klim hulle een na die ander af." Hy praat sag met haar. "Dis donker om jou, maar jy stap in lig." Hy praat en praat tot die angs beheerbaar word. Die skokke wegsmelt. Die geweld onderdruk word, diep in haar kop wegsink.

Hoe verder sy daal, hoe verder voel haar probleme, hoe rustiger raak sy. Haar oë gaan toe.

"Helmut?" Sy kan skaars praat.

Die paniek smelt weg. Haar asemhaling raak egalig. Sy voel hoe sy al dieper wegsink.

Hy praat sag.

"Voel jy beter?"

Sy probeer antwoord, maar haar stem wil nie gehoorsaam nie.

"Madelein?"

Sy is hulpeloos. Kan skaars praat of beweeg.

"Lê net so. Vertrou my."

Die notasies om haar, onder haar, dwarsdeur die kajuit. Die rede vir die moord, hamer dit deur die newels in haar kop.

Die note.

"Kyk na my. Maak oop jou oë, Madelein."

Sy slaag daarin om haar oë oop te maak.

Sy sien dofweg hoe hy baie stadig tussen die bladsye rondsoek. Bladsye fladder, skuif rond. Hy soek tot hy by een bladsy kom. Sy kan sien, maar dit voel of alles onder water gebeur.

Hy bring die bladsy baie stadig nader. En nader, en nader, tot sy deur die newels kan lees wat daar staan. Die letters swem voor haar oë, maar maak dan uiteindelik sin.

"Wat staan boaan die bladsy?" Die woorde kom in fokus. Sy wil dit lees, maar haar tong is lam. Haar hele liggaam is in 'n soort beswyming.

Note, ja. Maar nou net op een bladsy. En ses woorde.

Vir Pappa. Met al my liefde.

"Vir Pappa," probeer haar dom lippe die letters vorm. En sy dink. Tibor het hierdie musiek vir sy pa geskryf.

"Pa," kry Madelein die woord uit.

En voor haar geestesoog, in haar deurmekaar gemoed, staan dokter Dannhauser. Die man wat altyd oral teenwoordig is. Wat verband hou met die vermoorde meisie, Charlene. Het dokter Dannhauser tog wel iets hiermee te doen?

Sy het iets misgekyk. Sy is mislei. Is telkens op die verkeerde spoor gebring. En haar emosies het toegelaat dat sy uiteindelik halfblind geword het. Stiksienig vir die waarheid

"Helmut?" probeer sy sê. "Helmut?" En in haar hulpeloosheid besef sy sy het in elke liewe lokval getrap. Is toegelaat dat sy mislei en verblind word.

"In jou soort werk, veral wanneer jy 'n saak ondersoek, mag jy nooit emosioneel betrokke raak nie," was haar bevelvoerder se waarskuwing. Sy het jare lank daarna geluister, tot die ineenstorting gekom het. En Helmut het presies geweet hoe om daardie swakheid te misbruik.

Moenie emosioneel betrokke raak nie. Moenie gemanipuleer word nie.

Het sy dit nou nog nie geleer nie?

"Hel-mut?" vorm haar dom lippe die moordenaar se naam. "Helmut?"

Helmut het haar gedwing, verlei, gehelp, om al drie waarskuwings te ignoreer.

Mis te kyk. Hy het met haar gespot toe hy haar gewaarsku het dat sy die klein dingetjies miskyk, want hy het gesorg dat sy dit miskyk.

Want hy het haar verlei. Al kon sy die waarheid sien, wou sy nie.

Deur die newels, saggies, begin Helmut *Guilty as Charged* se wiegeliedjie sing. Die volmaakte note slaan elke senuweepunt in haar liggaam raak.

Hy laat die bladsy met die woorde en note sak.

Die verblindende besef. Weer die klein dingetjies soos die wiegeliedjie wat sy misgekyk het. Die liedjie wat hy altyd vir sy oorlede dogter gesing het. Dis waarin die belangrikste leidraad gelê het.

Die motief lê in die wiegeliedjie. Eintlik in die hele stuk musiek.

"Ek gaan vir jou 'n mooi slaaptydstorie vertel," sê hy, "net om jou tot 'n diep bedaring te bring wat jou heeltemal gaan oorneem."

'n Lang stilte.

"My dogter het dit vir my geskryf."

Sy probeer beweeg, maar haar lyf is lam.

"Dit span die kroon op Linda se meestersgraadverhandeling. Die musiek heet eintlik 'Strooihoed'. Dis verander na 'Guilty as Charged'. Hier langs jou lê die oorspronklike. Dit moes hom soos die hel gebrand het nadat hy dit gesteel het. Daarom het hy dit bewaar."

En terwyl sy haar gedagtes probeer orden, vertel Helmut vir haar 'n slaaptydstorie.

HOOFSTUK 16

Die jaar word ryp in goue akkerblare, het N.P. van Wyk Louw geskryf. En dit is al waaraan Linda Coleman tans dink. Haar pa, Helmut, was vanoggend hier vir 'n slag. Sy bly hom verwyt dat hy haar so min sien. Maar sy gaan die grootste geskenk vir hom gee wat sy nog ooit vir iemand gegee het.

Sy werk al meer as 'n jaar aan haar meestersgraadkomposisie by die universiteit. En vandag, nou, hier, gaan sy die laaste note skryf. En sy weet dis goed. Báie goed. Dalk selfs meesterlik. En dis sý wat dit geskep het. Net sý ken dit.

Sy het haar digitale verhandeling reeds op die universiteit se sisteem gelaai. Sy moes net die finale afrondingswerk aan haar komposisie doen.

Sy gaan sit voor die klavier. Die stuk het nog nie 'n titel nie. Sy skryf boaan: *Vir Pappa. Met al my liefde.* Daarna. *Strooihoed.* En sy begin dit speel. Sy raak heeltemal meegevoer deur haar eie musiek. Weet hoe en waarom sy elke noot geskryf het. Dit vloei perfek. Tot net voor die einde, waar sy bot stop.

Nog net een ding kort.

Sy haal 'n paar ou papiere uit, notasies wat sy jare gelede geskryf het. Versigtig plaas sy die wiegeliedjie, wat sy ook vir haar pa geskryf het, aan die einde. Speel dit. Die musiek pas perfek daarby in, die hele stuk is gebou om hier te kom draai. Die ding wat sy van geboorte af saamdra, kry nou uiteindelik uiting deur haar musiek. Dit is deur haar pa geïnspireer.

Linda skryf die note oor om haar komposisie op die perfekte noot te laat eindig.

Dan sit sy terug. Self verstom oor hoe hierdie komposisie bymekaargekom het. Dit is asof 'n stem uit die hemel met haar gepraat het. Haar finaal geïnspireer het.

Sy speel die hele stuk musiek nou deur. En wanneer sy by die wiegeliedjiegedeelte kom, begin die trane oor haar wange loop.

Sy het hiermee presies reggekry wat sy wou. Haar volmaakte slot geskryf, besef sy. Sy sal nooit weer iets só meevoerend kan skryf nie. Dis cum laude hierdie, sonder twyfel.

Ná die laaste noot raak dit stadig weer stil om en in haar. Sy neem skoon bladsye. En sy voeg die wiegelied by haar partituur.

Linda neem haar selfoon en skakel haar vriendin Charlene Visagie, suster van daardie lastige podsendingman wat so vol van homself is. Charlene, wat ook saam met haar musiek studeer. Sy het nog altyd bedenkinge oor Charlene se geestesgesondheid gehad. Haar vriendin kon hoegenaamd nie die stres en spanning van die kursus hanteer nie.

"Jy moet oppas dat jou kop nie uithaak nie," het Linda eendag gelag.

"Moenie spot nie." Charlene was ernstig.

En nou. "Kom dadelik," beveel Linda.

"Ek's op pad na my shrink toe," sê Charlene. "Jy weet dat die eksamens my uitfreak. Ek kan op niks meer konsentreer nie. Ek sweer ek kry nóg 'n breakdown voor ek klaar is."

"Kom dan dadelik na my toe," beveel Linda. "Asseblief. Ek ken hierdie musiek al so goed, ek kan dit in my slaap opsê. Maar nou is dit eers gereed om met iemand te deel, noudat ek die einde as 'n wiegelied bygeskryf het. Dis 'n melodie wat my pa altyd vir my geneurie het en wat hy glo in sy kinderdae sommer net uitgedink het. Sy wiegelied. Nou het dit 'n doel. Behalwe dat dit my as kind aan die slaap laat raak het wanneer my pa dit neurie."

Vir die eerste keer sedert sy hiermee begin het, voel Linda welgeluksalig.

"Kan ek later 'n draai kom maak? Ek sê mos dit gaan op die oomblik nie goed nie. Jy weet hoe paniekerig ek kan raak. En ek sal jou komposisie nie nou behoorlik kan waardeer nie."

"Kon jy enigiets wat ek geskryf het, ooit werklik waardeer?" vra Linda.

"Wat bedoel jy?"

"Ek wonder of jy my sukses gun, Charlene. Of jy my enigiets gegun het."

"Maar Linda, ek weet nie wat ..."

"My komposisie is klaar. As jy dan nie belangstel nie. Ek en die man in my lewe gaan dit vanaand vier. Hy sal dit ten minste waardeer."

Charlene klink kwaad. "Maar hoe kan jy sê dat ek jou nooit iets gegun het nie?"

Linda dink weer. Jaloesie, inderdaad. Sy het dit al aan haar pa genoem, dat sy Charlene nooit heeltemal vertrou het nie. Charlene sukkel met haar punte en komposisies, beny haar dalk haar talent. Moet gedurig haar hulp vra. Voel moontlik minderwaardig. Die feit dat ouens van haar, Linda, hou, pla Charlene beslis ook. Soos sy destyds, toe sy die strooihoed vir haar pa gekoop het vir hom gesê het, seer soos dit haar gemaak het. Sy wonder werklik opnuut of Charlene werklik so 'n goeie vriendin is as wat sy voorgee.

"Hoe laat is jou sessie by die sielkundige, Charly?"

"Ná klas. Dokter Dannhauser kan soms so 'n pyn wees. Ek moet hom nou elke week sien, dan wil hy eers alles oopkrap. Maar hy skryf darem kalmeermiddels voor. Dit laat die stemme 'n bietjie bedaar. Hy het vir my gesê dat ek my talent doodsmoor omdat ek myself nie vertrou nie." Sy gee 'n soort bitter laggie. "Ek moet hom gaan sien. Ek belowe ek sal later luister. Maar nou is nie 'n goeie tyd nie, Linda. En ek belowe jou. Daar is nie sprake dat ek jou ... kwaadgesind is, of wat jy dit ook al wil noem nie."

Linda bly teleurgesteld, want sy besef nou dat sy besig is om 'n vriendin te verloor omdat sy vir die eerste keer aan haarself erken dat Charlene vals is. Maar almal sê altyd vir Linda sy is so weerloos. Dat mense haar emosioneel uitput en dat sy dit toelaat. Ook dat sy mense te maklik vertrou. Haar pa se woorde.

"My partituur gaan môre na my promotor toe. Ek het die verhandeling reeds op die universiteit se sisteem gelaai. Maar die komposisie was nog nie heeltemal reg nie. Soos 'n teks wat 'n mens skryf, en jy werk en werk daaraan tot dit reg is. Dan wys jy eers die finale produk vir iemand. Asseblief. Ek moet dit met jou deel. Kom net."

'n Lang stilte aan die ander kant.

'n Sug. "Goed. Ek sal kom luister. Maar ek doen dit net vir jou. Sien jou netnou."

Linda het dit nie verwag nie.

"Dankie. Ek is bly ek kan dit met jou deel."

Linda sit en staar na haar klavier. Die partituur wat daar lê. Wat haar soveel pynlike maande geneem het om te komponeer. Oor en oor gebeitel tot dit reg is. Maar nou volmaak is nadat haar pa se neurieliedjie die idee van die wiegeliedjie gegee het.

Sy het dit eendag as jong student neergeskryf en net daardie gedeelte vir hom gespeel. Sy sal sy gesig nooit vergeet nie. Maar dit was net 'n los stukkie bladmusiek. Nou vorm dit die klimaks op haar komposisie.

Pa Helmut. Hy was bewus daarvan dat sy aan iets groots gewerk het, maar hy het nooit met haar studies of werk ingemeng nie. Net getrou betaal en af en toe, heeltemal te min, ingeloer. Haar 'n paar keer gevra om sy wiegelied vir hom te speel. Soos kort nadat sy die hoed vir hom gekoop het.

Haar gedagtes skuif terug na sy mees onlangse besoek.

"Ons moet dit meer dikwels doen, Pa. So saam kuier. Net onbevange kuier." Sy het sy strooihoed op sy kop skeef getrek. "Jy's nie te bad vir 'n outoppie nie."

"Dankie, my skat."

"Ek belowe, wanneer ek heeltemal tevrede is met wat ek geskryf het, gaan ek dit vir Pa speel." Sy lag spottend. "My meesterstuk."

"Ek sien so daarna uit."

Sy gaan trek haar nagklere aan terwyl haar pa na die skoonheid van Helshoogte om hom kyk. Herfs is die mooiste tyd op Stellenbosch.

Dis 'n oomblik van volmaaktheid vir hulle al twee. "Die volmaakte aand," glimlag sy toe sy haar arms om sy nek plaas en hom piksoen. Die strooihoed regtrek.

"Jy moet gaan slaap, my skat. Ek gaan terug Kaap toe. Jou rusbank is heeltemal te ongemaklik."

Sy knik. "Goed, Pa. Maar, dan moet jy eers vir my sing. Seblief ..."

Hy raak aan die hoed wat sy vir hom gekoop het. "Oukei." Hy maak seker sy strooihoed sit reg, staan dan op. Kyk dat al die deure gesluit is. Hy gaan sit langs haar op die bed. Soen haar sag op haar voorkop.

"Maak toe jou oë, jy," glimlag hy in sy sagte stem.

Sy knyp haar oë toe en lê haar kop neer.

Hy trek sy asem diep in. Skud sy kop en hande soos iemand wat gereed maak om 'n groot aria te sing.

Dan neurie hy die wiegeliedjie vir oulaas weer vir haar. Haar hart voel vol. Die slaap neem oor.

Wanneer hy klaar is, hou sy haar pa se hand slaperig vas. "Waar kom daardie liedjie vandaan?"

"Dit kom van jou oumagrootjie af. Ek het dit mos gesing toe jy as baba nie kon slaap nie."

"Ek onthou. Dis musiek wat gedeel moet word."

"Dis net 'n kort, los deuntjie."

"Maar baie mooi."

"Jy is die ekspert. Ek vertrou jou oordeel." Hy soen haar op haar voorkop.

"Nag, Pa."

"Nag, my skat."

En nou kyk sy na die volledige partituur. Voëls vlieg buite op. Die musiek staan nou eers reg om vir die eerste keer in hierdie vorm volledig gespeel te word.

Weer die voëls buite. Die vervlakste motorfietse wat vandag so raas.

Sy is bly sy het haar komposisie aan haar pa opgedra.

Dan daag Charlene op. Klim uit haar motor en klap die deur agter haar toe. Beslis nie eintlik lus om nou te kom kuier nie.

"Was die pad só erg?" vra Linda.

Sy lek oor haar lippe. Is kortasem. "Ek kan dit nie help nie. Ek voel 'n paniekaanval kom. Die lewe raak partykeer net te veel vir my. Ek het alweer 'n toets gedop. My kop raak deurmekaar. Maar ..." Sy beduie na die huis. "Ná al die verwyte doen ek hierdie vir my goeie vriendin."

Hulle stap na haar musiekkamer toe.

Linda gaan sit voor die klavier. Haar komposisie voor haar.

"Jy kyk na goud, Charly. Dis die oorspronklike kopie van die volledige komposisie. En joune is die eerste ander ore wat dit sal hoor."

"Ek is geëerd." Maar sy lyk steeds nie baie lus om te luister nie.

Selfs die voëls buite is nou stil nadat Linda die tuindeur toegemaak het.

Dan begin Linda speel. Sy leef haar in. Noot op noot op kosbare noot. Dis meevoerend. En dan die hoogtepunt. Die laaste melodie wat dit afsluit.

Wanneer sy klaar is, is dit lank stil. Charlene is oorbluf.

"Ek ... ek is sprakeloos."

"Hou jy daarvan?"

Charlene huil oor die skoonheid daarvan. Oor die wisseling. Die kalmerende wending wat die musiek geneem het, amper asof dit 'n nuwe wysie is wat gemaklik by die res van die partituur inskakel.

Dis musiek wat sy ook graag sou wou geskryf het.

Charlene is ademloos, so bewoë dat sy nie kan praat nie. Kyk net verstom na die wêreld om haar. Linda gaan sit langs haar.

"Hou jy daarvan?"

"Dis onbeskryflik," sê Charlene. Sy staan op. Sit haar hande aan weerskante van haar kop. "As dit eers bekend raak, liewe hemel. Weet jy hoeveel geld sal jy hieruit kan maak?" Sy slaag daarin om te lag. "Ek hoop net jy onthou wie jou vriende was wanneer jy rich en famous is. Want dit gaan 'n moewiese hit wees. Jy moet dit oorsee vat voor dit weer op een of ander Afrikaans is Lekker-makietie in 'n tent gespeel word."

"Dink jy so?"

"Ek weet so."

Linda lag. "Dankie." Sy druk Charlene se hand. "Dit beteken geweldig baie vir my. Ook die feit dat jy wel hiernatoe gekom het, al voel jy so sleg."

Dit vat 'n tydjie vir Charlene om genoeg te bedaar. "Dit was die moeite werd."

Linda kan dit steeds nie help nie. Charlene is jaloers. Het nie hierdie soort musiek verwag nie. Kyk stip na haar. "Oukei, Charlene," sê Linda, "ek moet groet. Regmaak vir my kêrel."

"Ek dink nie ..." Charlene lyk steeds asof sy in vervoering is. "Ek kan nie ... ek het nog nooit sulke mooi musiek gehoor nie."

"Charly?"

"Dis magic, Linda. Jy het magic geskryf." Sy huiwer. "Jy praat van jou kêrel? Wie is hy? Ken ek hom?"

"Dis 'n storie vir later. Hy is ook 'n komponis."

Charlene klim in haar motor en ry weg. Sy lyk deurmekaar. Betower. Hartseer. Geskok. Totaal nie haarself nie. Maar sekerlik hoog op die musiek, besluit Linda.

Laatmiddag begin sy kosmaak. Al Tibor se gunstelinge. Haar vingers brand om vanaand vir hom te speel.

Dan, teen skemer, sy motor. Hy hou stil. Dra 'n stywe T-hemp wat aan sy mooi lyf kleef. Die spiere wys. Soos hy by die deur instap, ruik sy 'n eksotiese naskeermiddel wat haar bedwelm. Mont Blanc.

Hy druk haar vas. Soen haar weer en weer. Hulle het al oor trou gepraat, al het sy hom nog nooit aan haar pa of vriende voorgestel nie. Wou hom eers vir haarself hou tot sy graad vang. Seker maak hy is die regte man vir haar. Dan aan haar mense voorstel. Sy weet in elk geval haar pa gaan nie van hom hou nie. Dit is hoekom sy hom nog weggesteek het.

Sy wou ook die musiek aan Tibor opgedra het, maar nou, met die wiegeliedjie aan die einde, is dit onmiskenbaar haar pa se musiek.

Hy gaan staan agter haar. Druk haar vas. Soen haar in haar nek.

"Hallo, mooi ding."

Sy geniet hom. Raak nog gewoond aan hom.

"Hallo, Tibor."

Hy beweeg tot voor haar. Hulle lippe praat verder.

"Ek dink ek is besig om verlief te raak op jou," sê sy.

"En ek. Vir die eerste keer …" Hy dink. "Jy is 'n besondere mens. Ek het nog nooit iemand soos jy ontmoet nie."

Snaaks. Dit klink vreemd meganies as hy dit so sê.

Hy soen haar. Sy soen terug.

Dinge wil net begin warm word wanneer hy homself keer. "Wag, jou komposisie! Speel eers voor jy my aandag verder aflei. Laat ek 'n bietjie hoor watse musiek my nog meer gaan aandraai terwyl ek nog helder kan dink."

Sy gaan sit. Kyk na hom. Dolverlief.

Hy trek sy hemp uit. Sy bolyf, sterk en bruingebrand en ferm hier voor haar. Hy straal 'n sjarme uit wat haar verblind. Lighoofdig maak.

Sy weet dat hy aanvanklik dink dat dit sommer net nog 'n komposisie gaan wees. 'n Studentepoging.

Linda blaai deur die bladmusiek voor haar. Tibor kyk daarna. "'Strooihoed?' Dis 'n vreemde titel. Ek dink jy moet iets beter uitdink." Hy blaai terug na die eerste bladsy.

"O. Ek sien dis opgedra aan jou pa." Hy lyk ongelukkig. "Het hy dit al gehoor?"

"Nee. Ek sien hom môre. Hierdie … is net vir jou."

Sy begin speel. Speel en speel en speel. Die soel lug, die note, die voëls, die gras, die reuk van die fynbos, die plante, die natuur. Die Kaap.

Sy speel dit tot aan die einde by die wiegeliedjiegedeelte wat kort tevore bygekom het. Tibor se kop is vorentoe gebuk. Hy kyk op. Verstar. Sy oë brand in hare. Hy kan homself skaars bedwing. Hy lyk duiselig.

Hy vee sy oë af.

"Ek het nie woorde nie."

Hy bewe. Sy oë wild.

En toe. "Is hierdie jou enigste kopie?"

"Ja. Maar môre sal almal daarvan weet en dit sien."

Sonder 'n verdere woord staan Tibor op. Draai haar om. Druk haar terug oor die klavier sodat sy met haar hande agter haar uitgestrek lê. Stroop al haar klere van haar af. Haar T-hemp, haar bloes, haar broekie. Alles.

Wat volg, is iets wat hulle albei verras. Intens, passievol, selfverseker. Sy roep 'n paar keer uit. Verloor alle persepsie van tyd.

Die volmaakte partituur. Die volmaakte seks. Die volmaakte man.

Hy tel haar op en stap bed toe. Dan terug kombuis toe om vir hulle wyn te skink. Sy hoor hom vroetel en rondkrap vir wat hy soek.

Oomblikke later is Tibor terug. Dit lyk of sy gedagtes nou op 'n ander plek is. Oorhandig die wyn aan haar. Klink. "Op jou ongelooflike musiek. En op jou."

"Op ons, Tibor." En sy weet. Hier is iets besig om te gebeur. Sy het die groot liefde in haar lewe gevind.

Sy drink die wyn. Vreemd, maar nie sleg nie. Voel wel asof dit direk kop toe gaan. Tibor drink min van syne. Sit kaal voor haar.

"Ek is joune," glimlag hy. "Wie kort slaap?" Hy teug effens aan sy wyn.

"Nie as daai die alternatief is nie … Vanaand het jy iets aan my gedoen wat geen man nog ooit aan my gedoen het nie," sug sy. "Die musiek. Jy. Ek probeer alles nog verwerk."

"Jou musiek is onbeskryflik," beduie hy na die bladmusiek op die klavier. Hy tel dit stelselmatig op. Bladsy vir bladsy vir bladsy. "Dit is heilig. Ek wens ek kan hierdie oorspronklike kopie eendag kry. Ek sal dit tot die dag van my dood bewaar." Hy plaas dit terug.

"Bedoel jy dat ek en jy …?"

"Enigiets is moontlik, my liefding."

Sy kyk na haar komposisie op die klavier.

"Eendag sal ek hierdie oorspronklike vir jou gee, Tibor."

Hy tel die bladmusiek op. Streel die pak papiere oor sy kruis. Asof hy liefdemaak daarmee. Sit dit dan weer terug. Skud sy kop. Kyk op. Sy skrik vir die kyk in sy oë. "Ek het nie jou talent nie. Ek sou nooit so iets kon skryf nie."

Sy probeer hom troos, want hy gaan aan die bewe.

"Wat is dit?"

Hy glimlag. "Jy. Jou musiek. Die aand."

"Jou meesterstuk kom nog, Tibor. Natuurlik het jy die talent. Vir nou, kom ons vier myne."

Hy gaan terug na haar toe. Draai sy rug op haar asof hy baie diep dink. Dan draai hy om en neem haar.

"Ek gaan môreoggend draf voor ek vir ons ontbyt maak. Wag dus vir ontbyt in die bed," sê hy nog met haar in sy arms.

Hy klim langs haar in die bed. Soen haar weer. Sy kreun. Hy maak haar wakker. Maak nog 'n keer liefde met haar. Maar dié slag met selfs meer drif. Tot hulle aan die slaap raak.

Sy droom van hom. Van haar musiek. Van haar pa. Dis die wonderlikste nag in haar lewe.

Die son is reeds hoog wanneer sy wakker word. Erg deurmekaar. Het sy dan so baie wyn gedrink? Sy voel nie lekker nie. Sukkel badkamer toe om water te drink. Wanneer sy terug by die bed kom, sien sy Tibor is nog nie terug nie. Hy het mos gaan draf.

Sy neem haar selfoon slaperig en bel haar pa. Vertel hom van die wonderlike nag wat sy gehad het. Hoe sy haar komposisie vir die nuwe man in haar lewe gespeel het. Sy weet nou dat sy hom gevind het. Dat sy hom, soos haar musiek, nou met ander mense kan deel. Hulle ken mekaar nog nie lank nie. Maar hierna kan sy hom selfs aan haar pa voorstel. Hy moet 'n verrassing wees, want sy weet nou. Helmut gáán van hom hou. Sy wil nie nou te veel verder oor hom sê nie.

"Ek is verlief, Pa. Ek wil altyd by hom wees. Daar is iets aan hom wat my meer as fassineer. Wat my eintlik mal maak van liefde. Wat ek nie kan beskryf nie."

"Wie is hy?" vra Helmut.

"Ek sal Pa vertel as ek Pa later sien. Maar weet net ek is so gelukkig soos ek nog nooit in my lewe was nie. En ek wil ..."

Die sein gaan. Haar foon is pap.

Sy verbeel haar sy hoor iets. Hy is seker terug.

Sy loop buitetoe om hom te verwelkom wanneer hy terugkom. Maar dan sien sy dat sy motor nie meer daar is nie. Sy skrik. Draai om. Stap terug in die huis in.

Niemand. Hy is ook nie in die kombuis nie. Sy klere is weg.

Sy soek hom weer. Roep. Maar hy is nêrens nie. Sy stap haastig na haar musiekkamer toe.

Die partituur is nie daar nie. Ook nie haar rekenaar nie.

Haar asem raak vlak, 'n koue gevoel sypel deur haar. Sy begin met erns soek, krap die huis om, roep sy naam. Niks.

Elke spoor van hom is uitgewis.

Alles is weg. Alles is weg. Alles is weg.

"Tibor," sê sy verbysterd. 'n Waansin wil van haar besit neem. Sy skree woordeloos.

Dan gryp sy haar sleutels, klim in die kar en trap die petrol. Sy móét hom kry.

Eers ry sy net teen die pas op na waar sy ook gewoonlik draf. Daar is ander drawwers. Maar Tibor is nie daar nie.

Sy draai terug. Soek op ander paadjies. Hoe langer dit aanhou, hoe dieper sit die paniek in haar lyf. Hoe verder ry sy op soek na hom. Hoe vinniger ry sy. Hoe minder let sy op. Vinniger en vinniger. Nou begin sy verstaan hoe Charlene moet voel as sy paniekerig raak. Linda begin beheer verloor. Raak soms halfblind van skok.

"Tibor?"

Ry nog vinniger op 'n bergpad. Weet skaars behoorlik waar sy is. Ry en ry en ry net. Skree. Sy kan dit nie glo nie. Sy weet nie meer behoorlik wat sy doen nie. Soek hom net. Soek en soek en soek. Sy moet by haar pa uitkom. Hom vertel wat gebeur het. Hulle moet Tibor soek.

Die draai betrap haar onverhoeds. Sy slaan te laat remme aan. Haar motor gly. En toe vlieg, vlieg, vlieg Linda deur die lug.

Helmut se foon het later die dag gelui, en die stem wat met hom gepraat het, het sy lewe uitmekaar geskeur.

Linda het verongeluk.

Hy kon nie eens haar lyk behoorlik uitken nie. Alles het verbrand.

Helmut het ineengestort. Was vir dae in die hospitaal, lam van skok. Daarna het hy vir weke gewens hy kon ook eerder sterf.

Op 'n dag het haar promotor na hom uitgereik. Linda was 'n briljante student. Deeglik. Sy het 'n digitale weergawe van haar verhandeling op die universiteit se interne sisteem ingedien. Die promotor het dit uitgevind en gevoel haar pa sou dalk haar werk wou sien. Hy het dit alles vir Helmut gestuur.

Charlene was in 'n niemandsland vasgekeer. Linda se dood het die grond onder haar voete laat wegval. Vir weke kon sy nie haar kop optel nie, kon sy nie daai stemmetjie in haar kop stilmaak nie. Steeds jaloers. Het sy Linda verwens? Het sy haar vervloek omdat sy nie self sulke musiek kon skep nie? Nie self enigiets sou bereik nie? Dit begin haar opvreet.

Maar een naam bly in haar kop draai.

Tibor.

Maar 'n naam is nie genoeg om die man op te spoor nie. Maande gaan verby sonder antwoorde of beterskap.

Tot sy op 'n mooi herfsdag voor die televisie sit. Kyk sonder groot belangstelling na al die glinsterganse by 'n praggeleentheid. Al weer die Oscars. Kategorie op kategorie, leë blikke wat geraas maak.

En toe die aankondiging vir beste klankbaan. Sy sien die films se name, maar het nog nie een daarvan gesien nie. Hulle wys hierna die benoemdes in die gehoor. En Charlene hoor sy naam. "Tibor Lindeque."

Die wonderkind uit Suid-Afrika wen die Oscar vir beste klankbaan. En Linda Coleman se gesteelde musiek speel terwyl Tibor opstap verhoog toe.

Hy praat oor wat hom geïnspireer het om die musiek te skryf. Hy vat sy Oscar, dra dit op aan sy regisseuse. Toe gaan sit Tibor en speel op 'n klavier op die verhoog. Hy noem die musiek: Guilty as Charged. En Charlene hoor die een liedjie wat kalmte in haar kan bring. Sy was die eerste om dit destyds te hoor.

Maar hierdie keer wek dit iets anders in haar op. Tibor Lindeque. Die dief.

Vir dae raak Charlene net weg. Praat met niemand. Doen niks. Dan gaan spoor sy hom op. Gaan besoek hom. Vertel hom alles wat sy weet.

En so begin sy Tibor afpers. Laat hom betaal vir haar stilte. Sy maak baie geld uit hom. Elke maand. Al wat sy moet doen, is stilbly.

Op hierdie manier, hierdie siék manier, word die musiek ook eintlik hare. Charlene s'n. Neem sy namens Linda wraak.

HOOFSTUK 17

Die storm het bedaar. Die skip vaar stadig al nader aan Viëtnam.

Madelein lê steeds hulpeloos in Tibor se kajuit. Sy kan skaars beweeg nadat Helmut haar gehipnotiseer het. Helmut Coleman, driemaal moordenaar, sit oorkant haar, sy oë nog stip op hare.

"Ek het uitgevind wat hy gedoen het. Ek het die wiegeliedjie dadelik herken toe ek dit hoor. Toe ek in sy verlede gaan grawe, het ek die res self aanmekaargesit.

"Charlene het nie gepraat nie, want sy was net so talentloos en boos soos Tibor. Het liewer geld uit hom gemaak as om hom te ontmasker. Ek het dit onder hipnose uit haar getrek, want ek het vermoed dat sy, as Linda se beste vriendin, iets moet weet. Ek het besef dat indien ek die saak maande later sou oopvlek, niemand my sou glo nie, want daar was geen bewys nie. Die eerste bewys is hierdie partituur wat hier neergeskryf is in Linda se handskrif. Wat in Tibor se kajuit lê. Maar dis nou te laat."

Helmut kyk na sy dogter se bladmusiek.

"Dokter Dannhauser het van niks geweet nie. Hy het Charlene maar net antidepressante en Urbanols gevoer. Maar Tibor se geld het gehelp om haar gewete te sus en haar mond te snoer, want sy het nooit haar graad klaargemaak nie. En by haar broer Felix gaan plak. Toe verneem sy dat haar broer op hierdie bootrit wil vakansie hou en sy podsending nog bekender maak. Tibor het toe al begin beswaar maak. Hy wou nie meer betaal nie.

"En hy sou op dieselfde boot optree as waar haar broer gaan vakansie hou. Sy vra dokter Dannhauser om haar saam te stuur, want sy is nou vir die eerste keer gereed om weer die buitewêreld aan te durf. Die dokter het ingestem, op voorwaarde dat Felix haar oppas.

"Sy wou die skroewe stywer draai. Dreig om Tibor voor 'n gehoor te ontmasker. Het gehoop sy kan nog meer uit hom kry. Sy kon nie sonder Tibor se groot maandelikse inkomste nie en sy wou dit ten alle koste behou. Ek het dit alles gedurende die bootrit uitgevind, wat my laaste vermoedens bevestig het."

Madelein probeer praat, maar kan nie. Sy probeer haar gedagtes orden, wil vasklou aan alles wat Helmut vir haar vertel, maar dis asof alles vervaag nes dit by haar registreer, asof haar gedagtes sand is, en haar brein 'n sif.

Die volmaakte moord. Die volmaakte belydenis wat tans uit haar geheue gewis word. Sy sak net dieper en dieper weg onder Helmut se hipnotiese invloed. Kulkunstenaar. Mentalis. Hipnotiseur.

Al wat sy kan doen is om te prewel, vir hom te probeer skree.

"Dus moes Tibor en Charlene gaan. Ek kon nie toelaat dat twee sulke aaklige siele my kind se werk so uitbuit, so verkrag nie. Dis hoekom Chloë ook moes sterf. Hulle almal het gehelp om dit wat Linda s'n was te steel, te verwoes. En ek neem haar oorspronklike bladmusiek wat in hierdie kajuit rondgestrooi lê nou met my saam."

Dit raak te veel vir Madelein, 'n hoofpyn begin agter haar oë klop. 'n Beswyming is naby. En dit is wanneer sy heeltemal beheer oor haar korttermyngeheue gaan verloor. Iewers skemer 'n strooihoed deur. Dit is al waaraan sy vasklou. Die oorspronklike naam wat Linda aan haar komposisie gegee het.

Helmut bly lank stil. Praat dan baie sag. "Veral toe ek daai wiegeliedjie die dag hoor ... Kan jy dink wat dit aan my gedoen het nadat Linda weg is? Mý liedjie vir haar. Wat ek vir haar as baba gesing het. Toe die omroeper ná die tyd Tibor se naam noem, was dit asof iemand Linda van voor af voor my vermoor het. Want dit is wat Tibor en Charlene indirek met hul stilswye gedoen het."

Hy laat sy kop sak. Dit lyk of Helmut huil. Maar dan gaan hy voort. "Daardie besef ... 'n mens ken jouself nie werklik voordat so 'n krisis jou tref nie. Ek is seker jy weet dit, maar daar skuil 'n moordenaar in elkeen van ons. Jy het net die regte persoon op die verkeerde tyd nodig om hom wakker te maak. Jou gewete dood te skroei.

"Ek en my Linda, het vir Tibor Lindeque 'n loopbaan gegee wat hom miljoene in die sak gebring het. Wêreldreise. Geleenthede. Mag. Vals vriende. Aansien. Roem. Elke week in 'n ander land, of op 'n ander plek op die maat van my dogter se musiek. En my wiegeliedjie.

"Toe ek verneem die dief gaan op hierdie boot wees, het ek begin beplan. As kulkunstenaar kon ek toegang kry en self aan die vermaakprogram deelneem. Nader aan hom kom. Soos 'n spinnekop na 'n vlieg. Hier was baie ander mense ook wat hom gehaat het, en elkeen wou 'n appeltjie met hom skil of hom in 'n hoek dryf oor een van die sondes wat hy teenoor hulle gepleeg het, maar nie een van die lafaards het die moed gehad om sy nek om te draai nie. Hy het net ryker en ryker geword. En beroemder. Meer mense gebruik. Met emosionele diefstal weggekom.

"Nadat ek toegang tot hom gekry het, kon ek 'n laksman word. Want as ek 'n ander pad gevolg het, sou die bliksem weggekom het. Verdwyn het. Hy en daardie vriendin van haar, Charlene, wat heeltyd agter haar kamtige senuweeprobleme geskuil het, maar net so baie geld gemaak het uit Linda se geheim, het vannag teenoor my erken dat sy die laaste persoon was wat Linda gesien het voor Tibor opgedaag het. En wat tussen hulle gesê is.

"Ek het haar netnou in die gang vasgekeer en die inligting oor haar laaste besoek aan Linda letterlik uit haar gewurg. Daarom het ek besluit dat sy ook moet boet vir wat met my dogter gebeur het. As sy Tibor nie afgepers het nie, en my die waarheid vertel het, kon ek op 'n ander manier opgetree het. Selfs die universiteit gekontak het.

"Sy het die eerste onvoltooide gedeelte van die komposisie in 'n musieknotasiesagteware op die universiteit se sisteem ingetik. Maar nie die volle komposisie nie. Dit sou sy die volgende dag gedoen het.

"Haar verhandeling het gegaan oor volksmusiek en die invloed op komposisie. Want sy het die wysie en die note reeds as jong meisie in haar kop gehad, veral wanneer ek die wiegeliedjie vir haar geneurie het wat van my grootouers af kom. Haar komposisie het daaruit gevloei en dit het die basis vir haar musiek gevorm. Maar sy kon nooit die hele komposisie aanmekaarsit nie. Daardie skakels het nog ontbreek. Dis soos om 'n storie sonder 'n einde te skryf.

"Tot die middag voor die aand wat Charlene en Tibor haar besoek het. Die grootste gedeelte van haar komposisie was in elk geval handgeskrewe en moes nog digitaal ingetik word. Dit kon sy eers doen nadat die wiegeliedjie as slot bygevoeg is om die komposisie af te rond.

"Wat tans in die sisteem is, is te onvolledig om Tibor as dief te ontmasker. Want hy het haar rekenaar saam met haar komposisie gesteel. Daarsonder was ek hulpeloos.

"Jy sien dus. Ek moes self optree, anders het Tibor vrygekom. Jy het gesê geen misdadiger mag vrykom nie. En ek het saamgestem. Toe ek eers begin skoonmaak het ..." Hy voltooi nie sy sin nie. Sê net: "Elke mens is tot moord in staat, Madelein. Die tyd en oomblik moet net reg wees. En die motivering. En ek het gesorg dat klein dingetjies steeds jou aandag aftrek. Want as jy geweet het van my verbintenis met my dogter se musiek, was dit verby. Ek wou die volmaakte moord pleeg. Ek het dit gedoen. En indirek, deur my so diep in jou lewe en kop toe te laat, het jy my beskerm omdat jy my nooit verdink het nie. Jy was weerloos ná wat alles in daardie verdomde verskoning van 'n land met jou gebeur het. En ek is jammer, maar ek het dit gebruik."

Madelein probeer opstaan, wil haar voete beweeg, 'n poging om 'n vinger te roer, maar dis asof sy in sement gegiet is. Dinge spoel en spoel deur haar brein. Vervaag, raak deurmekaar, verwring.

"Jy is die enigste mens in my lewe wat my lewe betekenis gegee het en die moeite werd gemaak het. Daarvoor sal ek jou altyd onthou."

Sy sweef nou. Dink vir 'n oomblik aan die trauma-toeris Charlene wat nou uit haar geheue vervaag.

"Al wat nou oorbly, Madelein, is vir my om te verdwyn. En ek weet nou hoe om dit te doen."

Hy neurie die hipnotiserende wiegeliedjie.

Buite blaas die mishoring. Die skip is by Viëtnam, hulle is besig om in die hawe in te vaar.

"Ek het die toertjie vervolmaak om in Viëtnam ongesiens van hierdie boot af te kom sonder dat die polisie my voorkeer. Weer eens. As jou motivering sterk genoeg is, kan jy enigiets regkry. Maar jy moet saamgaan. Sing net die liedjie vir jouself. Dan kan jy self kies wat jy wil doen."

Die storm is verby. Die polisie gaan binnekort op die boot klim. En Madelein lê hier met al die verdoemende inligting in en om haar. Inligting wat deurmekaarvleg en swem.

"En nou gaan jy vergeet. Alles vergeet. Dit is my werk om mense dinge te laat vergeet. Maar jy moes jouself eers aan my oopstel. My toegang gee tot daardie diepste kamertjies van die onderbewuste. En ek maak hulle nou toe."

Madelein voel of sy in 'n baie diep slaap wegval wat feite uitwis. Sy baklei teen die uitveër, maar dit vee meedoënloos voort.

"Luister na my stem, Madelein."

Sy het nie die krag om hom te beveg teen hierdie breinspoeling en hipnotisme nie.

Die stem klink nou soos sy dogter se komposisie. Hy neurie die wiegeliedjie saggies vir haar. Oor en oor. Dit laat haar nog dieper wegsink.

"Jy gaan nou slaap, diep slaap. Die diepste slaap van jou lewe. En wanneer jy wakker word, gaan jy niks van hierdie gesprek onthou nie. Jy gaan mý nie onthou nie. Ek gaan verdwyn en jy gaan my vergeet." Hy kyk na haar. "Luister na die wiegeliedjie."

Dit smelt al die herinneringe saam en dan weg asof dit deel van die komposisie word. Die wiegeliedjie veral is hipnotiserend mooi en verleidelik. Sy raak deel daarvan. Vermoed selfs dat sy dit saamneurie. Maar het nie beheer daaroor nie.

"Hmm-hmm-hmm-hmm," neurie hy.

Sy kan steeds nie haar lippe roer nie, maar die trane loop oor haar wange. Dis mooi. Dis so, so mooi ... en verleidelik.

"Ek is jammer, Madelein. My gevoelens vir jou was die enigste deel van hierdie vaart wat nie kulkunsies was nie. Ek dink jy verstaan my beter as enigiemand anders. In 'n ander lewe sou ons dalk ..." Hy skep asem.

"Maar in hierdie lewe is ek wie ek is. En dis nou te laat vir my. Guilty as charged. Jy moet na jouself kyk. Daai land van ons is nie goed vir jou nie. Dis 'n rampokkersparadys. Ek wil nie teruggaan soontoe nie. Jy moet ook nie. Dit gaan jou opvreet en uitspoeg. Die land voel niks vir jou óf vir my nie. Ons is gedwonge immigrante. Ek bied jou 'n ontsnappingsroete as jy net saam met my stem en hierdie wysie sal gaan. Waag vir een keer in jou lewe 'n kans waar jy aan jouself dink."

Hy praat baie sag.

"Daarom bêre ek hierdie inligting so diep in jou onderbewuste, feitlik niks kan dit weer oproep nie. En as dit gebeur, is dit te laat. Jy sal hier opstaan as 'n nuwe mens wat nie meer geteister word nie, die Madelein wat nog altyd daar binne weggekruip het, maar haarself nooit die kans gegee het om haarself te bevry nie." Sy stem raak bitter. "Al die donker in jou gaan saam met my verdwyn. Ek hoop ons paaie kruis eendag weer. Ek hoop jy sal my herken en met deernis onthou."

Madelein sak tot in die diepste diep weg. Spring tussen die sterre in die swart gate in. Word ingesluk. Hoor skaars wat Helmut se afskeidswoorde aan haar is. "Wanneer iemand aan jou kajuitdeur klop, sal jy wakker word."

Sy kan nie meer haar oë oophou nie.

"Ek gaan jou mis, Madelein."

Dit voel of hy haar optel om na haar kajuit toe terug te neem. Maar dit vervaag ook.

Sy sink nog dieper weg. Diep, dieper en dieper. Die sterre en die gate sluk haar finaal in, tot sy heeltemal wegraak in 'n saligheid wat sy nog nooit tevore ervaar het nie.

Die *Leonardo* gooi anker by Ho Chi Minh City.

'n Klop aan haar kajuitdeur laat Madelein stadig wakker word.

Vir 'n paar oomblikke weet sy nie waar sy is nie. Onthou dan dat sy op die *Leonardo* is. Sukkel orent en roep vervaard: "Binne!"

Dit is een van die sekuriteitmanne wat haar kom wakker maak. "Ho Chi Minh City. Alle passasiers moet asseblief na die hoofdek toe gaan."

Sy staan op. Probeer dink wat met haar aangaan, hoekom sy so vreemd voel. Goed, lig, maar ook asof sy iets belangriks vergeet. Sy gryp haar handsak.

Sy stap uit. Orals is passasiers. Dis chaos.

Enigiemand wat wil afklim, word deur die polisie voorgekeer. Niemand mag af of op nie. Iets het gebeur. Hulle moet eers ondersoek instel. Om haar is dit net 'n gebrom en gekla.

Wat kan dit wees? wonder sy. Het iemand in die storm seergekry? Dit voel of 'n gedagte wil loskom, maar dan verdwyn dit weer diep in haar onderbewussyn.

Madelein voel vreemd skoon. Vry. Sonder hoofpyn, sonder onlangse herinneringe, asof haar korttermyngeheue aangetas is. Sy onthou net sy het Hongkong onlangs gesien.

Van die dek af kan sy die stad sien. Mense oral, beweging, geraas. Darem een stad wat deurmekaarder as die gehawende Suid-Afrika is.

Wil sy nog teruggaan Suid-Afrika toe? Nie maklik nie. Maar wat is die alternatief?

Haar gedagtes is heeltemal uit fokus. Sy onthou dat sy 'n baie mooi kulkunstenaar met die naam Helmut Coleman ontmoet het. En sy glimlag. Mooi man. Slim man. Aangename man. Lekker om mee te praat. En die koning van harte. Die herinnering aan die kaart maak haar gelukkig. En dat hulle dikwels op die boot gesels en amper liefde gemaak het.

Maar dit is waar haar geheue haar in die steek laat. Die groot swart gat tussen die sterre het haar ingesluk. Dan onthou sy eensklaps van die moorde. Klap haar hand voor haar mond. Weet dat sy by 'n kajuit in is. (Wanneer?) Dat sy daarna in haar eie bed wakker geword het. Maar sy weet nie hoe sy van die vreemde bed tot in hare gevorder het nie. Dit is waar die diep slaap begin. Die gat tussen die sterre dieper en groter word. Vandat sy by 'n vreemde kajuit ingestap het. Want die moorde en drama dwing hulle nou vaagweg aan haar op.

Die sterre. Die gat waarin sy in haar drome beland het, kom egter tussenin. Die gat wat al haar onlangse gedagtes ingesluk het tot sy wakker geword het.

Sy kyk rond, maar sien Helmut, die mooi kulkunstenaar op wie sy verlief geraak het, nie tussen die mense nie. Probeer hom behoorlik in fokus kry en haar gedagtes oor hom orden. Sy moet met hom gaan praat, maar haar gedagtes wil nie behoorlik vorm nie.

Dan leun sy oor die reling, ignoreer die luidkeelse bevele van die polisie wat al die passasiers onder beheer probeer kry. Dink.

En iewers, tussen die duisende Viëtnamese wat op bromponies en klein fietsies daar oorkant onder die boot in die volgepakte strate ry, sien sy 'n strooihoed tussen die menigtes verdwyn. Iets haak weer in haar kop vas.

'n Strooihoed. Wat van 'n strooihoed? Maar daar is niks meer as net die beeld nie.

Miskien is dit tyd om te verdwyn, besluit sy nou. Net weg te raak. Iewers op 'n plek te wees waar niemand haar kan vind nie. Waar sy weg is van die stres van haar werk en 'n land waarin sy soos 'n onwelkome indringer behandel word. 'n Stiefkind van wie ontslae geraak moet word. Daardie deel is sterk in haar geheue afgeëts.

Moet sy hier afklim en in die stad agterbly wanneer sy later toegelaat word?

Die strooihoed. Die ... strooihoed ...

Sy probeer fokus. Wat is dit aan die strooihoed wat haar so aantrek? Wat haar gedagtes laat rondskommel en soos 'n krabbel deurmekaarkrap? Flitse, flitse inligting en beelde wat dreig om haar te oorweldig, kom in haar gedagtes op, maar verdwyn weer. Sy sal in haar kajuit moet gaan sit en lank en indringend dink.

Dis net die hoed wat nou vassteek.

Sy leun weer oor die reling.

Miskien sien sy die man met die strooihoed weer iewers in die stad as hulle ooit toegelaat word om uiteindelik af te klim. Want daar is iets aan daardie hoed ...

Sy het nie 'n idee wat sy in die stad sal gaan maak as sy uiteindelik daar kan rondloop nie. Maar iets trek haar soos 'n magneet aan. Sy moet net op een of ander manier hier van die boot afkom wanneer die polisie haar toelaat of sy hulle kan ontglip.

Iemand stap agter haar verby. Roep na 'n vrou. "Ek sê jou dis die volmaakte moorde hierdie. Niemand verstaan wat gebeur het nie! Drie totaal verskillende mense wat geen verband met mekaar het nie!"

Die volmaakte moord? Daar is nie so iets nie, besluit Madelein. Dit is net swak ondersoekbeamptes wat nie deeglik genoeg onder die oppervlak grawe nie, wat moordenaars laat wegkom. Dit is een aspek waarvan sy seker is.

Daar is nie so iets nie.

Sy neurie 'n liedjie sommer net. Mooi. Ja. Mooi. "Hmm, hmm. Hmm."

Nou terug na die probleme op die boot.

Die volmaakte moord word hier agter haar bespreek. Drie mense. Dis 'n uitdaging. Moet ondersoek word.

Dit gaan oor die motief. Die tyd. Die oomblik. Die impuls. Die leidrade. Om selfs die kleinste dingetjies raak te sien. Die verband tussen die drie moorde.

"Hmm, hmm …" Sy steek vas. "Hmm, hmm."

Sy loop na die Viëtnamese speurders wat met tolke staan en praat, want sy onthou natuurlik nog van die moorde voor sy in haar kajuit aan die slaap geraak het. Daar waar die groot swart gat van lekker, diep slaap is.

Maar sy het wakker geword met die deuntjie in haar kop. Wat is dit? Sy probeer dit vergeet, maar hoe harder sy probeer vergeet, hoe sterker dring die musiek op. Maar haar kop het so snaaks en leeg gevoel.

Mooi liedjie. Mooi musiek. Maar dit flits en smelt tussen haar logika en haar gedagtes aan die moord.

As die vervlakste liedjie haar net wil los.

Wanneer sy omkyk na die hawe, sien sy weer die man met die strooihoed, nou baie verder. Wat is dit met hom? Sy het eensklaps die onbeskryflike begeerte om hom te gaan ontmoet.

Sy praat deur middel van 'n tolk met die Viëtnamese polisie. Verduidelik wie sy is. Vra of sy net tydelik kan gaan asem skep. Haar paspoort lê by ontvangs. Sy kan op geen manier vlug nie.

'n Relletjie breek eensklaps uit oor passasiers wat wil afklim maar nie toegelaat word nie, nes toe hulle 'n paar dae gelede op die boot geklim het en hulle haar aandag afgetrek het. Die dranksmokkel-insident.

Die polisie stap soontoe. Hulle probeer die gefrustreerde passasiers uitmekaarmaak. Die klein dingetjies, onthou sy nou so vaagweg, wat Helmut haar geleer het, wat aandag aftrek.

So gebruik sy die kans om blitsvinnig weg te glip. Ongesiens te verdwyn en tussen die mense saam te smelt op die regte oomblik toe van die passasiers gewelddadig begin raak.

Die strooihoed loop nou doer voor tussen die bromponies deur. Haar instink stuur haar agterna. Trek haar aan.

"Hm, hm, hm", neurie sy iets wat vir haar na 'n wiegeliedjie klink. Loop agter die strooihoed aan wat dan verdwyn, dan weer verskyn, dan verdwyn.

Die liedjie maak haar mal. As sy dit net kan vergeet. Maar terselfdertyd kom daar stukkies onthou tussenin deur. Sy moes dit in haar slaap gesing het. As sy nou net die man met die strooihoed kan inhaal.

Iewers, iewers is daar iets wat hom na haar toe aantrek.

Maar sy weet net nie wat dit is nie.

Dis net die wiegeliedjie. Die wiegeliedjie.

En die strooihoed verdwyn om 'n draai.

Sal sy hom volg? Of teruggaan boot toe? Hoekom tog die man volg?

"H'm, h'm, h'm," neurie sy. En dit is daardie stukkie musiek wat haar dwing om hom te volg. "Strooihoed, strooihoed, hoe ken ons mekaar?" neurie sy op die maat van die wiegeliedjie en sy besef een of ander tyd gaan hulle in mekaar vasloop.

Want die liedjie vergesel haar orals tussen die hordes deur.

Dis duiwels mooi. Onderduims mooi. Verleidelik. Hipnotiserend. En wanneer sy dit helder begin sing, kyk die mense na haar.

Haar hand beweeg onwillekeurig na haar handsak wat sy op die laaste oomblik in haar kajuit gegryp het. Sy soek daarin rond. En kom op 'n papiertjie af waarop geskryf staan: *die koning van harte.*

*D*ie koning van harte. Sy mompel die woorde. Iets, iets begin deurskemer.

'n Kaart met die koning van harte wat voor haar opgehou word.

Dan fokus sy op die menigte waartussen die strooihoed verdwyn het. En met die papiertjie styf in haar hand geklem, volg sy hom. Moeilik om hom tussen al die mense te kry, maar waar daar 'n wil is …

Sy stap met mening agterna.

EINDE

BEDANKINGS

Verskeie mense het gehelp en raad gegee oor komposisies, die aard daarvan, diep hipnose en kulkunsies. My dank aan hulle. Veral Charl du Plessis oor musiek, asook Riaan Loubser en ander kulkunstenaars, en mense wat hipnose toepas. Hulle het my dikwels bygestaan met sekere tonele.

Ek het myself ook aan hipnose onderwerp om sekere tonele beter te verstaan en toe te kon skryf. En kulkunstenaars het van hul geheime met my gedeel, veral oor verdwyning, en my ook gefop met 'n paar kunsies waardeur hulle my gedaag het om te probeer sien wat ek soms reggekry het.

Dankie aan Penguin Random House, Marida Fitzpatrick wat my gevra het om hierdie boek oor 'n volmaakte moord aan te pak, en my redakteur Jaco Adriaanse, asook die redigeerder Joanita Fourie vir haar insette.

Ons was self op so 'n bootrit deur Asië wat in 'n tifoon beland het toe ons inderhaas uit Hongkong moes padgee en die diepsee moes invaar. En dit is waarin die oorsprong van hierdie storie lê. Daardie twee dae van chaos het die tema van 'n fiktiewe moord, wat gedurende daardie tifoon gepleeg is, geprikkel. Ook toe ek eerstehands mense se reaksies en die drama en verwarring rondom die storm op die boot ervaar het, self so siek soos 'n hond was en op 'n kol amper in 'n beswyming beland het, het die intrige laat ontstaan.

Ons het darem veiliger as die passasiers in die roman in Viëtnam aangekom en daardie stad beleef.

Dit was 'n oorsese vakansie waarop baie vreemde dinge gebeur het wat hulle pad in die roman gevind het. Die waarheid, of dinge wat toevallig gebeur, is soms vreemder as fiksie.